Chauler

ÉDITION SPÉCIALE

avant-propos

Chère famille Gallo,

J'ai tapé les tout premiers mots de *La Poudrière* à la fin février, puis le monde entier s'est effondré. J'aimerais vous dire que j'ai tenu le coup, mais ce serait mentir.

J'ai essayé d'écrire, j'ai essayé de rester joyeuse, mais, bon sang, que c'est difficile quand aucune bonne nouvelle ne semble poindre à l'horizon.

Les mois suivants, j'ai écrit et réécrit des chapitres, et aucun n'était digne de publication.

Après la mort de mon père et de mon frère, j'ai lutté contre l'anxiété pendant des années, jusqu'au jour où je pensais l'avoir enfin maîtrisée. Et puis, le corona a frappé, et mon anxiété est revenue à la charge, plus affreuse que jamais.

Des années durant, j'ai passé mes étés dans l'Ohio, avec ma famille. Cette fois-là, ça n'a pas été possible. Ma vie avait complètement changé, comme la vôtre et celle de tous sur cette planète.

J'ai repoussé mes limites, me suis forcée à écrire quand je le pouvais, mais, là encore, rien de bon ne sortait et aucun des mots que j'écrivais n'avait de sens. Un peu comme si l'on m'avait chipé mon cerveau. J'avais beau faire, je n'arrivais pas à trouver les mots justes.

La Poudrière n'est pas aussi « énervé » que mes autres ouvrages. Mon cœur réclamait de la douceur. Je voulais vous donner le sourire à une époque où il ne vient pas aussi facilement qu'à la même période, l'an dernier.

J'espère que les mots de ce livre vous apporteront autant de joie que j'en ai eu à les écrire. J'ai fait de mon mieux pour vous offrir une grande histoire, du moins dans la mesure du possible, en ces temps un peu fous.

Ne vous en faites pas. On va s'en sortir ! La vie suivra son cours et reviendra, tôt ou tard, à la normale.

J'ai mis du temps à le comprendre. Je suis restée durant deux bons mois interdite, presque paralysée par le choc. Il a dû vous arriver, à vous aussi, de ressentir la même chose et j'espère que vous avez retrouvé le chemin vers la raison.

Où que vous soyez sur cette planète, j'espère que vous et votre famille vous portez bien et qu'il en restera ainsi pour les mois et les années à venir.

Je ferai de mon mieux pour vous offrir de nouveaux Gallo qui débordent de joie et de tendresse. On en a tous bien besoin.

Je vous souhaite un bon moment en compagnie de Mammoth et de Tamara, mais soyez sans crainte ! La saga Gallo ne s'arrête pas là.

L'Étincelle prend la suite, et ça va décoiffer avec Nick… *I'm back*, mes chéris ! N'oubliez pas de lire, à la toute fin de ce roman, le chapitre premier de *L'É-tincelle* pour en avoir un avant-goût.

Amour toujours

—PRINCESSE.

— Ne me sors pas ton « princesse ». Tu vas me dire ce qu'il se passe ?

La colère dans sa voix pleine de morgue est impossible à rater.

Je m'appuie sur le guidon de ma bécane, une main tenant le téléphone contre mon oreille, l'autre en suspens.

— Les affaires du club. Pas le droit d'en parler. Tu connais la règle.

Sa respiration porte à l'autre bout du fil. Elle se tait l'espace d'un instant, mais ne tient guère longtemps avant de me rentrer dans le lard.

— Le club a bon dos ! Je vais te dire un truc…

— Eh merde, je marmonne, levant le visage vers le ciel pour laisser les rayons du ciel me réchauffer de ses paroles glaciales.

— Quand tu appelles *ma* famille à l'aide, ça devient *mes* affaires. Alors, ne me sors pas que ce sont les affaires du club et que tu ne peux rien me dire. Pike et Jett sont en chemin et je veux savoir pourquoi.

— Tout va bien. J'étais dans le coin, seul, et ma bécane a décidé de m'emmerder. C'est aussi simple que ça.

— Seul ? piaille-t-elle, et je grimace au timbre strident de sa voix. Attends une minute !

Alors, je m'exécute.

J'attends.

Je patiente en silence.

— Réponds-moi !

— Tu m'as dit d'attendre, dis-je sur un ton grinçant, d'un air provocant.

Cette conversation me fatigue déjà.

— Les hommes sont pénibles, grommelle-t-elle. T'es vraiment seul ?

Si elle le pouvait, elle passerait les bras dans le téléphone pour m'étrangler, j'en suis quasi certain. À cet instant, il ne reste plus une once de mignonnerie en elle. Seulement de la colère.

— Oui.

— Pourquoi Morris et Tiny feraient un truc pareil ? Tu ne vas nulle part seul, Mammoth, nulle part !

Elle m'a pratiquement hurlé ce dernier segment de phrase dans l'oreille.

— Je le sais, mais ce boulot était censé être simple et rapide. Entre ma moto qui fait des siennes et le fait d'être sorti du territoire des Disciples, j'ai pris la décision d'appeler du renfort.

— T'as appelé du renfort, mais t'as pas pris la peine de m'appeler, moi ?

Pour toute réponse, je pousse un grognement sans rien ajouter. Que dire de plus ?

Je savais quelle serait sa réaction.

Je savais qu'elle s'affolerait et s'en prendrait à moi, ce qu'elle est exactement en train de faire, même si ce n'est pas elle que j'ai appelée.

J'emmerde Gigi et Lily et leur incapacité à garder des informations pour elles, comme toutes les Gallo. Elles se font allégeance les unes aux autres, et rien ni personne n'y changera quoi que ce soit.

— Je vais appeler Morris et…

— Non, Tamara ! je la coupe. Tu ne l'appelleras pas. Tu la boucles. Ça ne te regarde pas.

— Pardon ? s'exclame-t-elle tout bas. Me la boucler ?

Comme si je n'avais pas assez d'emmerdes ! Je ne tiens pas à me rajouter une Tamara Gallo énervée.

— Les femmes doivent rester en dehors de tout ça. Je te l'ai déjà dit cent fois. Tu n'as pas à appeler Morris pour lui passer un savon, parce qu'il a fait un truc qui ne me plaît pas. Quand j'ai rejoint le club, je savais dans quoi je m'engageais, Tam. Je fais ce qu'on me demande, et si tu veux que je quitte cette vie, il va falloir que tu te tiennes tranquille, me laisses faire ce que j'ai à faire et fasses, toi aussi, ce qu'on te demande.

— Ça ne me plaît pas, marmonne-t-elle entre ses dents.

Elle doit probablement réfléchir à toutes les tortures qu'elle pourra m'infliger pour avoir dicté ma loi comme je viens de le faire.

— À moi, non plus, mais je dois faire ce que je dois faire. Quand les gars arriveront, je foutrai ma bécane à l'arrière du pick-up, rentrerai avec eux et réfléchirai à ça demain.

— Où attends-tu ? me demande-t-elle, le ton toujours aussi bas.

Je ne suis pas dupe. Sa voix a beau être douce, je sais qu'elle est furax. Je lui ai dit de la boucler et, ça, c'était une gifle. J'aurais pu le dire plus gentiment, lui expliquer les choses de façon moins agressive, mais Tamara ne veut jamais écouter quand il est question du club.

—Un parking.

Je me garde d'ajouter que c'est celui d'une boîte de strip-tease. Elle piquerait une autre crise que je n'ai pas envie d'affronter maintenant.

—Ne pars pas de là sans eux.

— Encore une fois, je ne compte pas bouger d'ici tant qu'ils ne sont pas arrivés, princesse. De toute façon, je doute que ma bécane puisse tenir quelques mètres. Autre chose ?

— Je suis furieuse contre toi, admet-elle, comme si c'était une révélation.

Cette fois, au moins, sa voix est plus énergique.

— Ah bon ? J'aurais jamais deviné !

— Arrête de faire le malin, me réplique-t-elle, et je souris.

J'adore quand elle essaie de m'imiter.

— C'est toi, la plus maline, ma princesse, je rétorque d'un air aguicheur.

Elle a beau être une plaie, elle reste *ma* plaie.

— Ça ne marche pas avec moi, la flatterie, Saint, me lance-t-elle au moment où le pick-up de Gigi, Pike et Jett à son bord, entre dans le parking.

— Je dois te laisser. Les gars sont là. Je serai chez toi dans une heure. Je t'aime.

— Moi aussi, je t'aime, bougonne-t-elle. Sois prudent.

— Toujours, princesse. Toujours.

Je presse le bouton rouge, soulagé que cette conversation se termine.

Les gars sont à quelques mètres de moi et attendent qu'un type éméché, tenant à peine sur ses jambes, rejoigne sa voiture. Mon regard se tourne vers la façade arrière du club, quand la porte de service s'ouvre à la volée.

Une rousse plantureuse vêtue en tout et pour tout d'un string et de deux cache-tétons en jaillit.

Or, elle n'est pas seule.

Un homme se tient derrière elle. Il la pousse à terre et lève un bras. Les rayons du soleil se reflètent sur un objet métallique qu'il tient à la main, m'aveuglant presque.

Mais je n'ai pas le temps d'esquisser un mouvement qu'il tire sur moi.

— MORRIS, mais putain, à quoi tu pensais ?

Je tape du pied, les yeux baissés vers Mammoth qui est étendu dans mon lit, inconscient et bardé d'antalgiques.

Cela fait maintenant trois jours qu'il est sorti de l'hôpital, après qu'on lui a extrait la balle de l'épaule. Je n'ai pas parlé à Morris depuis que c'est arrivé, et j'ai bien veillé à ce que Mammoth non plus.

— C'était censé être simple, explique Morris à l'autre bout du fil.

Il a de la chance de ne pas se trouver en face de moi, car je lui sauterais dessus.

— Bien sûr, je rétorque d'une voix tranchante, incapable de me retenir. Tu l'as simplement envoyé à l'autre bout de la Floride, seul, et tout droit en territoire ennemi. Je ne fais peut-être pas partie *du club*, mais je ne suis pas idiote. Vous ne faites jamais ça. Tu peux l'envoyer à Disney World si ça te chante, il a toujours un frère pour l'accompagner.

— Chérie, me coupe Morris. Je sais que tu penses savoir...

— Oh que *oui*, je sais, le coupé-je dans je ne sais quelle foutaise il s'apprête à me servir.

Je fais les cent pas au pied du lit, le poing serré pour contenir la rage qui couve en moi depuis des jours.

J'ai promis à Mammoth de ne pas appeler Morris.

J'ai promis à Mammoth de la boucler.

Il m'a implorée de ne pas remuer la merde et m'a dit qu'il s'en occuperait une fois qu'il serait en mesure de le faire, autrement dit quand je serai prête à le quitter suffisamment longtemps des yeux pour qu'il retourne au QG.

Seulement, j'en ai ma claque.

Si je ne suis pas en position de parler à Morris, je n'ai jamais su écouter ou suivre les ordres.

Biker ou pas, je ne vais pas continuer à me taire et à rester en retrait, promesses ou non.

— Ça nous arrive tout le temps de faire des trucs seul. Pourquoi crois-tu que je roule en moto ? On n'est pas chez les scouts, ici !

— Sans blague, Morris, je sais qu'on n'est pas chez les scouts. J'ai peut-être pas grandi au sein d'un QG, mais je sais pertinemment qu'on ne laisse pas sortir un frère seul. Pas pour ce genre d'expédition.

— Quelle expédition ? s'enquiert-il, me jetant une nouvelle fois dans l'embarras.

L'enfoiré.

Il sait très bien que je n'en ai aucune foutue idée.

J'ai beau le bassiner pour qu'il se confie à moi, Mammoth est une tombe quand il est question du club.

Je jette un regard dans sa direction.

— Tu sais très bien de quoi je parle.

— Rafraîchis-moi la mémoire. Je suis vieux.

Je jure à voix basse.

— Tu n'es pas vieux et arrête ton baratin. Admets ta bourde et promets-moi que ça ne se reproduira plus.

— Chérie.

Je m'arrête de marcher, le regard fixé au mur devant moi.

— Morris.

— Allez, quoi ! lance-t-il sur un ton amusé.

— Dis-le.

Il soupire.

— Je ne maîtrise pas tout.

— Il était tout seul ! je m'obstine en détachant les mots.

— Encore une fois, c'est pas une première.

— Il s'est fait tirer dessus, nom de Dieu !

— Ça arrive, marmonne-t-il.

J'écarte le téléphone de ma joue et fais des yeux ronds à l'écran comme s'il pouvait me voir.

— Ça arrive ? je murmure, pleine de rage.

— Yep.

— Ça arrive ? je répète, cette fois plus lentement, parce que je n'en reviens pas de sa réponse.

— C'est pas moi qui l'ai envoyé dans ce bar à nichons. Il était là-bas pour des raisons qui m'échappent. Alors, je le répète, ça arrive.

J'enfonce les doigts au coin des yeux et me pince l'arête du nez, tâchant comme jamais de contenir ma colère.

— Quel connard, je marmonne, frustrée.

— Écoute, petite. Il va bien ?

Je jette un nouveau coup d'œil à son corps nu, étendu sur mon lit, le drap tiré jusqu'à la taille.

— Il dort, dis-je calmement.

— Alors il est en vie ?

— Tu le sais déjà.

— S'il va bien et qu'il est en vie, alors pourquoi tu me casses les burnes pour des conneries qui appartiennent au passé ?

— Je ne tiens pas à ce que ces conneries s'insinuent dans notre vie, le poursuivent dans notre avenir. Et je ne veux pas que ça se reproduise, parce que tu auras envoyé mon mec seul au casse-pipe quand il aurait dû avoir un frère à ses côtés.

— C'est noté, déclare-t-il, et je crois avoir enfin gagné, sauf qu'il poursuit. Mais il serait quand même allongé dans ton lit avec un trou dans l'épaule. Peut-être qu'au lieu d'être le seul à s'être fait canarder, un autre de mes gars serait aussi blessé ou, pire, mort, contrairement à ton *mec* qui respire encore.

Je m'imagine Eagle, Ginger ou même un autre étendu sur la chaussée, une balle dans la tête, et je retrouve mon air grave, plissant le nez, aussitôt prise de nausées.

— Ce n'est pas ce que je veux, tu le sais bien.

— Alors on est d'accord.

Je détourne le regard de Mammoth qui commence à remuer, tourne le dos et baisse la voix.

— Pas complètement.

— J'ai écouté tout ce que tu avais à dire, mais je ne contrôle pas tout, quoi que tu en penses.

— Crois-moi, je sais que tu n'es pas Dieu.

— Dieu n'a rien à faire là-dedans, chérie. Je suis désolé pour Mammoth. Vraiment. Tu sais à quel point le reste du club et moi, on tient à lui. La dernière chose à laquelle je m'attendais, c'est qu'il soit blessé. Des rivaux émergent de partout. Personne ne quittera le QG, que ce soit pour un run ou tout autre, sans qu'il soit accompagné. Ça a déjà été décidé.

— Alors pourquoi tu me rends la tâche si difficile ?

Il se met à rire.

— Chérie.

Je reste silencieuse et grince des dents.

— Écoute, me dit-il comme si ce n'était pas exactement ce que je faisais depuis ces cinq minutes.

— Je t'écoute, dis-je en grondant.

— C'est toi qui m'appelles pour me les gonfler, à chercher un fautif là où il n'y en a pas. Ça a dérapé, mais ton mec est en vie. Alors, sois gentil et occupe-toi de lui au lieu d'appeler et de me chauffer les oreilles pour un truc pour lequel je ne peux rien faire.

J'ouvre la bouche et la referme brusquement lorsque j'entends le lit grincer derrière moi.

— Princesse ? marmonne Mammoth, et je me fige.

Je tourne lentement la tête pour regarder par-dessus mon épaule, baisse la main pour tâcher de cacher le téléphone et souris.

— Eh, bébé !

— À qui parles-tu ?

Il s'étire, et chaque muscle de son corps se bande sous sa peau tachetée d'encre. Il esquisse une grimace lorsqu'il bouge le bras, et le coup de feu lui revient.

— Personne, je murmure tout en restant là où je suis. Rendors-toi.

Il tapote le lit, ses yeux passant tour à tour de ma main à mon visage.

— Pose le téléphone. J'ai besoin de ma petite femme.

— Tu es blessé, j'objecte, tandis que j'entends Morris baragouiner en arrière-plan, dans un grondement sourd.

Faites qu'il n'entende pas sa voix.

Faites qu'il n'entende pas sa voix.

— Raccroche, Tamara, m'ordonne Mammoth, son regard retombant près de ma jambe, là où le téléphone est pressé pour étouffer la bordée de jurons lâchée par Morris. Tout de suite.

Et merde.

Il a entendu sa voix.

Il n'a pas à le dire. Je le devine aux éclairs que me lancent ses yeux gris.

— Ce qu'il est ronchon, je marmonne tout en levant le téléphone à hauteur des yeux pour découvrir un écran vide.

Je tends la main pour le montrer à Mammoth, bien décidée à ne pas en démordre.

— Tu vois ? Personne.

Curieusement, je parviens à prononcer ces mots avec le sourire.

Il secoue la tête, les yeux plissés.

— On m'a peut-être tiré dessus, mais je ne suis pas sourd. J'ai entendu sa voix.

J'avance sur la pointe des pieds jusqu'à mon homme et, faisant de mon mieux pour jouer les imbéciles, je lance :

— Sa voix ?

— Je sais que tu as appelé Morris. J'ai entendu sa voix.

Grillée.

Merde.

Sans me départir de mon sourire d'idiote,

Je continue de sourire comme une idiote et

pose le téléphone sur la table de nuit, avant de planter mes fesses près de lui sur le lit.

— Il appelait juste pour savoir comment tu allais. Je lui ai dit que tu te reposais et que je voulais que personne ne te dérange.

Il tend son bras valide, me le passe autour de la taille et me tire en arrière comme si je ne pesais rien.

— Princesse, tu mens très mal.

— Je ne mens jamais, mens-je à nouveau, bien décidée à ne pas me dégonfler.

Je n'ai jamais été réputée pour ma capacité à reconnaître mes torts. Une fois que j'ai pris position, je campe et il n'y a plus de retour en arrière possible. C'est un trait de famille, ou plutôt un défaut. C'est en moi.

Il me dévisage, sans même se fendre d'un sourire.

— Tu veux bien répéter ça ?

— Non.

Un coin de sa bouche remonte, tandis que sa main se resserre sur ma hanche.

— Que vais-je faire de toi ?

— J'ai bien quelques idées.

Je remue les sourcils, un sourire insolent aux lèvres, avant d'ajouter :

— C'est nul que tu sois blessé.

Toujours prêt à me donner tort, il me tire un peu plus en arrière, jusqu'à ce que mon corps se retrouve pressé contre le sien.

— Mon épaule est peut-être invalide, mais le reste ne l'est pas.

Je tourne la tête vers lui et regarde droit dans ses yeux gris.

— C'est encore tout récent, et le docteur a dit que tu devais faire attention pour ne pas arracher les agrafes.

Il fait courir ses doigts le long de mon bras et ma peau se couvre de chair de poule.

— Qu'est-ce que mon épaule a à voir avec ma queue ?

Je pose une main sur son torse et joue avec son piercing.

— Pas d'activité physique, mec. Pas tant que le médecin ne t'aura pas donné son feu vert.

Sa main quitte mon dos pour suivre ma colonne vertébrale et se diriger droit vers mon cul.

— Tu sais ce qui serait physique ?

Je me dandine lorsque ses doigts passent sur le renflement de mes fesses.

— Quoi ?

— Que tu montes sur ma queue.

Je glousse et lui donne une tape sur le torse.

— Arrête. On baisera pas.

— Alors mon visage.

Je secoue la tête tout en mordant la lèvre. Putain, je donnerais n'importe quoi pour m'asseoir sur son visage là, tout de suite, au lieu de débattre au sujet de Morris, un trou dans son épaule.

— Encore quelques jours, d'accord ?

Je veux lui donner une chance de guérir sans complications.

— Tu veux un autre cachet ? Ça t'aidera à dormir et te fera penser à autre chose.

Il frotte les lèvres contre la peau de mon front et me respire tout en me demandant :

— Tu as déjà pris un de ces trucs ?

— Non. Pas ce genre-là, mais pas loin.

— Ces cachets...

Il s'interrompt et soupire.

— Ils me font faire des rêves complètement dingues.

Je m'écarte et me relève, sans quitter le creux de son bras.

— Quel genre de rêves ?

— Des rêves érotiques.

Le sourire en coin revient.

— Un peu dingues.

— Un peu dingues ?

J'écarquille les yeux. À ma connaissance, la vie sexuelle de Mammoth n'a jamais été fade, alors je me demande bien ce qui constitue un rêve « un peu dingue » à ses yeux.

Il hoche la tête.

— Donc, si tu m'en donnes un autre, tu auras plutôt intérêt à me grimper dessus, parce que je vais chercher coûte que coûte à m'enfouir bien profond en toi, princesse.

Je déglutis.

— Pas de cachet, alors.

— Pas de cachet, répète-t-il. Bon, et si tu levais ce joli petit cul et allais me faire un sandwich ?

Je le regarde, hébétée.

— Tu veux bien répéter ? Parce qu'on aurait vraiment dit que tu me donnais l'ordre de te faire un sandwich.

— Je suis blessé et affamé, chérie. Je peux plus avaler ces ramens. Je sais pas comment tu fais pour manger cette merde tout le temps. Alors, si tu veux que j'aille mieux, peux-tu, s'il te plaît...

Il insiste sur le mot en voyant ma moue.

— ... m'en préparer un à base de protéines.

— Présenté comme ça, d'accord. Je ferai tout ce qu'il faut pour que tu sentes mieux, mais, pour ta gouverne...

Je me redresse et le regarde droit dans les yeux.

— ... à l'avenir, veille à placer un « s'il te plaît » devant ce genre de phrase. Autrement, cette chatte de platine restera fermée très longtemps.

Il me dévisage, la bouche en ligne droite.

— Tu déconnes ?

Je secoue la tête, les bras croisés.

Il hausse un sourcil.

— Alors, je dois aussi dire « s'il te plaît, puis-je te sauter ? » à l'avenir ?

— Si tu dis « s'il te plaît » quand on baise, je ferme la boutique à minou aussi.

Il éclate de rire et, agrippant aussitôt son épaule, traversé par cette douleur vive qui lui rappelle qu'il est blessé, il retrouve illico son sérieux.

— Putain, lâche-t-il. Ne me fais pas rire.

— Dans ce cas, arrête de dire des conneries.

— Princesse, tu sais bien que ta *boutique à minou...*

Réfrénant un sourire, il tend la main pour me caresser la jambe.

— ... restera toujours ouverte pour moi.

J'éclate de rire à mon tour, gorge déployée, et résiste aux fourmillements de ses caresses légères qui me remontent dans les cuisses.

— C'est moi qui commande ce corps, bébé. Ça a toujours été comme ça, et ça le restera.

Ses doigts remontent de quelques centimètres, et je réprime un soupir lascif.

— Vraiment ?

— Oui, je réplique, mais ma réponse ne sonne pas aussi ferme ou aussi juste que je l'aurais espéré, et je change aussi vite que possible de sujet. Bref, tu es ici pour que je prenne soin de toi, alors laisse-moi aller faire ce sandwich dont tu as tant besoin. J'ai dit à Morris que tu ne rentrerais pas tant que tu ne serais pas guéri.

Il hausse les sourcils.

— Tu lui as dit ça ?

— Quelque chose dans le genre, dis-je avec un haussement d'épaule, dans l'espoir qu'il me croie et laisse tomber.

Mammoth serre les mâchoires.

— Qu'est-ce que tu m'avais promis ?

Et merde.

Je fais une grimace d'embarras.

— Je sais, mais...

— Tamara.

— Mammoth.

Il esquisse une grimace lorsqu'il s'adosse à la tête de lit pour ajuster sa position et retire sa main de mes fesses.

— Je t'avais demandé de ne pas t'en mêler.

— Ben, je... c'est lui qui m'a appelée, mens-je à nouveau.

Mais bordel, qu'est-ce qui ne va pas chez moi ?

Parfois, j'arrive à me tirer d'affaire grâce à mes bobards, mais pas avec Mammoth. Ce type les repère à des kilomètres. Pour autant, je ne vais pas changer de refrain. À ce stade, je suis tellement embourbée dans ce mensonge que je ne peux plus reculer. Je n'ai pas d'autre choix que de m'en tenir à ma version et de m'accrocher, même si ça conduit à une fessée, suivie d'une baise torride. Le plaisir succède toujours à toute forme de punition récréative.

Il penche la tête sur le côté, tandis qu'il se masse l'épaule en prenant soin de ne pas toucher au bandage. Il me pénètre de ses yeux gris comme s'il lisait dans mes pensées et était au courant de tous les mensonges que je lui ai servis ces cinq dernières minutes.

— Va me faire mon sandwich, me somme-t-il sans une once d'émotion, encore moins de gentillesse.

Fait chier. Je hais quand je n'arrive pas à déchiffrer ce qu'il pense.

— Dinde ou rôti de bœuf ? Je crois que j'ai les deux.

— Les deux, et j'en ai marre d'être alité.

— Mais...

Je lève l'index, prête à lui expliquer pourquoi il n'en a pas encore terminé, quoi qu'il en dise.

Il secoue la tête.

— Y a pas de « mais », Tam. J'ai fait comme tu voulais pendant trois jours. Je suis suffisamment rétabli pour quitter le lit. Je ne suis pas mourant et tu dois arrêter de me traiter comme tel.

— D'accord, je lâche dans un marmonnement tout en reculant sur le lit, jambe tendue jusqu'à ce que mes orteils touchent le carrelage. On se retrouve là-bas, alors. Autre chose ?

— Mon téléphone.

Je déglutis.

— Bien sûr, dis-je, tandis que je me lève et me dirige vers la commode où je garde l'appareil éteint depuis trois jours. Ne tarde pas, d'accord ?

Il tend la main, le visage impénétrable.

Bordel.

Je suis dans le pétrin.

Je le sais.

Je pose le téléphone dans sa paume ouverte et souris.

— Ton sandwich sera prêt dans cinq minutes.

— Referme la porte en partant.

Aïe. Mon cœur se serre. J'ai vraiment merdé.

Ai-je dépassé les bornes ? Certes. J'ai trahi ma promesse. Seulement, s'il avait été ma place, il ne m'aurait pas écoutée, quoi qu'il en dise.

J'enfile un tee-shirt et un short tout en le regardant du coin de l'œil. Il m'observe, le téléphone à la main, immobile. Je marche en direction de la porte, décidée à quitter à la pièce avant de me mettre à pleurer comme une madeleine, à cause de son humeur massacrante.

— Princesse, m'interpelle-t-il, que je n'ai pas encore la main sur la poignée.

— Oui ?

Ne te retourne pas.

Ne lui montre pas que tu pleures.

Je ne suis pas faible.

Pas même face à lui.

— Pardon, s'excuse-t-il d'une voix radoucie. Je ne suis pas habitué à ça.

— Moi non plus, je murmure tout en tournant la poignée, et je sors, avant de refermer la porte derrière moi, sans un regard dans sa direction.

— T'ES CLEAN ? me demande Morris, sans même s'embarrasser d'un bonjour.

— On ne peut plus clean. Ça fait des heures que je n'ai pas avalé de médocs.

Je n'en aurais pris aucun contre la douleur si Tamara n'avait pas été sur mon dos, pétant une pile aux heures dites. Je me suis dit que la laisser jouer les infirmières quelques jours l'aiderait à se sentir utile à un moment où elle était perdue et surtout effrayée.

Bon sang, moi non plus, je ne suis pas hardi à ce point. Je savais que j'allais vivre, mais il faut dire que j'ai vu la mort en face lorsque le coup est parti.

— Bien. Bon, il s'est passé quoi, putain ? Difficile d'obtenir des infos.

Je me penche en avant, un bras dans une écharpe, le téléphone dans l'autre main, la seule en service pour l'heure.

— Ma bécane m'a fait des siennes, alors je me suis arrêté au Cherry Pit, croyant que ce serait l'endroit le plus sûr du coin. Je me suis garé à l'arrière, pour me faire discret. J'ai passé un coup de fil à Tamara, échangé quelques mots avec elle en attendant que Pike et Jett arrivent et nous embarquent, ma moto et moi. La porte de service s'est ouverte, j'ai vu un flingue et, la seconde d'après, on a tiré.

— Bordel de merde. Le Cherry Pit est censé être neutre.

— Ben, visiblement, l'accord a sauté. J'ai pas reconnu le type ni vu son cuir, mais Pike a dit qu'il est un Southern Warlord.

— Merde, lâche Morris. Mais qu'est-ce qu'il foutait en Floride ? C'est pas leur territoire et je vais certainement pas les laisser marcher sur nos plate-bandes.

— À voir comment je me suis fait trouer la peau, on dirait bien qu'ils font savoir leurs intentions.

— Plutôt crever, réplique-t-il aussi sec.

— Parle pas si vite.

Il pousse un grognement.

— Quand rentres-tu ?

— Demain.

Je sais pertinemment que Tamara va péter les plombs, seulement ma place est là-bas. Je suis toujours membre de club. Mon vote compte. Ma voix a de l'importance.

— Mais je peux pas rouler. Je retrouverai probablement l'usage complet de mon bras dans quelques semaines.

La dernière chose que je souhaite, c'est une guerre avec les Southern Warlords, mais je sais qu'il y aura des représailles pour ce qu'ils m'ont fait.

— On peut se passer de toi sur la route, mais je te veux à la table du conseil pour nous aider à tirer ça au clair. On doit trouver une issue. C'est pas le moment de déclarer une guerre ouverte à ces enculés.

— Entendu.

— Simplement, occupe ta gonzesse pour qu'elle arrête de me chauffer les oreilles. J'ai autre chose à foutre que de la rassurer. Tu piges ?

— Reçu cinq sur cinq. Tu connais Tamara. Je peux pas la surveiller vingt-quatre heures sur vingt-quatre, mais je ferai de mon mieux pour la tenir occupée.

— Attache-la, fais ce que tu veux, du moment qu'elle se tient à carreau. J'ai d'autres priorités que de l'entendre me rabâcher que je dois pas te laisser sortir seul.

— C'est noté, mais autant que tu le saches tout de suite, elle risque de me raccompagner demain.

— Peu importe, du moment que tu rappliques ici.

— Mammoth, résonne la voix de Tamara dans le petit appartement. Viens manger.

— Je dois te laisser. À demain.

— Maîtrise-la, me rappelle-t-il avant de rac-crocher.

J'essaie tant bien que mal d'enfiler un jean avec un bras, en vain. Après trente secondes, je passe l'écharpe au-dessus de ma tête et la jette au bout de la pièce. L'épaule me fait mal, mais j'ai connu pire. Jusqu'ici, j'ai joué les patients modèles pour faire plaisir à Tamara, mais terminées, les conneries.

Après avoir lentement passé mon jean, je sors de la chambre, surpris de ne pas la trouver dans le couloir, en train de monter la garde.

Au moment où j'entre dans la cuisine, Tamara et Gigi se tiennent près du comptoir, rapprochées l'une de l'autre, et parlent à voix basse. Elles me regardent l'espace d'un instant, sans rien dire, avant de retourner à leurs messes basses.

Ces deux-là mijotent toujours quelque chose. Elles ne lâchent jamais l'affaire. C'est comme si elles étaient génétiquement câblées pour semer la pagaille.

L'eau me vient à la bouche aussitôt que je vois le sandwich sur le plan de travail, un verre d'eau et un petit paquet de chips posés à côté.

Je me glisse sur un tabouret et, tâchant de faire à nouveau preuve d'amabilité et de patience, je dis :

— Merci pour le déjeuner, princesse.

Gigi, qui n'hésite jamais à me faire savoir son mécontentement à mon égard, marmonne dans sa barbe. Tamara ne se retourne pas. Elle ne relève même pas ma remarque et préfère garder le visage tourné vers sa cousine.

Je saisis le sandwich, mords dedans, et, laissant les saveurs exploser sur ma langue, je ferme les yeux. Elle a pris les consignes du médecin un peu trop à la lettre, me nourrissant de soupe – et par soupe, j'entends des ramens – et de fruits à chair tendre, comme si j'étais prêt pour la maison de retraite et non pas en convalescence pour une petite plaie de rien du tout.

Je ne quitte pas des yeux les filles, et Gigi, qui ne se laisse pas démonter, me rend mon regard. Manifestement, Tamara lui a raconté ce qui s'est passé dans la chambre et combien j'ai perdu patience avec elle.

C'était con de ma part, et elle ne me le pardonnera pas de si tôt. Tamara est une femme indulgente, mais elle vous pousse aux remords entretemps. Elle ferait une bonne sadique à se plaire à regarder un homme ou une femme se tordre de douleur.

Je mâchonne tout en les observant. Toutes deux ont les bras croisés. L'une me fait face, l'autre refuse toujours de regarder dans ma direction. Elles parlent doucement, leurs paroles m'étant à peine audibles bien que je me trouve à seulement quelques mètres d'elle.

Je laisse tomber le sandwich dans l'assiette et me redresse.

— Tu peux me laisser une minute avec ma

nana ? je demande à Gigi, et non à Tamara, parce que je sais qu'elle dira non, préférant continuer à me rejeter inutilement.

Gigi tourne les yeux vers sa cousine et elles échangent un regard, qui n'a visiblement rien de jovial, à en juger la façon dont les lèvres de Gigi se retroussent.

— Je serai pas loin, souligne-t-elle, comme pour lancer un avertissement.

— Pigé, dis-je, sans ciller.

Elle se met en mouvement, mais se déplace à la lenteur d'un retraité en plein créneau sur un parking de supermarché.

Une fois que j'ai entendu la porte de sa chambre se refermer, je pose les yeux sur Tamara. En réalité, sur son dos, puisqu'elle n'a toujours pas daigné se retourner.

— Princesse, regarde-moi.

— Non, réplique-t-elle tout bas, les yeux tournés vers les placards accrochés au mur, droit devant elle.

— J'ai été trop loin, admets-je. Je suis désolé.

— Tu as été trop loin, oui.

Ses épaules s'affaissent, mais elle ne se retourne toujours pas.

— Tu m'as traitée comme une merde, alors que j'essayais simplement de t'aider.

Je repousse mon assiette et contourne la table de comptoir pour me venir planter devant elle. Je lève une main pour lui caresser le visage. Elle ne recule pas la tête.

— Écoute, mon amour, dis-je, alors que je passe mon pouce sur sa joue et en sens l'humidité sur ma peau. J'ai pas voulu être méchant. Ces cachets me rendent cinglé. Et terriblement grincheux, aussi. Je n'aime pas être un fardeau pour toi et que tu sois obligée de me servir comme si j'étais un infirme. C'est moi qui suis censé veiller sur toi, pas l'inverse.

Elle garde ses yeux noisette baissés, me refusant ce que je désire plus que tout au monde.

— T'es pas un fardeau. Si c'était moi qui étais blessée, tu me verrais comme un fardeau, toi ?

— Bien sûr que non. Je ferais tout ce qui est en mon pouvoir pour que tu ailles mieux. Je t'aime trop pour rester les bras croisés pendant que tu souffres.

Elle penche la tête en arrière, les yeux levés vers moi, des larmes encore accrochées à ses cils, prêtes à tomber.

— Je te déteste. Je suis pas une pleurnicheuse. Je l'ai jamais été, mais tu t'es comporté comme un connard avec moi, Mammoth. Tu ne m'as jamais traitée comme ça. Jamais. Que tu m'ordonnes de te faire un sandwich, ça m'a sciée. J'ai eu l'impression de revenir cinquante ans en arrière et de devoir filer m'acheter un tablier en bonne petite maîtresse de maison.

Sa remarque me fait grincer des dents.

— C'était pas intentionnel. J'ai la tête en vrac et je ne suis plus moi-même. J'aurais dû te demander si tu pouvais me préparer un truc à manger et ajouter « s'il te plaît ». Je suis désolé, princesse. Vraiment désolé.

— Tu peux l'être, murmure-t-elle alors qu'elle pose son visage aux creux de ma paume et se laisse aller tout contre ma main.

— Alors pourquoi ces larmes, Tam ? C'est pas qu'une histoire de sandwich, je le sais. La femme que je connais m'aurait dit de me le fourrer au cul et m'aurait fait un doigt d'honneur avant de partir en claquant la porte, tête haute.

Elle se laisse tomber contre mon torse et vient écraser son visage sur ma peau.

— Je crois bien que j'ai jamais eu aussi peur de toute ma vie, murmure-t-elle, avant de passer les bras autour de moi et de me serrer fort à m'en couper le souffle.

Malgré tout, je n'ose pas faire un mouvement.

Je ne parle pas.

Bordel, je respire à peine.

Même si j'étais agacé devant cette dispute qui partait d'une broutille, cette conversation concerne tout autre chose... un évènement qui l'a changée. Elle a besoin de livrer ce qu'elle a sur le cœur, et je compte bien ne pas la couper dans son élan. Je vais lui offrir l'espace dont elle a besoin pour le faire et la soutenir du mieux que je peux, la laisser vider son sac.

— Quand Pike a appelé, j'ai cru que tu allais mourir, me confie-t-elle. Je suis devenue folle. Je voyais défiler des images de toi, allongé sur le bitume de je ne sais quel trou à rat, en train de te vider de ton sang...

Elle secoue la tête, essuyant ses larmes contre mon torse.

— Je pensais ne plus jamais revoir ton visage, ne plus jamais toucher ta peau, ne plus jamais sentir la chaleur de tes bras autour de moi, qui me tiennent, me réconfortent.

— Chérie, je vais bien. Pike n'aurait jamais dû...

— Non, m'interrompt-elle tout en relevant la tête, le regard brûlant. Il m'a tout raconté. Il est resté calme, ne m'a pas dit que tu étais mourant. C'est moi qui me suis fait cette idée. Je me suis laissé aller à avoir peur. Plus tu restes de l'autre côté de l'État, avec les Disciples, plus on se rapproche du jour où je recevrai cet appel m'annonçant qu'on t'a tiré dessus et que tu ne t'en es pas sorti. Et si la prochaine fois, ce n'était pas simplement l'épaule ? On a eu de la chance. Ce gars tirait comme un pied, mais que se serait-il passé s'il avait décalé le canon de quelques centimètres ? Il aurait pu tirer droit dans la poitrine, stopper net ce cœur.

Elle place une main sur mon torse, pile à l'endroit où se trouve mon cœur.

— Que serais-je devenue ?

Je penche la tête et pose mes lèvres sur son front.

— Ça n'arrivera pas.

— Ça pourrait arriver, rétorque-t-elle.

— Mais ça n'arrivera pas. Je ne resterai plus aussi longtemps au club et ne prendrai plus un tel risque, non plus. Je vais parler à Tiny et Morris. On va accélérer ma sortie. Ils comprendront. Cette blessure...

Je pointe le menton en direction du bandage qui entoure mon épaule.

— ... va m'aider à obtenir plus vite que prévu ce qu'on souhaite.

— Ils ont dit que tu ne serais jamais libre.

Je la serre un peu plus contre moi et pose la joue sur sa chevelure soyeuse, tandis qu'elle se blottit au creux de mon torse.

— Personne n'en sort jamais totalement, mais je serai aussi libre qu'on puisse l'être. Je n'aurai plus à partager mon quotidien avec eux. Je n'aurai pas à porter mon cuir et à faire de moi une cible. Je n'aurai pas à prendre la route au pied levé. Alors, oui, il se pourrait bien qu'on m'appelle si ça commence à chauffer au QG ou pour un service à rendre. Autrement, je serai libre.

Avec un soupir, elle me caresse le dos, sa main suivant le tracé de ma colonne vertébrale

— Je te veux ici, plus que là-bas.

— Entendu.

— Je te veux dans mon lit la nuit.

— J'y veillerai.

— Je veux vieillir à tes côtés.

— Je n'imagine pas les choses autrement, je lui jure le plus sincèrement du monde.

Elle lève la tête et me regarde avec tant d'espoir.

— Je veux des bébés de toi. Plein de bébés.

Je ravale ma salive et tâche de faire taire cette peur, qui m'a toujours habité, d'être un père merdique.

— Tout ce que tu voudras, princesse. Tu sais bien que je décrocherais la lune pour toi si je le pouvais.

— Bon, au moins, tu as le temps de récupérer un peu, avant de rentrer au QG.

Je me raidis, et ses yeux s'écarquillent.

— Ne me dis pas que tu y retournes déjà !

— Je dois rentrer demain. On a besoin de moi, là-bas. J'ai pas vraiment le choix. Je suis toujours membre du club, blessé ou non.

Elle soupire à nouveau et laisse retomber la tête contre mon torse.

— Les salauds, marmonne-t-elle contre mon torse, les ongles plantés dans mon dos. Tu peux pas rouler dans cet état.

— Je demanderai à Pike de me raccompagner.

Je ne supporte pas de devoir réclamer qu'on me conduise à l'autre bout de la Floride et de ne pas en être capable tout seul.

— Non, s'empresse-t-elle de répondre, le visage toujours pressé contre mon torse. Je m'en chargerai.

— Je doute que...

— Je m'en fous. Je te raccompagnerai. T'as besoin d'un chauffeur ? Je serai ton chauffeur. C'est non négociable. Compris ?

Un sourire s'étire sur mes lèvres. J'adore quand elle porte la culotte... du moins, parfois. À d'autres occasions, pas vraiment.

— Dans ce cas, tu peux m'emmener.

Elle lève les yeux vers moi, le sourire impertinent enfin de retour sur ses sublimes lèvres.

— Je n'étais pas en train de te demander la permission.

— Sans rancune, alors ?

Elle hoche la tête.

— Évidemment.

— Je suis tout à toi, aujourd'hui. Que veux-tu faire ?

— Je veux que tu finisses de manger et que tu retournes au lit.

Je pousse un soupir.

— Mais je serai dans ce lit avec toi, bébé. Voyons si tu arrives à t'occuper de moi avant que je te ramène au QG. Ce sera un test.

J'esquisse un sourire. Ça, c'est l'esprit que j'aime.

— Tu vas noter ? dis-je, un sourcil arqué.

Elle se met à rire.

— Bien entendu.

Je descends une main sur ses fesses.

— Y aura-t-il des points en plus ?

Elle porte une main à la ceinture de mon jean.

— C'est possible, mais ce sera pas simple.

— Je suis prêt à relever le défi, princesse.

Elle me décoche un clin d'œil.

— Je n'en doute pas.

JE REPRENDS BRUSQUEMENT MON SOUFFLE, comme si l'on m'avait plongé la tête durant des secondes impossibles à tenir.

— Jésus, Marie, Joseph ! je lâche tout en me laissant retomber sur le matelas.

— Ils n'ont rien à voir là-dedans, princesse.

Je ferme les paupières, étourdie par le manque d'oxygène et les tremblements de l'orgasme qui secouent encore mon corps.

— Pourtant, je jurerais avoir vu Dieu.

Il me sourit, en adoration devant moi.

— Lui non plus n'a rien à voir là-dedans. Tout ça, c'est de moi, chérie.

J'agite une main vers lui et la laisse retomber aussitôt sur le lit, trop lasse des deux orgasmes qu'il m'a donnés avec tant de générosité.

— Bon, maintenant, on sait que ta bouche est opérationnelle.

— Mes doigts aussi, ajoute-t-il en se relevant, le sexe au garde-à-vous, exhibé et bien en vue. Mais je pense que ma queue a besoin d'une petite révision.

Je ris, sans pouvoir détacher le regard de son bel engin.

— Allez ! dis-je. Grimpe et montre-moi ce que tu vaux.

Il secoue la tête.

— J'ai l'épaule amochée, tu te rappelles ? Amène tes fesses ici.

Il se tient debout, au pied du lit, et attend.

— À quatre pattes, le cul en l'air. Tu sais comment je te préfère.

Mon bas-ventre frémit d'excitation et, contre toute attente, mon sexe se contracte. L'insatiable dépravée qui sommeille en moi en redemande, mais le reste de mon corps agite le drapeau blanc et réclame une pause.

— Je sais pas si j'arriverai à tenir sur mes jambes après tout ça.

— Trésor, me souffle-t-il, un sourire au coin des lèvres, pose ta jolie petite tête contre le matelas, je m'occupe du reste. Je te retiendrai pour que tu ne tombes pas.

Je m'empresse, comme si j'avais le feu au cul, de ramper jusqu'au pied du lit. Je prends position, la croupe en l'air, le visage plaqué contre les draps froissés, les bras le long du corps, et j'attends, le souffle court d'une chatte en chaleur.

— Parfait, murmure-t-il tout en faisant courir une main sur ma hanche. Juste parfait.

Avant qu'il termine à l'hôpital, une balle dans l'épaule, nous ne nous étions pas vus depuis deux semaines. D'ordinaire, quand on se voit, on ne fait rien d'autre que baiser, dormir et manger. J'ai hâte que ça redevienne ainsi. Les innombrables orgasmes, suivis de la sieste au creux de ses bras.

Je coule un regard en direction de mes jambes et l'observe en train d'admirer mon cul. Dans ses yeux brille toujours une avidité, une soif impossible à étancher, malgré toutes les lampées qu'il pourrait prendre de moi.

— Tu comptes rester là, à me mater, toute la journée ou tu me baises ? dis-je, l'âme insolente.

Je n'ai pas le temps de sourire qu'il lève une main et la rabaisse à toute volée pour me claquer les fesses. Le geste est douloureux, juste ce qu'il faut pour qu'une décharge traverse mon système nerveux et me fasse remonter un peu plus le cul.

Il passe sa main sur la zone endolorie pour en apaiser le feu.

— Tu veux répéter ?

— Ça me dérangerait pas.

Je ris et remue les fesses.

— Mais je préférerais que tu m'enfiles avec ta queue plutôt que de faire mumuse.

Il retire sa main de mon cul et l'enroule autour de sa longue et large verge.

— Cette queue-là, princesse ? C'est elle que tu veux ?

Je me passe la langue sur les lèvres, salivant presque, et murmure, captivée par cette vision de lui en train de se branler :

— Oui.

— Supplie-moi, me lance cet enfoiré, un sourire plaqué au coin des lèvres, ses yeux gris dans les miens.

Je cesse de remuer les fesses.

— Te supplier ?

— Dis-moi combien tu as envie de ma queue.

Je me relève sur les coudes et lui rends son sourire suffisant.

— Chéri, je susurre tout en détachant le regard de sa queue pour le poser sur son visage. Tu m'as déjà donné deux orgasmes de fous. Moi, je suis bien, là. À ce stade, c'est plutôt toi qui devrais me supplier pour que je te rende la pareille. Après, si ça t'intéresse pas et si tu préfères t'occuper de cette jolie queue toi-même, je serai plus que ravie de te regarder faire.

Il poursuit le mouvement de sa main — haut, bas, haut, bas — à un rythme lent et régulier, et marmonne :

— Foutrement mignonne.

— Pourquoi donc, toi, tu ne supplierais pas

d'avoir ma petite chatte ? je lance, le rire au bord des lèvres, car je sais que je vais le payer et que cette phrase sonne parfaitement ridicule. Supplie-moi pour avoir une chance de fourrer ta queue toute raide dans mon sexe bien serré et humide.

Il inspire un grand coup, et je comprends qu'il est sur le point de craquer.

Je l'agace.

Je joue avec lui à peu près de la même manière qu'il le fait avec moi.

On en éprouve du pouvoir, et c'est addictif.

— Supplie-moi, Mammoth. Dis-moi combien tu as envie de me tringler.

Son regard s'embrase. Le mot « tringler » a tout fait basculer, a réveillé cette part animale qui sommeille en lui, ce côté gorgé de désir charnel et du besoin de se répandre. Il fait un pas dans ma direction, sa queue en main, prête à entrer en action.

Lorsque son gland touche mon corps, je recule les fesses et reçois un marmonnement pour toute réponse.

— Supplie-moi, je répète à nouveau.

— Je ne supplie jamais.

J'arque un sourcil, les fesses toujours relevées, et attends.

— Tu ne supplies jamais, mais tu vas le faire.

Il me décoche un sourire, et je crois avoir gagné. Ma cheerleader intérieure agite déjà ses pompons pour fêter la victoire et les coups de reins que je m'apprête à recevoir en récompense de ma bonne action.

Mais à ma grande surprise, il ne me supplie pas.

Il ne dit pas un mot.

Au lieu de cela, il s'assied à côté de moi, son épaule touchant ma hanche, et continue de faire aller et venir sa main le long de sa verge.

— Qu'est-ce que tu fais ? je demande d'un air ahuri, bouche bée devant sa splendeur.

— Je ne supplie jamais, et tu as raison. Ma main, ça marche aussi.

— Petit con, je marmonne dans ma barbe.

Il ferme les yeux et continue de s'astiquer, ralentissant le mouvement lorsque sa paume affleure le gland, avant de redescendre son poing fermé, encore et encore.

Je ne traîne pas. Ce moment, je l'attends depuis la dernière fois où l'on s'est fait nos adieux. Je recule à quatre pattes jusqu'à ce que mes pieds touchent le sol et me mets debout devant lui.

— Tu comptes vraiment te branler ?

Hypnotisée, je n'arrive pas à en détacher le regard. Si je n'avais pas autant envie de sa queue, je resterais là, à le regarder se donner du plaisir. Mais, merde. Je suis chaude comme la braise. La sobriété n'a jamais été mon fort, surtout avec Mammoth.

Il accélère la cadence et serre plus fort.

— Hmm...

Je repousse sa main et monte à califourchon sur lui, en suspens au-dessus de sa queue raide.

— T'es un enfoiré, je murmure tout en caressant sa joue du bout des doigts, le regard plongé dans ses prunelles grises. Je vais te rappeler, moi, combien mon sexe est bien meilleur que ta main.

Il pose la main sur ma hanche et baisse les yeux sur mes seins.

— Donne-moi une bonne leçon, me nargue-t-il. Une douce punition.

J'enroule un bras autour de son épaule valide, pose la main sur sa nuque en prenant soin de ne pas approcher de trop près son bandage.

— Prépare-toi, ça va secouer.

Il enfonce ses doigts dans ma hanche, et le grognement de plaisir qu'il lâche me laisse à penser que mon *dirty talk*, bien que complètement ringard, lui plaît.

Je penche la tête pour m'emparer de ses lèvres, tandis que j'abaisse le bassin et saisis de ma main libre son membre pour aligner nos corps.

Lorsque je m'enfonce, enveloppant tout juste son gland, il pousse un soupir d'approbation.

— Ça te plaît ? je susurre contre ses lèvres et sens son corps se tendre sous moi.

— Oui, me répond-il sur le même ton, avant d'ouvrir les yeux et de me fixer du regard. Ça m'a manqué. Tu m'as manqué. Mon corps réclame ta petite chatte, princesse. Mon corps *te* réclame.

M'a-t-il supplié ? Pas vraiment.

Mais a-t-il prononcé les mots magiques ? Oui.

J'en ai assez de ce petit jeu.

Assez de jouer à celui qui aura le dernier mot.

Mon corps aussi réclame Mammoth.

Il réclame sa queue.

Il réclame cette connexion.

J'ai déjà eu deux orgasmes, et je serai toujours partante pour en atteindre d'autres, mais je veux me sentir reliée à lui de la plus biblique des façons qui soit.

Mes doigts se resserrent autour de sa nuque, tandis que les siens s'ancrent dans ma hanche, et nous voilà accrochés l'un à l'autre, avant que je me laisse tomber et m'empale sur toute la longueur de son membre.

Ses lèvres s'ouvrent et sa langue s'engouffre dans la bouche, pendant que nous gémissons en chœur de plaisir. Son torse me paraît dur comme la roche lorsque j'écrase mes seins contre lui. J'aime la chaleur qui se dégage de son corps et la douceur de sa peau. Je remonte, puis laisse retomber le bas du corps dans un claquement, encore et encore, jusqu'à ce qu'il m'embrasse avec une ardeur qui laissera mes lèvres gonflées et endolories.

Il descend la main sur mes fesses, les agrippe sans ménagement, tandis que je le chevauche, accélérant la cadence à chaque nouveau coup de reins. Quand le troisième orgasme de la journée me terrasse, mon sexe avide se met à convulser, astiquant sa queue, décidé à lui offrir le même plaisir.

Je surfe encore sur la première vague de plaisir qu'il resserre la main sur mon cul et bascule avec moi.

Nous restons plantés là durant un bon moment, moi sur ses genoux, sa main encore sur mes fesses, tous deux haletants.

— Je t'aime, murmure-t-il.

Je pose mon front contre le sien et contemple ses yeux d'une beauté obsédante.

— Je t'aime aussi, dis-je, chassant le sentiment de peur éprouvé ces derniers jours, quand je pensais le perdre à tout jamais.

Mammoth se laisse retomber en arrière et m'emporte avec lui, puis je roule du côté de son flanc valide et me pelotonne au creux de son bras. Ses doigts remontent le long de mon dos et s'enfouissent dans mes cheveux.

— Qu'est-ce que tu voudrais que tu n'aies pas, là ? me demande-t-il, le regard tourné vers le plafond.

Je ferme les paupières, l'épuisement de ces trois orgasmes ayant peu à peu raison de moi.

— J'ai tout ce qu'il me faut.

Je fais référence à nous.

— Je suis satisfaite.

— Je ne veux pas que tu sois *satisfaite*. Tu mérites mieux que ça. Tu mérites d'avoir tout ce que tu désires, et plus encore.

— Je me sens bien. Vraiment bien.

Je me blottis un peu plus contre lui et pose la joue sur son torse.

— Et puis, ça va aller de mieux en mieux. J'en aurai bientôt terminé avec les études et tu seras là à plein-temps, loin du club. Que demander de plus ?

— Il existe tellement plus que ça, princesse.

Je lève la tête et le regarde.

— Toi, que veux-tu ?

— Je veux une maison où on puisse avoir un peu d'intimité. Je veux diriger ma propre boîte pour être mon propre boss. Je veux des enfants, plein d'enfants, qui courent les cheveux au vent et leurs sourires contagieux pour illuminer chaque jour qui passe.

— Calmos, papa gâteau.

Il se met à rire et dépose un baiser furtif sur mon front.

— Cinq enfants. Imagine à quel point ce serait génial.

J'ai mal au vagin rien qu'à l'idée d'expulser cinq bébés de mon corps. Manifestement, il plane encore à cause des antalgiques, parce qu'il est hors de question que je mette au monde cinq enfants.

Je le regarde en clignant des yeux, les sourcils froncés.

— Deux.

— Quatre.

— Trois.

— Parfait, réplique-t-il, avant d'esquisser un sourire satisfait.

Merde.

Je suis tombée dans le panneau.

— J'ai détesté être un enfant unique, me confie-t-il. Je veux pas ça pour mon gosse.

— C'est drôle, parce que j'ai toujours rêvé d'être fille unique.

— On n'est pas obligés de les faire tout de suite.

Encore heureux.

— Tu comptes faire quoi après tes études ? Tu sais déjà où tu veux travailler ? Il nous faut un plan.

Je me mords l'intérieur de la lèvre lorsque je réalise que, hormis l'obtention de mon diplôme et Mammoth, je n'ai pas beaucoup réfléchi à mon avenir.

— J'en sais rien. Je suis pas vraiment une fille qui se projette.

— Faut qu'on se ressaisisse. Le temps passe, et on n'avance pas. On pourrait bosser ensemble. Faire équipe.

Je me relève sur un coude et le regarde étendu sur ma couette mauve.

— Tu veux qu'on travaille ensemble ?

Il sourit.

— Pourquoi pas.

— On se boufferait le nez.

— Les réconciliations sur l'oreiller sont les meilleures baises, affirme-t-il avec le plus grand des sérieux.

Je réfléchis.

Il y a une part de vérité dans ce qu'il dit.

Faire l'amour quand on est furax a ses petits avantages.

La baise est plus intense, les émotions plus vives, certes, mais je ne tiens pas à être collée à lui vingt-quatre heures sur vingt-quatre, sept jours sur sept.

Si je l'aime plus que tout au monde, j'aime aussi avoir des petits moments à moi.

— Et puis, pourquoi travailler pour quelqu'un quand on peut monter un business ensemble ? poursuit-il. Je suis en train de racheter le garage de Tank. On a déjà réglé les détails. Tu veux travailler avec moi ?

Il esquisse une moue enfantine, ses lèvres épaisses au possible.

— Et qu'est-ce que tu me ferais faire, hein ? Je suis pas une manuelle. Je suis nulle à chier en math, sauf pour calculer le prix remisé d'un article en solde. En quoi te serais-je utile ?

— Je ne veux pas d'un petit garage de ville. J'ai pas l'intention de passer mes journées à remplacer des pneus et des freins. Je vois les choses en grand. Je veux être le top du top de la restauration de voitures de collection. T'étudies le marketing, non ?

— Oui.

— J'ai besoin d'un spécialiste en la matière. J'ai besoin de quelqu'un qui fasse exploser mon compteur de likes et qui donne de la visibilité au garage. Pourquoi j'engagerais un type au hasard quand ma nana peut tout déchirer ? On pourrait bâtir la vie de nos rêves sans avoir à se soucier de qui que ce soit ou de devoir obéir à quelqu'un qui s'en cogne de nous.

— J'en sais trop rien.

Je laisse courir mes doigts sur son torse et m'arrête près de son piercing au téton.

— Je suis pas sûre que ce soit judicieux. Je t'aime, mais ce truc d'être en permanence ensemble, je sais pas si c'est la meilleure idée que tu aies eue.

— Écoute, on t'aménagera un bureau, mais tu peux aussi travailler de la maison si tu préfères. Rien ne t'oblige à rester à l'atelier avec moi et les autres gars. Promets-moi d'y réfléchir, princesse. Ça sera énorme !

Je fronce le nez.

— Tu as vu le garage ? Il est vieux et en bordel.

— Il est bon marché et a tout ce dont j'ai besoin. Ça va me demander un peu de travail, mais je devrais réussir à le rendre comme neuf et opérationnel en un rien de temps, bien avant que tu décroches ton diplôme.

Il a raison.

Le bâtiment est solide, bien qu'il nécessite quelques réparations. Tank n'a pas fait beaucoup d'efforts ces dernières années pour embellir l'endroit. Il dit toujours qu'un garage, ce ne sont pas les locaux aseptisés d'une société lambda, c'est fait pour être sale. Il ne jure que par la mécanique et non l'esthétique des murs, ce que n'échappe pas à tous ceux qui amènent leur voiture dans cet endroit miteux.

— Tu veux vraiment qu'on le fasse ensemble ? je demande, tandis que l'idée fait son chemin.

— C'est pour nous et nos trois petits garçons.

— Trois petites filles, je le corrige, un doigt planté dans son torse.

— Deux garçons et une fille, réplique-t-il du tac au tac.

— Bref.

— Mais cette pauvre petite. Toute seule. Elle adorerait avoir une sœur.

Je roule des yeux.

— Arrête un peu. On n'aura pas quatre enfants.

— On verra, marmonne-t-il tout en fermant les yeux.

— Non, non, non.

— Hmm... Alors, tu acceptes le poste ?

Punaise !

Il me donne le tournis, à force de rebondir d'un sujet à un autre.

Il m'use.

C'est ce qu'il fait quand il veut quelque chose et que je ne suis pas forcément totalement partante.

— On verra. On a encore tout le temps devant nous.

— Réfléchis-y.

— J'y réfléchirai.

— Je suis sérieux.

— Moi, aussi. J'ai dit que j'y réfléchirai.

— Bien, murmure-t-il. Six bébés.

Je me mords les lèvres et repense à tout ce qu'il m'a dit. Au garage. Au fait de travailler ensemble. Aux enfants. À Mammoth pour la vie, et à tout ce que nous pourrions bâtir ensemble.

Lorsque je m'endors enfin, je me mets à rêver de notre avenir.

LE TRAJET jusqu'au QG est long et anormalement calme. D'ordinaire, Tamara me noie de paroles quand nous prenons la route ensemble. Aujourd'hui, elle est silencieuse. J'ai bien essayé de lui parler à plusieurs occasions, mais toutes ses réponses, qu'elle a généralement adressées au pare-brise, au lieu de tourner la tête pour me les formuler en face, ont été sèches.

J'entends la raison, mais ça n'en rend pas le temps moins long ni le silence moins assourdissant.

Elle rumine le fait que j'aurais pu y laisser la peau, bien que je m'en sois sorti. L'idée de me perdre la ronge depuis des jours. Elle s'est ancrée dans sa tête, a permis à la peur de s'y enraciner.

Lorsqu'enfin nous arrivons au club-house, Tamara se dirige droit vers le bar, se laisse tomber sur un tabouret et jette un regard mauvais à toutes les personnes présentes dans la pièce.

Aucun des gars n'osera lui dire quoi que ce soit, car elle est ma nana. Je crois aussi qu'ils ont peur d'elle, mais ils ne l'admettront jamais. Et puis, ils connaissent davantage la Tamara joyeuse et délurée que cette fille dont la fureur enfle, alors qu'elle se tient assise au bar, les ongles martelant le bois du comptoir.

— Reste assise ici, lui dis-je, un doigt pointé vers le tabouret.

Je veux m'assurer qu'elle et moi soyons d'accord sur la place qu'elle doit tenir. La dernière chose dont j'ai besoin, c'est qu'elle sème la pagaille pendant que je suis avec Tiny et Morris.

Chaque fois qu'elle vient ici, elle se met le pétrin, surtout avec les femmes, et je n'ai ni le temps ni la patience aujourd'hui de réparer ses conneries.

Je sais que les putes qui traînent au QG sont jalouses d'elle et la prennent toujours pour cible. Elles ne supportent pas de la voir avec moi et se vexent, d'une certaine manière. Jamais je n'aurais couché avec elles, de toute façon, mais elles avaient l'air de ne pas y croire quand je le leur disais.

Tamara lève les mains en l'air tout en se carrant sur son tabouret et lâche sur un ton insolent, une moue aux lèvres :

— Et où irais-je ?

La tête penchée sur le côté, je la fixe du regard.

— Je ne plaisante pas.

— Moi, non plus, me rétorque-t-elle avec un sourire diabolique.

— T'inquiète, mon frère, me lance Eagle, qui pose un bras sur le comptoir et sirote une bière de l'autre. Je la surveille. Son cul restera planté là.

— Techniquement, intervient-elle, l'index levé, mon cul bougera, mais pas de ce tabouret.

Je secoue la tête tout en marmonnant.

Cette fille est impossible, mais, bordel, je suis fou d'elle. C'est peut-être moi, le plus cinglé des deux, à m'entêter à rester avec elle quand elle me complique l'existence.

Seulement, dans ce fragile équilibre de raison et de folie, le positif l'emporte. Tamara m'apporte tant d'amour dans la vie, moi qui croyais ne jamais le trouver.

— Mammoth ! retentit la voix de Morris à l'autre bout de la pièce.

Tout le monde sursaute, sauf moi.

— Ramène tes fesses ici et arrête de clampiner avec ta gonzesse.

— Tu l'as entendu, renchérit Tamara, qui me chasse d'un geste de la main. Eagle et moi, on ne bouge pas d'ici. On va tailler le bout de gras, parler un peu de toi.

Eagle tourne les yeux vers moi et hausse les épaules.

— Allez, va, me dit-il, avec un mouvement du menton. J'en fais mon affaire.

Tamara hausse un sourcil, un sourire au coin

du visage. Elle adore que les hommes essaient de «
faire leur affaire » avec elle. Eagle et elle ont déjà
passé du temps ensemble. Ils se comprennent. Il
est le seul type à ma connaissance, à l'exception de
moi, qui supporte ses conneries sans se prendre la
tête.

— Qu'on me pende, je marmonne tout en me
dirigeant vers Morris, qui se tient dans l'embra-
sure, les bras croisés, la mine renfrognée.

Ça tire la gueule de tous côtés, alors que c'est
moi qui me suis fait trouer la peau.

Les yeux de Morris font du ping-pong entre
mon visage et mon épaule, effectuent deux passes,
puis il me tourne le dos et entre dans la pièce.

— Ferme la porte, m'ordonne-t-il avant que
mes godillots n'aient complètement franchi le
seuil.

Tiny se tient à l'opposé de la pièce, assis à la
table en train d'ouvrir et de refermer inlassable-
ment le capot du Zippo.

Ses yeux plongent en direction d'un siège libre.

— Assieds-toi. On a des choses à se dire.

On dirait presque qu'on va me cuisiner, comme
si j'avais fait quelque chose de mal, quand, en réalité, je suis celui qui s'est fait canarder pour être
tombé en panne au mauvais endroit au mauvais
moment.

Je m'assieds, les yeux rivés à la longue table, et
garde le silence jusqu'à ce que Morris prenne place
à côté de Tiny, comme à son habitude.

— Je vous écoute, je déclare une fois que nous sommes tous trois assis. Finissons-en.

Tiny pose le briquet sur le paquet de cigarettes devant lui, avant de se pencher en avant et de croiser les mains.

— L'homme qui t'a tiré dessus est neutralisé, m'annonce-t-il.

— C'était une brebis galeuse. Il a agi contre l'avis de son président.

Un sourire s'affiche derrière la paume de Morris, alors qu'il se passe la main sur le visage.

— L'attaque qu'il a menée contre toi n'a pas été sanctionnée, poursuit-il, mais il a subi des représailles pour sa désobéissance. L'affaire est close.

Comme ça, d'un coup... c'est terminé. Je n'ai pas eu mon mot à dire, bien que ce soit moi qui ai pris cette balle.

Sous la table, ma jambe se met à trembler, libérant l'énergie et la rage que j'éprouve à l'égard de Morris et de Tiny pour la bonne raison qu'ils ne m'ont pas inclus dans la conversation.

— Mais on en reparle un peu plus demain, ajoute Morris, qui me fixe des yeux.

— Pour ce qui est de ton temps au club, poursuit Tiny, le regard perdu sur la longue table, un bras en travers de la poitrine, l'autre main sur sa barbe. Que disent les médecins concernant ton épaule ?

— Elle va guérir. J'aurai sûrement besoin d'un peu de rééducation pendant quelques mois pour retrouver l'usage complet des muscles qui ont été endommagés.

Tiny se tourne vers Morris avec lequel il échange un regard, avant de reprendre la parole.

— On sait que tu veux quitter cette vie. On sait aussi que tu ronges ton frein depuis que tu as flashé sur cette fille et que tu as goûté à ses charmes.

Je leur ai déjà dit tout cela.

— En effet. Je sais qu'il y aura des conditions, mais je veux me trouver aussi près d'elle que possible et commencer une nouvelle vie à ses côtés. Vous savez bien qu'elle n'est pas faite pour vivre ici. Elle est inadaptée à cette vie.

— Sans blague, marmonne Morris. Puisque tu ne nous es d'aucune utilité ici, du fait que tu ne peux pas rouler à moto, nous pensons qu'il est temps que tu ouvres un atelier sur la côte ouest et que tu t'y installes.

— Très bien, dis-je tout en m'efforçant de contenir la joie dans ma voix.

Je pensais qu'il me restait huit bons mois avant de recevoir la permission de partir, mais cette fusillade aura peut-être été un mal pour un bien.

— Tu restes un Disciple, ajoute Tiny. Un frère. On t'accorde plus de marge de manœuvre qu'on en a accordé à quiconque jusqu'ici.

— Je le sais.

Je hoche la tête, bien conscient de l'opportunité qu'ils m'offrent en me laissant partir, la vie sauve.

— Je vous en suis reconnaissant.

— Tu as toujours fait de ton mieux pour le club, ajoute Morris. Tu n'es pas seulement un frère de cœur, tu l'es aussi par le serment et l'action.

— Ce club, c'est aussi ma famille, tiens-je à leur rappeler.

Je me rappelle encore à quel point j'étais paumé après avoir quitté l'armée et comment je me suis retrouvé à prospecter pour les Disciples.

Je me suis toujours targué d'être un type loyal, un homme de parole. Si je n'avais pas connu Tamara, j'aurais probablement passé le restant de mes jours au sein du club, fini par me dégoter une régulière et élevé mes gosses en compagnie d'un groupe d'hommes toujours prêts à couvrir mes arrières.

Tiny observe attentivement mon visage.

— C'est pas un billet pour la liberté. Tu comprends ce que je te dis ?

Je hoche la tête.

— Si on a besoin de toi, tu devras faire ce qu'on te dit quand on t'appellera. Ta liberté s'arrête là où on le décide.

— Pigé.

Je me recule sur mon siège et allonge les jambes.

— Disciple un jour, Disciple toujours.

— Je n'aime pas te voir partir, me confie Tiny, mettant de côté son baratin habituel. Je comprends pourquoi tu t'en vas, mais ça veut pas dire que ça m'enchante.

— Je sais, dis-je simplement, tâchant de ne pas verser dans le sentimental.

J'ai passé de bons moments ici.

De super moments, même. Or, il arrive un temps où l'on doit avancer, et ce temps est venu pour moi.

— J'ai trouvé un bonheur que je ne dois pas laisser filer.

Tiny pousse un soupir.

— Je me doutais que ça arriverait, tôt ou tard. J'avais juste espoir que ce soit l'une de *nos* filles.

Morris secoue la tête.

— Il a besoin de quelqu'un qui lui donne du fil à retordre, et les femmes d'ici ne sont pas comme ça. Cette fille, celle qui est assise de l'autre de côté de cette porte et qui emmerde Eagle, elle était faite pour lui. On peut pas nier l'alchimie entre eux. Je l'ai vu à la seconde où ils se sont rencontrés. J'ai su tout de suite qu'elle nous l'enlèverait.

Tiny acquiesce d'un graillement.

— Reste cette nuit pour fêter ton départ, d'accord ?

— Bien sûr.

Ça ne me botte pas vraiment de reprendre la voiture dans un silence de mort avec Tamara.

— Je comptais pas faire mes bagages dans la foulée.

Une ombre fugace passe sur le visage de Morris,

tandis qu'il prend une grande respiration. La réalité s'impose à lui.

Je pars vraiment, et rien ne pourra changer ça.

Je commence à me lever, quand Tiny me fait signe de me rasseoir, alors je repose le cul sur mon siège.

Il étend les bras sur la table, les mains à plat sur le bois.

— Une dernière chose. On veut te parler du garage.

— Pas de magouilles avec le garage, le mets-je en garde, un doigt pointé sur lui. Cette affaire sera autant celle de Tamara que la mienne, et il est hors de question que le club vienne y fourrer son nez ou fasse tout planter.

Il se passe une main sur le visage et lâche un juron dans sa paume.

— On trouvera un autre moyen de faire ce qu'on a à faire.

— Je peux en savoir plus ?

Il secoue la tête.

— Pas encore. Une fois qu'on aura plus d'infos, on te mettra au parfum. À partir de maintenant, tu ne sauras que le strict minimum.

Je ne relève pas. Étonnamment, ça me va. Ça me va plus que bien. Je me sens en paix. Je n'ai pas à me soucier de leur prochaine combine pour se faire du fric ni à me demander comment diriger l'opération sans qu'on se fasse repérer par les flics.

— Il faut que ce soit carré, le préviens-je. Je ne

vais pas m'installer à l'autre bout de la Floride, juste pour terminer en zonzon à cause d'un truc à la con.

— Ce *truc* en vaut la peine, m'assure Morris, les yeux dans les yeux.

— Aucune somme d'argent ne vaut un séjour en prison, Morris. Aucune.

— On a tous un prix, ajoute Tiny, sa main tatouée sur la bouche. Même toi.

Je secoue la tête.

— Ça roule pour moi en ce moment et j'ai un avenir encore meilleur qui m'attend. Le coup que vous mijotez a intérêt à être solide et peu risqué. Je ne plongerai pas pour une connerie. J'ai suffisamment de fric de côté pour tenir quelques années, et avec l'atelier qui s'ouvre et l'argent qui finira par rentrer, quoi que vous m'offriez, je n'en ai pas besoin.

Morris me sourit.

— Ne jamais dire jamais. Ta nénette a un certain train de vie. Et puis, elle aime les jolies choses. Tu tiendras pas la route si t'es fauché et galères à lancer une affaire.

J'éclate de rire.

— Tamara a son propre argent. Elle n'a pas besoin de moi pour s'acheter des trucs chers. C'est la première femme que je rencontre qui ne veut rien d'autre que mon temps.

— Ces Gallo, marmonne Morris tout en secouant la tête.

— Bon, c'est tout ?

Je lève un sourcil et regarde les deux hommes avec lesquels j'ai passé bien trop de soirées à foutre la pagaille ces dernières années.

Tiny repousse sa chaise et se lève.

— C'est tout. Pour le moment.

Je hoche la tête et me lève à mon tour.

— Demain, je suis parti.

Morris avance dans ma direction, s'arrête tout près de moi et pose une main sur mon épaule.

— Rien ne presse. On n'est pas là, à te chronométrer. Pars quand tu veux. Reste si tu veux. Sache que tu seras toujours le bienvenu, toujours un Disciple.

Il s'écoule quelques secondes de gêne où Morris me regarde, ravale ce qu'il veut me dire mais préfère taire, puis il laisse retomber sa main et s'en va sans un mot.

— Les temps changent, murmure Tiny, avant de sortir à la suite de Morris.

Je reste dans la Chapelle un long moment et parcours du regard cette pièce dans laquelle j'ai passé un nombre incalculable d'heures au cours des dernières années.

Des heures à planifier des coups auxquels je n'aurais jamais pensé être mêlé.

Des heures à planifier un avenir qui ne s'est jamais réalisé.

Des heures perdues et, curieusement, non.

Sans tous ces moments passés entre ces murs,

je n'aurais jamais rencontré le volcan qui m'attend de l'autre côté de la porte et qui, à n'en pas douter, empoisonne Eagle et en apprécie chaque seconde.

Sans ces années passées ici, je n'aurais jamais eu d'avenir.

JE REGARDE Mammoth d'un air hébété. Je n'arrive pas à croire les mots que forme sa bouche si sexy.

— Redis-moi ça, je demande tout bas, de peur que sa réponse change si je m'exprime plus fort.

— On m'a donné le feu vert pour partir. On peut enfin commencer notre vie ensemble.

Ma bouche s'ouvre et se referme, tandis que mon cerveau traite ses paroles. J'ai du mal à y croire.

— Pourquoi maintenant ?

Il esquisse un sourire et effleure mon visage avec ses doigts.

— Une épaule en vrac et l'incapacité à rouler à moto, c'est pas vraiment les qualités qu'un club de motard attend d'un frère.

Je le regarde avec des yeux ronds et n'en crois toujours pas mes oreilles.

— Sûr ? Faut pas plaisanter avec ça, Mammoth.

Je serais furax qu'il se paie ma tête. Il ne me ferait pas ça, tout de même, si ?

— Regarde-moi, princesse. Est-ce que j'ai l'air de plaisanter ?

J'observe longuement son visage, tandis qu'il se tient devant moi, une main sur ma joue. Je ne distingue sur ses beaux traits que de la joie et du soulagement.

— Tu ne te fous pas de moi ?

— Non.

Il rit et me sourit.

— Je ne me fous pas de toi.

Je lui saute au cou et couvre ses joues de baisers.

— C'est la meilleure nouvelle de l'univers ! je m'exclame tout en le serrant de toutes mes forces.

— Tam, lâche-t-il d'une voix étranglée. Mon épaule.

Je m'écarte de lui avec une grimace et retire les mains.

— J'avais oublié. Désolée.

— Je peux bien souffrir un peu pour toi, princesse.

J'ai l'impression de flotter dans les airs. Quel tourbillon d'émotions. Quelques jours plus tôt, il gisait sur un lit d'hôpital, un trou dans l'épaule, et, aujourd'hui, il s'est enfin affranchi des Disciples.

Cette fusillade aura peut-être été un mal pour un bien. Aussi terrible que ce soit. Car, en réalité, sans cette blessure, il en aurait eu encore pour huit mois, au moins.

— Carrément la meilleure nouvelle de l'univers.

Je n'arrive pas à contenir mon sourire.

— Tu peux rester à l'appart pendant je suis en cours la semaine, jusqu'à ce qu'on trouve un endroit à nous. Je rentrerai tous les week-ends.

Il secoue la tête.

— Gigi et moi, on ferait pas de bons colocs.

Je fronce les sourcils.

— Pourquoi ?

— Toi, partie, je ne me verrais pas rester seul avec elle, chez elle. Tu comprends ?

Je hoche la tête. Je comprends. Disons que je vois la logique, mais ça ne la rend pas pour autant rationnelle ni n'en fait une réalité. S'il y a bien une personne en qui je peux avoir confiance concernant Mammoth, c'est elle.

— Elle n'est jamais là. Si tu dors chez nous, elle dormira chez Pike. Fin de l'histoire.

Ma légendaire autorité a parlé.

Il me regarde, dents serrées, ses yeux gris fouillant les miens.

— C'est non.

— Juste le temps de quelques jours, jusqu'à ce que tu trouves un appart.

— *Notre* appart, me corrige-t-il.

Il me sourit et m'attire contre lui, un bras enroulé autour de mon buste, une main sur mes fesses.

— Je n'ai besoin que d'un lit, poursuit-il. On peut mettre de l'argent de côté pour trouver un appart plus tard.

J'enfouis les doigts dans ses cheveux en prenant soin de ne pas toucher son épaule.

— Je pourrais m'installer dans celui qui se trouve au-dessus du garage, ajoute-t-il.

Je me mords les lèvres pour ne pas relever sa remarque et le laisse réfléchir à ce qu'il vient de me dire.

— Il est petit, mais c'est plus que suffisant, continue-t-il, s'accrochant à cette idée.

— Hum...

Je m'efforce de rester aussi impassible que possible tout en sachant que j'échoue lamentablement.

— C'est parfait.

— Mammoth, je murmure, ennuyée de devoir lui apprendre que je ne suis pas faite pour la vie de garage.

— Oui, princesse, me répond-il avec un sourire, tandis que je me tiens entre ses jambes et joue avec ses longs cheveux bruns.

Je tâche d'ignorer le nœud qui se forme dans mon estomac et annonce :

— Je ne peux pas vivre dans un garage.

Il se met à rire et me serre la cuisse.

— Ce n'est que temporaire. Une fois que tu seras diplômée, on se trouvera un appart. Pour l'heure, c'est l'idéal. Je passerai de toute façon mes journées au garage, à travailler. Je n'ai aucun intérêt à dépenser de l'argent dans une location, alors que tu ne seras pas là pour en profiter avec moi.

— Autrement dit, je ferais mieux de m'habituer à l'odeur de l'huile de moteur et de l'essence, c'est ça ?

— J'allumerai ces bougies parfumées, là, celles dont tu raffoles. L'appart tout entier embaumera le bois-de-machin-truc.

— De santal.

Il hoche la tête et me rend mon sourire.

— Tu m'aimes vraiment, hein ? je murmure.

Il acquiesce à nouveau de la tête et repousse mes cheveux de mon visage.

— Tu en doutais ?

— C'est le bois de santal. Avant ça, je n'étais pas entièrement convaincue. Un homme qui est prêt à brûler du bois de santal pour plaire à sa chérie est forcément amoureux. Pas d'autre explication.

— Tu es folle.

Je ris de bon cœur.

— Tu en doutais ?

Il se penche vers moi et porte sa bouche à la mienne. Le baiser est doux et tendre, et mes orteils se crispent de plaisir.

— Je te veux en cours demain, susurre-t-il contre mes lèvres.

J'ouvre les yeux et le regarde, nos visages tous proches.

— Demain ? Je dois m'occuper de toi, et puis qui va te raccompagner jusqu'à la côte ouest ?

Il remonte la main le long de ma colonne vertébrale et prend ma nuque dans sa paume.

— Mon pick-up est ici. Je peux me raccompagner tout seul, et tu as déjà raté suffisamment de cours. C'est une épaule, Tamara. Je peux survivre avec un seul bras.

J'écarte la tête pour réussir à voir son visage entier.

— C'est pas une bonne idée. C'est trop dangereux.

— Conduire à une main, c'est dangereux ?

Je hoche la tête, la mine grave.

— Extrêmement dangereux.

— Pas plus que de se retrouver dans une voiture avec toi, qui utilises tes deux mains.

— Je conduis super bien ! je m'insurge.

— Ton pare-chocs et ton aile diraient le contraire.

— Y a plein d'angles morts sur ma voiture quand je me gare. C'est pas de ma faute.

Il hausse un sourcil, conscient que je le baratine.

Je suis une piètre conductrice, mais je ne suis pas pire ni meilleure que la plupart des habitants de Floride. C'est la raison pour laquelle je n'ai pas acheté de voiture neuve depuis des lustres. C'est inutile avec tous les allers et retours que je fais entre l'université et la maison. Une fois que je serai diplômée et que je n'aurai plus à parcourir ce tronçon de l'autoroute 75 tous les quatre matins, je pourrai garder une voiture en bon état.

Mammoth resserre la poigne autour de ma nuque et rapproche mon visage du sien.

— Retour à l'école demain. Compris ?

Je pince les lèvres et marmonne :

— Très bien.

L'exact opposé de mon état d'esprit à l'idée de l'abandonner à un moment où il a besoin de moi.

— L'école, c'est capital, et tu es trop proche du but pour tout planter pour moi. Pendant longtemps, je me suis débrouillé seul, princesse. Je peux le refaire quelques jours avec un bras en moins, et si j'ai besoin de quoi que ce soit, Pike, Gigi, Lily, Jett, et sûrement n'importe qui de ta famille seront là pour m'aider.

— Promets-moi que tu resteras dormir chez moi, au moins jusqu'à que Tank et toi ayez réglé tous les détails. Ne va pas t'installer dans ce garage tout crado avec une plaie qui ne s'est pas encore refermée.

Il pousse un soupir auquel je réponds par un haussement de sourcils. Il sait forcément que j'ai raison. S'il veut que je fasse un effort et retourne à la fac, lui aussi doit y mettre un peu du sien et au moins essayer de rester en bonne santé.

— Très bien, lâche-t-il à contrecœur, tout aussi fâché que moi de recevoir des ordres.

— On est donc d'accord.

— Je passerai la première semaine chez toi, le temps de guérir un peu et que tu rentres de la fac.

Je souris.

— Marché conclu ! Je demanderai même à Gigi de ne pas te faire trop de lèche. Mais, soyons clairs, je l'appellerai dans la semaine pour m'assurer que tu te ménages.

Mammoth me repousse en arrière jusqu'à ce que je me retrouve plaquée contre le lit, lui au-dessus de moi, en appui sur son coude valide.

— Pas de lèche du tout.

Je ravale ma salive, plonge le regard dans ses yeux gris vertigineux, et répète dans un murmure :

— Pas de lèche.

— Je suis un grand garçon.

Avec un hochement de tête, je remonte les mains de chaque côté de son dos, en sens chaque crête, chaque creux, jusqu'à ce qu'elles se rejoignent au-dessus de sa colonne vertébrale.

— Tu es un grand garçon.

— Je ne poste personne devant la résidence du campus pour m'assurer que tu ne fais pas de bêtises.

— Je ne fais jamais de bêtises.

Il m'observe attentivement et attend que je

craque. Il sait très bien que je fais constamment des conneries.

— Bon, ça m'arrive, admets-je. De toute façon, mon emploi du temps est bien trop chargé cette année pour faire les quatre cents coups.

— Dieu soit loué, se moque-t-il contre mes lèvres, avant de dérober mon souffle en même temps qu'une autre partie de mon cœur.

Comment ai-je pu tomber si rapidement et si follement amoureuse de cet homme ?

Il est tout ce que je détestais, mais auquel je ne peux pas résister.

Un peu comme si l'univers me jouait le plus mauvais tour de tous les temps pour me rappeler que je ne suis pas cette super nana indépendante que je croyais être.

Je pensais que ma mère avait un grain pour pouvoir supporter ainsi mon père. Maintenant, je comprends comment elle arrive à voir au-delà de ses défauts, nombreux au demeurant, pour se concentrer uniquement sur ses qualités.

Mammoth n'est ni facile ni parfait. Seulement, il est parfait à mes yeux et plus facile que la plupart des hommes. J'ai eu mon lot de relations compliquées, on aurait pu me surnommer « Tamara Toxique », mais le jour où j'ai rencontré Mammoth, tout a changé.

Je suis avec un homme qui m'aime. Un homme qui se préoccupe de moi, de mon bien-être et de mon plaisir. Un biker rebelle et sexy... J'ai touché le jackpot sans devenir une « régulière ». Dieu merci. Je n'aurais pas su rester en retrait, faire la potiche. Aucune Gallo n'est douée pour se taire.

Mammoth se relève sur son bras valide et me regarde.

— Le soleil ne se couchera pas avant quelques heures. Je veux que tu sois de retour au campus avant la nuit pour être d'attaque demain matin pour tes cours.

Je fronce aussitôt les sourcils.

— Je partirai demain.

Il secoue la tête.

— Je veux que tu aies une bonne nuit de sommeil et que tu te remettes les idées en place. Je tiens pas à ce que tu prennes la route à l'heure de pointe, stressée d'arriver en retard et claquée parce que t'as passé la nuit ici, au QG.

Il se redresse et s'agenouille entre mes cuisses.

Je le regarde bouche bée, prête à protester.

— Et ne discute pas, tu sais que j'ai raison, me lance-t-il, sans me laisser l'occasion de l'ouvrir.

Je le regarde d'un œil mauvais. Il a raison et ça m'agace, parce que je ne demande qu'à rester allongée dans ce lit, blottie au creux de ses bras.

— Demain, c'est jeudi. Je peux peut-être juste sécher la fin de semaine pour repartir du bon pied lundi.

— Tu as raté suffisamment de cours, Tamara. On ne va pas se disputer pour ça.

Je fais la moue et croise les bras.

— Je suis pas prête à partir.

Son expression se radoucit.

— Je vais bien et je continuerai d'aller bien. Je suis en vie et j'ai pas besoin que tu restes là, à me regarder, et que tu prennes un peu plus de retard dans tes cours. Lève ton petit cul et mets-toi en route.

Je m'assieds, les mains à plat sur le matelas, la tête inclinée sur le côté.

— C'est un ordre ?

Il rit et secoue la tête. Il sait à quel point je suis pénible et est habitué à mes salades.

— C'est un ordre, princesse.

— Une dernière baise ? je tente, dans l'espoir de gagner du temps.

— Tu pourras ravoir ma queue dans quarante-huit heures.

Je bougonne lorsqu'il descend du lit et que je n'ai pas le temps de l'attraper par la ceinture pour le retenir et lui grimper dessus.

— Bon, d'accord, j'y vais, finis-je par céder. Mais, pour ta gouverne...

Je me lève et remets correctement mon tee-shirt.

— ... je serai peut-être pas d'humeur vendredi soir.

— D'humeur ?

— Pour ta queue, bébé.

Son rire tonitruant est immédiat.

— Tu mens très mal. Tu es toujours d'humeur.

Cette remarque lui vaut un doigt d'honneur.

— C'est ce qu'on verra.

Il tend sa grosse paluche pour m'attraper la hanche, ses doigts s'enfonçant dans ma chair au-dessus de ma ceinture.

— Tu sais bien que tu ne sais pas dire non.

— Si ! je nie d'une voix dissonante qui me trahit.

— Tu n'arriveras pas à me faire changer d'avis. Le soleil est déjà bien bas dans le ciel, et plus tu attends, plus ce sera dangereux de prendre la route. Eagle et Ginger veilleront sur moi.

Je passe les pieds dans mes sandalettes à une allure d'escargot.

— Je pense que les gars sont déjà pétés à l'heure qu'il est.

Mammoth avance vers moi jusqu'à ce que son ombre me recouvre entièrement, son corps occultant la lumière du plafonnier.

— Je vais simplement dormir. Ces derniers jours m'ont lessivé et j'aurai bien besoin d'une bonne nuit de sommeil pour me remettre les idées en place.

— Tu dors tellement mieux quand je suis pelotonnée contre toi.

Il me sourit.

— J'aime ta persévérance.

— Toujours, quand c'est pour toi.

— Tu traînes les pieds, princesse. Il est temps d'y aller. On se revoit dans deux jours.

J'enroule les bras autour de sa taille et pose la tête contre son torse, les battements sonores et réguliers de son cœur résonnant à mon oreille. Il y a quelques jours encore, j'étais pétrifiée de peur à l'idée qu'il meure. Encore aujourd'hui, alors que nous nous tenons là, c'est ma plus grande crainte.

— Promets-moi que tu seras prudent.

— Je te le promets, souffle-t-il dans mes cheveux, pendant que je respire l'odeur de son tee-shirt et mémorise la chaleur de son corps.

Quelques instants plus tard, elle a disparu.

— Allez, viens. Je te raccompagne à ta voiture.

— On peut sortir par derrière ? je demande. J'ai pas envie de traverser le bar et de voir les gars.

Je ne suis pas d'humeur. Ils ont tous une part de responsabilité dans le fait que Mammoth se soit retrouvé seul et vulnérable au moment de l'attaque. On ne peut pas leur en vouloir, je le sais, mais je suis bornée de naissance et j'ai la rancune tenace.

— Comme tu veux, acquiesce-t-il.

— Je veux rester, je marmonne dans ma barbe.

Mais, pas plus d'une minute plus tard, nous voilà sur le parking du QG, mon derrière posé contre la portière de ma voiture.

— Appelle-moi une fois que tu auras passé la porte de chez toi, me prie-t-il tout en me caressant la joue avec la jointure de ses doigts. Je veux savoir que tu es bien rentrée.

— Et si tu repartais avec moi ? J'ai un appart pour moi toute seule cette année.

Il secoue la tête.

— J'ai un tas de trucs à régler ici avant de mettre les voiles pour de bon.

Je soupire.

— Alors, viens demain.

Il enroule ses doigts autour de mes biceps et les presse doucement.

— Chérie, je vais te déconcentrer, et puis il faut que je me bouge le cul pour ce garage. Le temps que tu décroches ton diplôme, je veux qu'il soit rénové, opérationnel et que l'argent commence à rentrer. Je peux pas rester chez toi, à flemmarder toute la journée pendant que t'es en cours. C'est pas moi. Je suis pas fait pour me tourner les pouces.

— Pourtant, tu irais si bien sur mon canapé.

— Tu sais quoi ?

Il me caresse le bras du bout des doigts, et j'ai des frissons malgré la chaleur ambiante.

— Je viendrai te rendre visite les week-ends au lieu que tu fasses la route à chaque fois.

— Pas question. Je veux pas rater le repas du dimanche chez ma grand-mère. Et puis, il faut bien que je voie ma famille. Alors, même si c'est super gentil de ta part, c'est non, monsieur Parfait.

— Monsieur Parfait ? s'étonne-t-il, les sourcils froncés.

Je hausse les épaules.

— C'est mieux que « bébé ». Tu es parfait.

— Embrasse-moi donc avant de filer, m'ordonne-t-il, sa voix grave et rocailleuse.

Sans une hésitation, je me dresse sur la pointe des pieds et renverse la tête en arrière pour lui offrir ma bouche comme je lui ai offert tout le reste par le passé.

Une de ses mains quitte un de mes bras et remonte à ma nuque pour me tirer les cheveux d'un geste.

—Je t'aime, princesse.

—Je t'aime aussi, monsieur Parfait.

Je lui souris, quand ses lèvres s'écrasent sur les miennes et emportent mon souffle. Je mémorise leur saveur, la douceur de sa langue, la puissance de sa bouche.

Tout ira bien.

Il est en vie.

Il est en sécurité.

Je me répète ces mots tandis qu'il m'embrasse. Quelle chance que la balle ne l'ait pas atteint quelques centimètres plus loin et n'ait trouvé son cœur.

— Bye, je murmure lorsqu'il s'écarte de moi et tend la main dans mon dos pour s'emparer de la poignée de la portière.

—J'attends ton appel.

J'acquiesce d'un hochement de tête, retenant mes larmes, tandis que je me ramasse sur le siège conducteur. Je ne vais pas me mettre à brailler. Je ne suis pas une pleurnicharde. Je ne l'ai jamais été et ne le serai jamais, mais s'il y a bien quelqu'un pour me tirer les larmes, c'est lui. Maudit sois-tu, J. D. Saint, toi et ta virilité qui me rendez faible.

Il referme la portière et me fait au revoir de la main, tandis que j'entame une marche arrière, le regard passant du béton à sa silhouette, jusqu'à ce qu'il ne soit plus qu'un petit point dans mon rétroviseur.

Il va bien.

Je vais bien.

Tout ira bien.

JE TRAVERSE une marée humaine de corps dans un QG qui schlingue le tabac froid et la binouze au rabais.

— Mammoth ! me crie Eagle, qui, à l'autre bout de la pièce, se lève de la place qu'il occupait sur le canapé près de sa nouvelle poule. Putain, enfin, mec ! Où t'étais passé ? Je t'ai envoyé un message il y a des heures.

— Yo.

Le saluant d'un signe du menton, je fourre les clés dans ma poche et tâche de dissimuler le dégoût que je ressens à être de retour ici.

— Je suis parti faire un tour en caisse pour me vider la tête après le départ de Tamara.

— Je suis resté ici à te garder une bière fraîche.

— Ah ouais ?

Je pointe la tête en direction de la femme à demi nue qu'il vient de quitter.

— J'ai plutôt l'impression que t'étais occupé avec la petite brune.

— Hé, tu sais que je préfère les blondes !

Il me sourit de toutes ses dents et me donne un petit coup de coude.

— Mais mon meilleur pote, lui, il cracherait pas sur de la nénette bon marché.

Je le toise, un sourcil arqué, même si je sais qu'il me fait marcher.

— Bon, d'accord. Peut-être pas *n'importe quelle* nénette...

Il tend le pouce au-dessus de son épaule en direction de la brune, qui ressemble plus à un déchet qu'à un mannequin.

— ... mais celle-ci, oui.

J'accompagne mon rire d'une tape franche sur son épaule.

— J'en ai, de la chance ! Merci, mec.

— Tu crois pas si bien dire, mon pote. Les chicots de cette pute, c'est pas des vrais.

Je le regarde d'un air confus, les sourcils froncés. Elle a un dentier. C'est quoi, son délire ?

— Pas de bol.

— Mec, tu sais pas ce que tu rates. Y a rien de mieux qu'une pipe à la gencive.

Je cligne des yeux, ahuri, et me demande si j'ai bien compris, même si je sais que oui.

— Une pipe à la gencive ?

J'esquisse une grimace et mon cœur se soulève

rien qu'à cette idée. Je l'imagine en train d'enlever son râtelier pour lui sucer le nœud.

Il me regarde droit dans les yeux et enfonce un doigt dans mon torse.

— T'as rien vécu tant que t'as pas essayé ça. Crois-moi, mon frère.

Je parviens tant bien que mal à ravaler le vomi qui remonte dans ma gorge.

— T'es vraiment timbré.

Son sourire s'élargit.

— T'en doutais ?

— Nope, je lâche sur un ton impassible, tandis que Morris vient se planter à côté de nous.

— J'en prendrais bien une, déclare-t-il en désignant la bière d'Eagle.

— Morris, j'ai besoin de toi, lance Ginger dans notre dos. Y a quelqu'un à la porte.

Morris le regarde d'un air renfrogné.

— Qui ?

Ginger hausse les épaules. On dirait qu'il va prendre ses jambes à son cou.

— Une femme. Elle a pas donné son nom. Elle reste plantée dehors, toute tremblante.

— Une nénette, c'est bon qu'à vous filer la migraine, me Morris tout en claquant ses jointures sur le bar, avant de passer devant Ginger, nous laissant seuls au comptoir.

Je renverse la tête, le regard perdu au plafond, et murmure rien que pour moi :

— Trou du cul.

Eagle pousse une bière dans ma direction.

— Arrête de bouder comme une gonzesse et bois.

— Je t'emmerde, dis-je, tandis que je m'empare de la bière et bois à grosses goulées.

— Je peux te faire une tasse de thé si tu préfères, me charrie-t-il, maintenant que t'es de la haute.

Je lui fais un doigt d'honneur, avant d'avaler une nouvelle gorgée.

— Je déconnais, reprend-il. C'est la dernière soirée où je peux boire avec mon meilleur pote, alors on va faire les choses comme il faut.

— C'est pas comme si on n'allait pas se revoir.

Il hausse un sourcil.

— Je te considère comme ma famille, mec, tiens-je à le rassurer. Ma porte t'est grande ouverte.

— Est-ce que Tamara en dirait autant ?

— Oui. Pour une raison qui m'échappera toujours, elle t'aime bien.

Il se penche en avant, la bière à la main, le bras posé sur le comptoir.

— C'est une fille bien. Tu fais le bon choix. Ça, là...

Il agite une main devant nous, vers la pièce bondée d'ivrognes.

— ... c'était pas censé être ta vie.

— Je mérite pas une femme comme elle.

Eagle se redresse.

— T'es le meilleur d'entre nous, Mammoth. Laisse pas les souvenirs t'embrouiller le ciboulot.

—J'ai fait des trucs moches.

Il pose une main sur mon épaule valide et la presse doucement.

— Te prends pas la tête avec ça. On fait tous des choix dans la vie. Certains sont bons. D'autres pas. Ça arrive. Faut avancer.

Ses yeux foncés me jettent un regard intense.

— Et il est temps pour toi de passer à autre chose.

Je tâche d'imprimer ses mots et de croire qu'il dit vrai.

— C'est pas facile.

— Hé, me lance-t-il, accompagnant la parole d'une petite claque sur ma joue. Je t'ai jamais baratiné, c'est pas maintenant que ça va commencer. Tire-toi le plus loin possible et ne te retourne jamais. Tu m'entends ?

À mon arrivée chez les Disciples, j'avais besoin d'eux. Après avoir quitté l'armée, j'avais l'impression d'être dépouillé de tout but. J'étais un rafiot sans gouvernail, qui errait sur un océan de néant interminable.

—Oui.

— On a tous fait des trucs dont on n'est pas fier. Faut laisser ça derrière toi. T'en fais une petite boule que tu remises bien au fond de ton cerveau pour plus jamais y repenser. Tu crois franchement que ces glandus auraient des regrets s'ils t'avaient envoyé six pieds sous terre ?

Je prends une grande respiration et ferme les yeux.

— Non.

— Ben, voilà ! Ils auraient ni remords ni chagrin. Ils auraient craché sur ta tombe et dansé sur ton cadavre. N'oublie jamais ça.

— Tu as raison, je marmonne, sans vouloir admettre cette réalité.

— Imagine si t'étais mort, ce que ça aurait fait à ta nana.

Ma poitrine se serre. Tamara aurait été dévastée. Elle a beau jouer les fiers-à-bras, elle a un cœur sensible, et ma mort l'aurait changée à tout jamais. Je le sais.

— Je prendrais bien une autre bière, lui dis-je.

Je veux changer du sujet et m'oublier le temps d'une nuit.

Eagle me sourit, et les ridules au coin de ses yeux se creusent.

— Il était temps ! Je pensais que tu t'étais ramolli.

— La seule chose qui soit ramollie ici, c'est ta pine, l'ancien.

— Elle est peut-être ramollie, mais elle est encore suffisamment grosse pour que tu t'étouffes avec.

Je ris de bon cœur.

— Tu vas me manquer, vieux saligaud. T'es sûr

que tu veux pas quitter cet endroit pour me rejoindre ?

Il se courbe, tend le bras vers le petit réfrigérateur sous le bar, et en remonte deux bières fraîches.

— Genre, raccrocher ? me demande-t-il, tandis qu'il glisse une des bouteilles vers moi. Est-ce que j'ai l'air proche de la retraite ?

Je secoue la tête tout en décapsulant ma bière.

— Je te parle pas de prendre ta retraite, mais de vivre enfin. J'ouvre un garage là-bas. T'es doué en mécanique. J'aurais bien besoin d'un associé.

Ses yeux scintillent l'espace d'un instant, et je pense qu'il va marcher, mais il rouvre la bouche et déclare :

— Je suis pas encore prêt.

Il s'accoude au bar et ingurgite une gorgée de bière.

— Il me reste des kilomètres à avaler et une chiée d'histoires à régler avant que je m'installe dans un bled et me laisse vieillir.

— Quand tu seras prêt, j'aurai une place pour toi, lui promets-je.

Je veux qu'il sache qu'il a une porte de sortie s'il le souhaite.

Seulement, Eagle est un biker dans l'âme.

Son père a fait partie de la fraternité jusqu'à son dernier souffle, et Eagle ne veut rien tant que suivre ses pas.

— Je te remercie. Si je change d'avis, tu en seras le premier informé.

— Mammoth ! appelle Morris depuis l'entrée. Ramène ton cul ici.

Je roule des yeux devant un Eagle, qui hausse les épaules, hilare, et je marmonne :

— Qu'est-ce qu'il veut maintenant ?

— J'en sais foutre rien.

— Fait chier. Pourquoi moi ?

Je pose ma bière sur le comptoir et pars en direction en Morris.

Il se tient les bras croisés, les épaules en arrière, une expression pincée sur le visage.

— Je sais pas pourquoi toutes tes gonzesses croient qu'elles peuvent se pointer ici sans prévenir.

Je tourne le regard vers la porte ouverte derrière lui.

— Tam est là ?

Il secoue la tête.

— C'en est une autre.

Je fronce les sourcils, parce que Tamara est la seule « gonzesse » dans ma vie.

— Une autre ?

Je m'arrête, et mon regard revient sur Morris.

Il hoche la tête et hausse une épaule.

— Un putain d'aimant à nénettes. Je comprendrai jamais.

Alors que je me remets à marcher, il s'écarte de la porte pour me laisser passer.

— Il faut que tu mates tes poules, commente-t-il. Rappelle-leur qui est le boss.

J'ignore sa remarque et vais vers la porte.

La femme est tête baissée, les yeux rivés au béton à ses pieds. Elle a entendu toute notre conversation.

Mon cœur s'arrête lorsque j'aperçois les cheveux châtains ondulés et la silhouette frêle. Cela a beau faire une éternité que je n'ai pas posé les yeux sur elle, je la reconnais tout de suite.

— Maman ?

—JE NE SAVAIS PAS où aller, m'annonce-t-elle en relevant la tête vers moi, les yeux remplis de larmes.

Ma poitrine me brûle et mon estomac se serre, lorsque je l'attire dans mes bras sans même y réfléchir.

— Que s'est-il passé ? Peu importe ce que c'est, je t'aiderai.

— Je ne peux pas… murmure-t-elle sans terminer sa phrase, refermant les doigts sur le coton soyeux de mon tee-shirt. Ce n'est rien. Vraiment. Je n'aurais pas dû venir.

Elle commence à me repousser.

— Je ne veux pas t'embêter.

Je m'écarte, baisse la tête et la force à me regarder, comme elle le faisait avec moi lorsque j'étais enfant, tandis que je resserre mon étreinte.

— Ce n'est pas rien, M'man, et on va en discuter à l'intérieur.

Je la fais rentrer dans la pièce commune du QG et referme la porte derrière nous.

— Tu ne m'embêtes jamais. Tu es ma mère, et je t'aime.

Lorsque son regard parcourt la pièce, ses yeux deviennent ronds. Les corps nus. Les hommes ivres morts. L'atmosphère du bar *également* club de strip-tease que seul un club-house de bikers peut avoir en soirée.

— J. D., s'exclame-t-elle tout bas, la posture raide. C'est ici que tu vis ?

Ma mère n'a jamais été du genre à porter des jugements sur qui que ce soit, mais je peux entendre à son ton que c'est le cas. Elle me juge, et il faut dire que je n'ai pas franchement les mains propres.

Je sais de quoi ça a l'air.

Je sais ce qu'elle pense sans qu'elle ait besoin de le dire.

— C'est pas ce que tu crois, M'man. Je te le jure. C'est pas tout le temps comme ça.

Je mens comme un arracheur de dents. C'est exactement ce qu'elle croit, quoi que j'en dise.

Elle lève des yeux incrédules vers moi et me souffle tout bas :

— C'est pas ce que je crois ? Il y a des femmes nues partout.

Je souris et me retiens de rire. Je ne vais pas me

montrer insolent avec ma mère, surtout qu'elle est venue me trouver, car elle a besoin de moi.

— Allons discuter dans ma chambre. Loin de toute cette débauche.

Elle hoche la tête, place une main dans la mienne, et je l'entraîne en direction du couloir, au fond de la pièce. En chemin, elle manque de trébucher à plusieurs reprises, trop absorbée par la faune qui nous entoure pour regarder où elle met les pieds.

Je ne m'arrête pas de marcher tant que nous n'avons pas atteint la porte de ma chambre et je sors une clé de ma poche.

— Pourquoi verrouilles-tu ta porte ? me demande-t-elle, toujours en proie à un milliard de questions. C'est si dangereux que ça, ici ?

— Ce n'est pas des gars dont je me méfie, mais des femmes.

Elle prend une respiration gênée.

— Elles sont souvent ici ?

Je déverrouille la porte et évite de croiser son regard, parce qu'elle a toujours su lire mon visage.

— Non, pas souvent. C'est juste que ce soir...

Je marque une pause, tandis que je tourne la poignée.

— C'était particulier.

Elle me suit à l'intérieur et fait lentement le tour de la pièce, s'imprégnant de l'endroit dans lequel j'ai vécu ces six dernières années.

Elle n'était jamais venue ici. Jusqu'à ce soir, je

n'étais même pas certain qu'elle savait où je me trouvais.

— C'est joli, déclare-t-elle, bien que son nez soit froncé.

—Assieds-toi.

Mes mains sur ses épaules, je la conduis vers le pied du lit avant qu'elle détourne la conversation.

— On ne bougera pas d'ici tant que tu ne m'auras pas tout raconté.

Je m'agenouille devant elle, lève la tête et scrute les petits changements de son visage depuis la dernière fois où je l'ai vue.

— Que s'est-il passé ?

Ses yeux bleus croisent les miens et fouillent mes traits.

— Promets-moi de ne pas te mettre en colère.

Je pousse un grognement de frustration et serre les poings.

—Je te promets, mens-je.

Si je me mets en colère, ce ne sera pas contre elle. Ça a forcément quelque chose à voir avec je ne sais quel connard ou une de ses garces de copines.

Quelqu'un lui a fait du tort et, qui que cette personne soit, elle va le payer.

Ma mère tend les bras, presse ses paumes contre mes joues, et m'adresse un sourire triste.

—Tu as l'air fatigué, chéri.

Je pose mes mains sur les siennes.

—Ne change pas de sujet, M'man. Parle-moi.

Elle avance la tête, pose son front contre le mien et ferme les yeux.

— J'ai rencontré un homme il y a quelques mois.

Je serre les dents, mais me garde d'ouvrir mon clapet. Elle se décide enfin à parler, alors je ne vais pas laisser ma colère l'arrêter. Je pense savoir la tournure que va prendre cette histoire et me prépare à entendre des mots que je n'ai pas envie d'entendre.

Ses yeux bleus rencontrent mes yeux gris, nos visages à quelques centimètres l'un de l'autre.

— Il était super. Très doux et attentionné. Il s'est mis en quatre pour moi. Il se montrait protecteur et prévenant. Tout ce dont je rêvais et que je n'avais plus retrouvé chez quelqu'un depuis la mort de ton père.

Je pousse un soupir et mes traits se radoucissent. Ça n'a pas été facile pour elle. Le moins que je puisse faire, c'est de l'écouter vider son sac sans tirer la tronche.

— Il y a quelques semaines, il m'a demandé de l'argent.

Elle prend une respiration et ferme à nouveau les paupières, comme si ce qu'elle s'apprêtait à m'avouer était trop douloureux pour le faire les yeux dans les yeux.

— Je lui ai dit non, parce que ce n'était pas une petite somme, et même si j'avais des sentiments pour lui, ça m'embêtait d'accepter.

— C'est ton argent, M'man. Tu as le droit de faire ce que tu veux avec, y compris de lui dire non.

— Ma réponse n'a pas plu à Boyd. Il m'a dit qu'il ne m'aurait pas demandé ça si ça n'avait pas été important. Je suis restée ferme et je l'ai prié de ne plus jamais me réclamer de l'argent.

— Bien. Tu es restée droite dans tes bottes.

J'ai toujours été fier d'elle. Ma mère n'a jamais fait preuve de faiblesse. Élever seule un enfant l'a rendue plus forte que la plupart des femmes, et elle ne s'est jamais laissé emmerder par qui que ce soit, pas même par un homme.

— Ce jour-là, il m'a frappée pour la première fois, murmure-t-elle.

Je vois rouge.

Pas seulement rouge. Cramoisi.

Tout l'air qui se trouve dans mes poumons s'évapore d'un coup, et cette brûlure dans ma poitrine est une sensation que je n'avais pas sentie aussi profonde depuis longtemps. C'est alors que ses paroles me reviennent violemment à l'esprit. « La première fois », a-t-elle dit... cela veut donc dire que ça s'est reproduit, sauf que je ne l'apprends que maintenant.

— Il va finir entre quatre planches, je gronde.

Ses paupières se rouvrent brusquement et ses mains sur mes joues se crispent, tandis qu'elle recule la tête pour me regarder.

— Non, Josiah.

Le fait qu'elle m'appelle par mon prénom n'y

change rien. Il va connaître une douleur qui dépasse de loin toutes celles qu'il a pu infliger à ma mère. Aucun homme ne doit lever la main sur une femme, encore moins sur celle qui m'a mis au monde.

— M'man…

Elle plisse les yeux, et les larmes qui avaient commencé à s'y former se déversent sur ses joues.

— Tu ne le toucheras pas.

— M'man…

Elle secoue la tête.

— Je m'en suis occupée.

Je fronce les sourcils et la dévisage, ahuri.

— Tu t'en es occupée ?

Elle hoche la tête tout en essuyant les larmes sur ses joues.

— J'ai veillé à ce qu'il y réfléchisse à deux fois avant de lever la main sur une autre femme. C'est pour ça que j'ai dû partir, et je ne voyais qu'ici pour être en lieu sûr.

— Tu aurais dû le quitter la première fois qu'il t'a frappée, M'man.

Putain. Elle m'a rabâché de ne jamais lever la main sur une femme, et pourtant elle a encaissé ce coup et est restée pour en subir d'autres.

— J'ai été bête. Lorsqu'il s'est excusé et m'a dit qu'il ne recommencerait pas, je l'ai cru. J'ai fait ce que les femmes font lorsqu'elles veulent croire qu'il y a du bon en l'autre, même si elles sont confrontées à sa pire nature.

— Au moins, tu es tranquille maintenant.

Elle esquisse une grimace et se balance doucement sur le bord du lit.

— Je suis en cavale, chéri.

Je chancelle devant la nouvelle et me fige.

On l'a frappée, plusieurs fois.

Elle a réglé le problème, seule.

Elle est en cavale.

Tous ces mots, je n'aurais jamais pensé les entendre dans la bouche de ma mère, et pourtant là voilà, en train de me les dire.

— Je vais arranger ça, lui promets-je.

Elle écarquille les yeux.

— Ce n'est pas aussi simple. Tu connais les petites villes. Il a des amis au conseil municipal. Le commissariat tout entier me recherche.

Je pousse un grognement de colère. Ces commissariats de patelins sont bidons. Leurs agents de police sont facilement corruptibles, et je peux probablement les acheter au grand complet avec l'argent que j'ai de côté.

— Je t'ai dit que j'allais arranger ça, M'man.

— Mais je...

Elle s'interrompt et se passe les doigts sur le front.

— Je...

— Raconte-moi ce qui s'est passé, dis-je avec douceur.

— La dernière fois qu'il m'a frappée...

Elle s'interrompt à nouveau et fait une grimace.

Elle vient de dire « dernière fois » et non « seconde fois ». Ça signifie que ce manège a duré quelque temps, néanmoins elle ne m'a jamais téléphoné pour me mettre au courant. Elle aurait dû partir la première fois ou, du moins, m'appeler, me dire ce qu'il se passait pour que je puisse faire en sorte qu'il ne la touche plus jamais, elle ou une autre femme, plus jamais.

— La dernière fois qu'il m'a frappée, je suis allée dans le garage pendant qu'il dormait et j'ai attrapé la masse.

Je m'attends au pire, mais un sentiment de fierté bouillonne déjà au fond de moi. Personne ne s'empare d'une masse si ce n'est dans l'intention de l'utiliser. La fragilité du corps humain ne fait pas le poids face à la lourdeur et la puissance d'un machin aussi gros.

— Je suis retournée sans faire de bruit dans le salon, là où il dormait sur le canapé, et j'ai levé le maillet aussi haut que possible avant de l'abattre sur le bras avec lequel il me frappait.

Je parviens à rester immobile, impassible, et je fais de mon mieux pour dissimuler le choc que je ressens.

— Il méritait bien pire.

Elle hoche la tête avec un sourire hésitant, le tout premier éclat de joie qui se dégage d'elle. Un fragment de la femme que j'ai vue à notre dernière rencontre.

— Je ne suis pas quelqu'un de violent, Josiah,

tu le sais, mais je n'en pouvais plus. Je ne voyais pas d'autre issue. Je devais lui ôter la possibilité de me frapper à nouveau.

— Eh bien, tu as réussi, dis-je, un rire dans la voix.

Ma mère a littéralement défoncé cet enfoiré à coups de marteau.

— Je n'avais jamais vu un homme crier comme il l'a fait. Il y avait tellement de sang, chéri. Tellement de sang.

Son visage devient pâle, alors qu'elle fixe la porte derrière moi, incapable de me regarder dans les yeux.

— Et ce bruit, mon Dieu, le bruit que fait un os quand il se casse, c'est la chose la plus horrible que... Et puis, quand il est passé à travers sa peau...

Elle est livide.

— M'man, dis-je pour la tirer de ses souvenirs et la ramener sur terre. Tu es là, maintenant. Tu es en sécurité. Et tu as fait ce qu'il fallait.

— J'ai beaucoup à expier et un tas de prières à réciter. Je doute que je puisse me racheter cette fois-ci, trésor.

Je secoue la tête et agrippe ses mains.

— C'est à lui d'expier des péchés, pas à toi. C'était de la légitime défense. Point barre.

— Il dormait, murmure-t-elle.

— Il t'a frappée, non ?

— Oui.

— Alors, il a eu ce qu'il méritait. Rien à foutre

de ce qu'il faisait quand tu as porté ce coup, tu as fait ce qu'il fallait.

— Enfin, bref...

Elle soupire et baisse la tête.

— Me voilà en cavale, avec un mandat d'arrêt contre moi.

Elle se dandine sur le lit en prononçant ces mots et les traits de son visage se creusent.

— Tu es la première personne qui m'est venue à l'esprit, poursuit-elle, et j'ai pensé que ce devait être le seul endroit où les policiers ne me chercheraient pas.

— Tu as bien fait de venir ici.

Je me lève et, ce faisant, lui lâche les mains.

— Le club va te protéger, et tu peux rester dormir ici.

Mais, merde, voilà d'autres complications que je n'avais pas anticipées, pile au moment je m'apprêtais à partir.

Elle relève la tête et me considère bouche bée, ses cheveux châtains retombant dans son dos.

— Tu veux que je reste dormir ici ?

J'opine du chef tout en me frottant la nuque.

— Il n'y a pas endroit plus sûr quand on est recherché par la police.

— Mais...

Je secoue la tête et brandis une main devant moi.

— C'est comme ça, et pas autrement.

Elle referme aussitôt la bouche, les yeux ronds.

Je ne lui ai jamais parlé de cette façon, et cela se voit à l'expression choquée de son visage.

— Tu restes dormir ici. Si tu as besoin de quoi que ce soit, un des gars ira te le chercher, mais pour l'heure, jusqu'à ce que cette affaire soit réglée, tu ne sors pas de l'enceinte.

Elle plisse le nez.

— Je ne peux pas rester ici avec ces...

Elle agite une main en direction de la porte.

— ... gens tout nus, chuchote-t-elle.

— Ces femmes ne vivent pas ici. Elles vont et viennent. Les gars vont t'éviter la prison et veiller sur ta vie, M'man. Je ne veux rien entendre.

Elle relève brusquement la tête et ses yeux me lancent des éclairs.

— Je crois bien que tu oublies qui est le parent ici, Josiah.

— J'ai pas oublié. T'es venue ici me réclamer de l'aide, et c'est ce que je fais.

Je pars en direction de la porte, l'ouvre et tombe sur Eagle qui traverse le couloir.

— Tu veux bien mettre la main sur Morris, s'il te plaît ?

— Ça roule. Tout va bien là-dedans ?

Il tente de regarder par-dessus mon épaule, sachant pertinemment qu'une femme se trouve dans ma chambre.

Ma main à couper que la nouvelle selon laquelle elle est ma mère s'est déjà répandue. Je peux voir les questions flotter dans sa cervelle. Des questions qu'il ne me posera pas et auxquelles je n'ai pas le temps de répondre.

— Tout baigne, dis-je, sans ménagement. Va me le chercher !

Eagle m'adresse un hochement de tête, avant de repartir à grandes enjambées vers la pièce commune, gardant ses interrogations pour lui.

— Qui est Morris ? s'enquiert ma mère tout en triturant l'ourlet de sa jupe à hauteur des genoux.

— Celui qui a ouvert la porte.

— Oh... fait-elle tout bas, baissant les yeux. Il avait l'air... *sympathique*. C'est ton patron ?

— C'est le V.P. du club.

— Alors, si je comprends bien, c'est quelqu'un de plutôt important.

Je ris de bon cœur. Son ingénuité est touchante.

— C'est quelqu'un d'important, oui, mais ne lui répète pas que j'ai dit ça.

— J'ai entendu et je l'oublierai jamais, lance Morris, qui franchit le seuil de ma chambre sans même frapper. On ne revient pas dessus.

Je pousse un soupir et maugrée entre mes dents.

Voyant qu'il reste planté là et qu'il tourne le regard vers ma mère, je lance :

— Ferme la porte.

Il s'exécute sans plus répliquer, avant de croiser les bras et de s'appuyer contre le mur, la mine patibulaire à souhait et curieuse comme jamais.

— Morris...

Je tends la main en direction de ma mère, qui est toujours assise sur le lit et le regarde avec des yeux ronds comme des soucoupes.

— ... je te présente ma mère, Jessica.

— Madame, la salue-t-il, décroisant ses bras costauds pour se frotter la nuque. Ravi de faire votre connaissance.

— Pareillement, murmure-t-elle, ce regard de la biche prise dans les phares d'une voiture ne l'ayant pas quittée. Monsieur.

Les lèvres de Morris frémissent à ce titre, et à la façon dont il la dévisage, j'ai déjà envie de lui arracher les yeux.

—Appelez-moi Morris.

— Bon, maintenant que les présentations sont faites, Morris, j'ai besoin de ton aide. *Elle* a besoin de ton aide.

— Tu peux toujours compter sur moi, mon frère, tu le sais bien. Ça vaut pour ta mère aussi.

— Je suis recherchée par la police, lâche-t-elle de but en blanc.

— Intéressant, murmure-t-il tout en se dirigeant vers elle, avant de se mettre à marcher de long en large entre nous. Contravention ?

—Délit, réplique-t-elle.

Morris écarquille les yeux, et son visage se radoucit presque aussitôt.

— C'est du lourd, dis donc, pour un petit bout de femme comme vous.

Avec un hochement de tête, elle le regarde se remettre à faire les cent pas.

— Je n'ai pas fait exprès.

Je la fixe avec de grands yeux ronds et me retiens de rire à sa remarque. Attraper une masse et s'en servir contre un homme n'a rien d'un accident. Ma mère a toujours eu une patience d'ange, mais nous avons tous un seuil de tolérance, même elle.

— Puis-je vous demander ce qu'il s'est passé ? demande Morris, qui s'arrête devant elle et m'ignore royalement.

Elle hoche la tête.

— Je vous dirai tout ce que vous voudrez savoir.

Il se courbe, pose un genou à terre à quelques mètres d'elle et scrute son visage.

— Jusqu'où êtes-vous empêtrée, trésor ?

— Trésor ? murmure-t-elle, le feu aux joues.

Je lève les yeux au ciel avec un grognement agacé. Il est en train de draguer ma mère sous mes yeux ou je rêve ? Il ne se passera rien entre eux tant que je serai encore de ce monde.

Morris me jette un regard par-dessus son épaule, sourcils froncés, pour me faire comprendre à sa façon de me détendre et de la boucler.

Je vais m'asseoir sur une chaise à l'autre bout de la pièce et le laisse continuer, mais il est hors de question que je quitte la chambre.

— Vas-y, dis-je, voyant qu'il ne ramène pas son attention sur ma mère.

— Monsieur Morris, ce n'était vraiment pas voulu de ma part, murmure-t-elle.

Elle pose les coudes sur les genoux et laisse tomber ses joues dans ses paumes.

— J'ai mis un sacré bazar.

— On nettoiera, répond-il d'une voix douce, presque réconfortante. Racontez-moi ce que vous pouvez, et je devinerai le reste.

Je savais qu'il était l'homme de la situation. Morris a beau être dur et, parfois, le plus grand des connards, les femmes sont son point faible. On le voit bien à la façon dont il se comporte avec Gigi et Tamara. Il adore ces filles-là et, lorsqu'elles ne sont pas loin, il veille à ce que personne ne s'en prenne à elles ou se conduise mal avec elles.

— Je fréquentais cet homme.

Morris pousse un grognement. Il doit deviner la tournure que va prendre cette histoire, mais il risque de tomber des nues en entendant le rebondissement.

— Continuez.

— Il m'a frappée à plusieurs reprises...

Le dos de Morris se redresse, alors que son corps se raidit.

Entendre ces mots pour la seconde fois n'en est pas moins difficile, pour moi aussi. L'idée même que quelqu'un lève la main sur ma mère... Il va regretter de ne pas avoir eu un autre coup de masse à la place de ce que je lui réserve.

— On ne frappe pas une femme, commente

Morris avec le plus grand calme, un bras posé en travers de son genou relevé. C'est inacceptable, madame Saint. Quoi que vous ayez fait, je suis sûr que c'était totalement justifié.

— J'ai peut-être été un peu extrême.

Elle sourit doucement.

— Parfois, le seul moyen de combattre la violence est d'utiliser la violence. Vous lui avez tiré dessus ?

Maman secoue la tête.

— Allons bon, non ! Je ne possède même pas d'arme.

On va régler ça. Je vais lui en acheter une et lui apprendre à tirer. Il lui faut un moyen de protection, surtout si elle vit seule. Et puis, si jamais un nouveau connard décidait de s'en prendre à elle, elle pourrait rapidement le calmer.

— Disons que...

Morris incline la tête sur le côté et l'examine du regard.

— Je ne vous vois pas lui coller un pain.

Je me penche en avant et attends ce moment où elle lui racontera ce qu'elle a fait. Il va halluciner.

— Je me suis servie d'une masse.

Morris a un mouvement de surprise à cette révélation.

— Eh ben, merde, trésor ! Faut une sacrée paire de couilles pour faire ça.

Il éclate de rire, et la mine grave de ma mère se désagrège l'espace d'un instant.

— Je ne savais pas quoi faire d'autre, mais c'était mal de ma part.

Il lui touche la jambe, et je me force à rester assis.

— J'espère que vous lui en avez brisé plein, des os ! s'exclame-t-il tout en secouant la tête. Ce type méritait bien pire.

— Il y avait tellement de sang, murmure-t-elle. Je crois bien que je lui en ai brisé plus d'un.

— Vous m'avez tout l'air d'avoir un sacré coup de poignet, plaisante-t-il.

Ma mère se joint à son rire.

— Il ne pourra plus envoyer un crochet digne de ce nom avant très longtemps.

Alors que le rire de Morris se calme, la brûlure dans mon ventre grandit, devient incandescente.

— Il t'a frappée à coups de poing ?

Elle hoche la tête tout en baissant les yeux, et son sourire s'efface.

— D'abord, il m'a giflée, mais les fois d'après, c'était son poing.

Morris respire un grand coup, tandis que je me lève d'un bond, prêt à aller trouver ce type et le buter sur place. Rien à foutre si je passe le reste de ma vie derrière les barreaux, ce salaud mérite une mort lente et douloureuse.

— Assieds-toi, aboie Morris, s'adressant à moi sans jeter un coup œil dans ma direction.

Le regard de ma mère croise le mien, et je peux voir la honte et le chagrin derrière le bleu de ses yeux, quelque chose que je n'ai jamais observé sur ses traits de toute mon existence.

— Madame Saint, on va vous protéger, on va s'occuper de cet enfoiré et on va faire en sorte que vous n'ayez plus jamais à vous soucier de lui ou des flics.

— Vous êtes adorables, murmure-t-elle. Mais, ce problème n'est pas le vôtre. C'est moi qui suis à l'origine de toute cette pagaille. Je ferais mieux de me rendre.

Morris brandit une main pour la faire taire.

— Mammoth fait partie de la famille et, maintenant, vous aussi. On prend soin de la famille. On veille les uns sur les autres. On se protège. Vous êtes l'une des nôtres à présent. Votre place est ici, pas ailleurs.

— Mais...

— Vous voulez boire quelque chose ? la coupe-t-il.

Elle hoche la tête.

— J'aurais bien besoin d'un whisky.

— Ça marche.

Il lui sourit tout en se relevant.

— Je vais faire place nette dans le club-house, et on va boire.

— Oh, ne vous donnez pas toute cette peine. Les gens avaient l'air de passer un *agréable* moment. Je ne voudrais pas gâcher la soirée de tout le monde.

— Madame, la famille passe toujours avant le cul.

Ma mère pâlit devant cette déclaration franche, seulement c'est comme ça et ça l'a toujours été, aussi crus soient les mots.

— Eh bien, d'accord, souffle-t-elle, tournant les yeux dans la direction, tandis que je hoche la tête.

Morris s'avance vers moi.

— Donne-moi cinq minutes, et tu pourras la faire sortir.

— T'es sûr ? On peut rester...

Il secoue la tête.

— Cinq minutes, et on se retrouve au bar. Tous les deux, vous avez besoin d'un bon verre de gnôle, et nous, d'un plan d'enfer.

— PRINCESSE, me dit Mammoth, qui m'appelle enfin, des heures après avoir reçu mon message.

— Putain, bébé !

— Putain ? répète-t-il, surpris.

— Oui. Qu'est-ce que tu foutais ? Je t'ai envoyé un texto il y a des heures. C'est si compliqué que ça de me répondre que t'es occupé ?

— Ben, c'est que...

— Non, je le coupe pour l'empêcher de me sortir son baratin. J'en ai marre de tes excuses. Ça prend deux secondes à taper « J'suis occupé » pour que je sache que t'es pas mort dans un coin.

— Tam.

— Mammoth, je déconne pas. J'étais là, à faire les cent pas comme un animal en cage, à m'imaginer le pire. J'étais sur le point de prendre le volant pour retourner au QG.

— Excuse-moi, princesse.

— J'ai jamais été du genre à m'en faire, mais depuis que...

Je prends une grande respiration, entends un marmonnement gêné à l'autre bout du fil.

— Prends juste quelques secondes pour me répondre, histoire que je ne me fasse pas des cheveux blancs à cause du stress, compris ? Parce que, là, je suis tellement en rogne que...

— Ma mère est ici, lâche-t-il au beau milieu du savon que je lui passe.

Je m'arrête net et mon expression se froisse.

— Ta mère ?

— Elle a débarqué comme ça et a frappé à la porte. Au départ, j'ai cru que c'était toi qui revenais, toute mimi, têtue que tu es.

Ce ne serait pas la première fois que je déboulerais devant les lourdes portes en acier du QG, à la recherche de quelqu'un. Or, je fais des efforts pour m'améliorer et être davantage maîtresse de moi, ne m'autorisant plus à supposer le pire à tout bout de champ.

— Et puis, je l'ai vue, et ça m'a fait l'effet d'une claque, poursuit-il.

— Est-ce qu'elle va bien ?

— Mieux qu'à son arrivée. Elle est dans la merde. Si quelqu'un se pointe à ta porte et la cherche, tu ne sais pas où elle est.

— Je dirai ce que tu as envie que je dise.

— Tu n'es au courant de rien.

Je hoche la tête.

— Au courant de quoi ?

— Voilà, parfait. Je ne rentrerai pas demain. Je dois rester ici et démêler toute cette affaire avec elle. Elle s'est foutue dans le pétrin et les flics la recherchent.

Euh... d'accord. Ce n'étaient pas vraiment les mots auxquels je m'attendais. D'après le portrait que Mammoth m'a fait d'elle, Jessica n'a rien d'une criminelle.

— Amène-la ici, je propose. Je peux la cacher.

— Non. Elle doit rester au QG avec les gars, jusqu'à ce que j'aie réglé tout ce merdier.

Mazette. À ma connaissance, sa mère n'est pas vraiment une fêtarde et elle va régulièrement à la messe. Une femme comme elle, au beau milieu d'une bande de bikers débauchés, ça va être le choc des cultures.

— Tu veux que je revienne et lui tienne compagnie ? je demande, un brin agacée qu'il m'ait poussée vers la sortie.

— Laisse-moi réfléchir, d'accord ? La journée a été longue et la nuit porte conseil. Va en cours et vois au moins ce que tu as raté.

— Oui, je murmure. Je peux faire ça.

— Elle est perturbée pour l'instant et pas très rassurée par les gars. Elle préférerait être avec toi, j'en suis sûr, mais je dois me remettre les idées en place et réfléchir à un plan avant de prendre des décisions.

— Elle a raison de ne pas être rassurée, je commente avec un rire.

Je me l'imagine rencontrer Morris, Tiny et les autres tatoués de la tête au pied, barbus et tout de cuir vêtus. Ce n'est clairement pas le genre de Jessica et elle ne se sent probablement pas dans son élément.

— Tu sais quoi ? Viens après les cours demain, si tu peux. Ça m'embêterait de la laisser seule au QG en mon absence.

— Quelqu'un a déjà jeté son dévolu sur elle ? je le taquine.

— Morris était un peu trop mielleux à mon goût.

— Ah ? Tu ne lui fais pas confiance ?

— Il m'a fait confiance pour toi, et regarde ce que ça a donné.

Je me mords la lèvre pour m'empêcher de rire.

— Pas faux. Je décolle demain après les cours.

— Apporte des affaires pour quelques jours, si tu peux.

— D'ac. Je vais voir les cours que je vais manquer vendredi, pour ne pas être trop à la traîne.

— Et peux-tu prendre quelques vêtements, et tout ce qui peut servir à une femme, pour ma mère ? Elle n'avait rien en arrivant, hormis les habits qu'elle avait sur le dos.

— Bien sûr. Qu'est-ce qu'elle aime porter ?

— Des robes. C'est un petit gabarit. Et peut-être un peignoir et un pyjama. Tu sais, ce genre de pantalon et chemise assortis tout moches.

Je lève les yeux au ciel.

— Entendu. Je lui apporterai des affaires de toilette, aussi.

— Ça m'embête vraiment de te mettre à contribution, mais j'ai pas envie de demander aux...

— Ne t'avise pas de demander de l'aide à ces pouffiasses.

Il se met à rire pour la première fois depuis le début de la discussion.

— Elles ne sont pas si méchantes.

— C'est vrai, je concède, bien que ça m'arrache le cœur de l'admettre, mais on ne peut pas leur faire confiance. C'est moi qui vais m'occuper de ta mère, et personne d'autre. Compris ?

— Compris. Je dois te laisser. Bonne nuit, princesse. On se voit demain.

— Je t'aime.

— Je t'aime aussi, me répond-il avant de raccrocher.

C'EST TOUT juste réveillé que j'attrape une tasse de café dans la cuisine et pars rejoindre le bar pour m'installer au comptoir. Seulement, quand j'entre dans la pièce commune, je ne suis pas seul... et ma mère, non plus.

Morris est assis à ses côtés, le corps tourné vers elle, le genou touchant sa cuisse. Ils discutent, et lui est tout sourire, quand elle le regarde d'un air fasciné.

— Putain, n'importe quoi, je bougonne dans mon mug, tandis qu'un grognement remonte ma gorge et s'en échappe avant que j'aie le temps d'avaler ma première gorgée.

Je croise le regard de Morris, qui s'empresse de changer de position.

Bien vu.

— Bonjour, me lance-t-il innocemment, comme si je n'avais pas vu ce que j'ai vu.

Je vais avoir deux mots à lui dire, mais j'attendrai qu'on se retrouve seuls pour ne pas mettre ma mère dans l'embarras.

Ma mère tourne la tête vers moi, le reste d'un sourire encore dessiné sur ses lèvres.

— Bonjour, mon poussin, lâche-t-elle, alors qu'elle descend du tabouret pour avancer vers moi. Bien dormi ?

— M'man, dis-je tout en secouant la tête. Tu peux pas m'appeler « mon poussin » ici.

Elle regarde la pièce déserte autour d'elle. Il n'y a personne avec moi, hormis Morris et elle. Tous doivent être déjà attelés à leurs tâches quotidiennes ou toujours endormis.

— Pourquoi ? demande-t-elle avec tellement de candeur.

— C'est pas cool, c'est tout.

Elle se met à rire, une étincelle dans ses prunelles bleues.

— Tu veux dire que ce n'est pas viril ?

J'acquiesce d'un hochement de tête.

— On peut dire ça.

Elle se tourne vers Morris, qui rit comme un fou dans sa main.

— Morris, puis-je vous appeler « mon poussin » ?

— Trésor, vous pouvez m'appeler comme vous voulez, mais j'ai comme l'impression que ça plaira pas trop à votre garçon.

Je contemple Morris d'un œil mauvais, mais ne

tarde pas à changer d'attitude lorsque m'man me lance un regard lourd de reproches.

— Verrais-tu un problème à ce que je l'appelle « mon poussin » ?

— C'est pas pareil, et puis oui que j'y verrais un problème, bordel, dis-je tout en veillant à contrôler le volume de ma voix.

J'ai beau être adulte, elle reste ma mère et n'hésitera pas me remettre à ma place.

— Surveille ton langage, m'avertit-elle, comme si j'avais 10 ans.

Je lève les yeux au plafond et lâche une bordée d'injures dans ma barbe.

— Josiah, murmure ma mère, abasourdie, une main sur ma poitrine. J'ignorais que tu connaissais tous ces mots, et le fait que tu les emploies devant moi est encore plus choquant.

Je baisse la tête vers le petit bout de femme qui m'a donné la vie.

— Pardon. C'est juste ultra-perturbant, M'man. Ici, j'ai l'habitude d'être moi-même. Je ne vais pas redevenir enfant de chœur juste parce que t'es là.

— Attends un peu.

Morris lève une main, tournant le corps dans notre direction.

— T'as servi à la messe étant gosse ?

Je lui adresse mon majeur, avec précaution, pour que ma mère ne le voie pas.

— M'man, poursuis-je, je suis chez moi, ici. Ces types, c'est ma bande. Ils jurent. Ils se lâchent. Ils ne vont pas à la messe. Et, jamais ils ne m'appellent Josiah ou « mon poussin ». Je crois que Morris ne connaissait même pas mon prénom. Ici, je suis Mammoth.

— Je savais pour Josiah, intervient Morris, l'index levé. J'avais fait mes recherches.

Je roule des yeux.

— On s'en tape, Morris.

— Sois gentil, Josiah, me reprend ma mère, tapant mon torse du doigt, mon prénom ayant une drôle de consonance dans sa bouche. Morris s'est comporté en parfait gentleman avec moi et tu ne fais que le rabrouer depuis ce matin.

Je la dévisage, la tasse de café, qui se refroidit à mesure que les minutes passent, à la main.

— Je peux boire mon café ?

Ses yeux passent de la tasse au comptoir.

— Viens t'asseoir avec nous.

Morris tapote le siège du tabouret près de lui.

— Oui. On a beaucoup de choses à se dire avec Jessica.

Alors que ma mère s'éloigne, je remarque qu'elle ne porte plus la robe d'hier soir, mais un tee-shirt large et un jogging que je ne lui ai pas donnés.

— Où as-tu eu ces vêtements ?

— Morris me les a prêtés, répond-elle sans se retourner.

Je tourne la tête vers lui, et il hausse les épaules.

— Je les ai trouvés dans ma chambre, entassés

au fond d'un tiroir. Elle n'allait quand même pas porter la même tenue deux jours de suite.

Ces mots sont la version codée de : « Une des putes que j'ai sautées par le passé les a oubliés là. »

Je me glisse sur le tabouret près de Morris, où était assise ma mère, et déplace sa tasse de café vers la gauche, loin de lui.

— Tamara t'apportera quelques robes ce soir. Tu n'auras pas à porter cette tenue ridicule bien longtemps.

— J'étais assise là, me fait-elle remarquer dans mon dos, plantée derrière moi, sans s'asseoir sur le tabouret que j'ai laissé vacant pour elle.

— Eh bien, maintenant, tu es assise ici.

Je pointe du doigt sa tasse de café pour bien lui faire comprendre que je ne bougerai pas.

— Alors, assieds-toi, poursuis-je.

Si elle grommelle entre ses dents, l'instant d'après, elle est assise à côté de moi, comme je le lui ai demandé.

— Je n'aime pas beaucoup cette facette de toi.

— Je n'en ai pas d'autres.

— Jessica, trésor, s'immisce Morris, qui se penche pour la regarder, m'ignorant à nouveau. Parlons plutôt de cet homme et de ce qui s'est passé. Vous voudriez bien nous en dire un peu plus ? J'ai besoin de noms, de dates, de détails.

Je serre les dents pour empêcher ma gorge de rugir la lave que j'ai au ventre et de dire des choses que je vais regretter.

Avec un hochement de tête, ma mère rabat une mèche de ses cheveux châtains derrière une oreille.

— Son nom est Boyd Weaver. Nous avions des amis en commun, alors je me suis dit que c'était quelqu'un de bien. Un soir, il m'a vue à un bal populaire et m'a invitée à dîner.

Elle s'interrompt, fixe du regard sa tasse de café à moitié vide.

— OK, fait Morris. Et ensuite ?

— On s'est fréquentés durant quelques mois. Tout allait à merveille. On aurait dit l'homme parfait. Gentil, attentionné et prévenant. Il était tellement à l'écoute.

— Ces types, on leur donnerait toujours le bon Dieu sans confession, réplique Morris, et j'avale une gorgée de café pour tenter de détourner mon attention de cette rage que je sens grandir envers Boyd Weaver.

— Quatre mois plus tard, environ, j'ai vendu la maison et me suis installée avec lui.

Je tourne brusquement la tête sur le côté et écarquille les yeux.

— Tu as vendu la maison ?

— Mon pou... Mammoth, se reprend-elle, avant de poser une main sur mon bras, tu sais bien que je ne m'attache jamais aux lieux. Ils ne sont que transitoires.

— Mais tu y avais investi toutes tes économies et tu avais dit que tu passerais le restant de tes jours à contempler le coucher de soleil, sous le porche arrière.

Elle hausse les épaules, le visage froissé.

— Je pensais avoir trouvé un avenir différent.

Ses mots me font l'effet d'un coup de poing à l'estomac. Ce minable ne s'est pas contenté de lever la main sur ma mère, il l'a aussi convaincue de vendre la maison de ses rêves. S'il n'est pas déjà en train de se vider de son sang suite au coup de masse, il va l'être de mes mains.

— Continuez, Jessica, la prie Morris, qui pose une main sur mon épaule pour la serrer.

Je tourne le visage, les yeux noirs, et il m'adresse un hochement de tête et un regard que je ne connais que trop bien. Nous allons nous occuper du cas de ce type. Pourquoi se mouille-t-il dans cette affaire ? Je l'ignore. Peut-être est-ce par loyauté à mon égard, alors même que je ne demande qu'à quitter le club. Dans tous les cas, je sais que je ne suis plus seul.

— Je ne tiens pas à rentrer dans les détails. Je vous en ai suffisamment dit hier soir. J'ai fini par en avoir assez et me suis assurée moi-même qu'il ne pourrait plus jamais lever la main sur moi. Je suis montée dans ma voiture et suis partie, laissant tout derrière moi.

— Je peux faire des recherches sur Boyd, mais ça irait plus vite si vous disiez ce que vous savez de lui. D'où vient-il, où vit-il, quel métier exerçait-il ou exerce-t-il encore... Tout ce qui pourra nous aider à comprendre l'homme, avant que nous prenions la route vers le nord.

Les yeux de ma mère s'écarquillent.

— Vous ne pouvez pas vous rendre là-bas.

— Et comment, qu'on va s'y rendre, réplique Morris, sans me laisser le temps de répondre. Vous avez débarqué ici, tout affolée et tremblotante. Vous pouvez être sûre que votre fils et moi, on va aller faire un petit tour là-bas et qu'on va rendre à cet enfoiré la monnaie de sa pièce.

Je serre le poing contre le plateau en bois du comptoir.

— On va aussi s'arranger pour que tu sois blanchie, M'man.

C'est ce point-là qui la tracasse réellement. Elle craint d'être rattrapée par la justice, et non par Boyd. Or, les hommes qui maltraitent leurs femmes sont rarement enclins à les laisser partir.

Elle glisse une main sur mon poing.

— C'est tout ce qui m'importe.

— On va régler ça, lui promets-je.

— Ce n'est pas si simple. Boyd était policier. Il a des relations, et il fait partie du conseil municipal. Quelques coups de fil ne vous suffiront pas à enterrer l'affaire.

Morris part d'un rire.

— Trésor...

Il marque un temps d'arrêt, avant de s'éclaircir la voix pour ne pas passer pour ce trouduc qu'il est.

— ... Il peut avoir toutes les relations du

monde, nous avons les nôtres. Un type qui frappe les femmes ne peut pas se cacher derrière son réseau ou son insigne.

— Boyd a tout un arsenal chez lui. Vous ne pouvez pas y aller, c'est trop dangereux. Je voulais m'enfuir, et c'est ce que j'ai fait. J'avais préparé mes clés et je l'ai pris par surprise. La dernière chose que je souhaite, c'est de le faire à nouveau entrer dans ma vie en vous laissant aller là-bas et en remettre une couche.

Je lance un regard en coin à Morris, qui hoche la tête en retour.

— Nous ne ferons rien qui ne soit pas nécessaire, lui assure-t-il.

Chez les Disciples, la revanche l'est toujours. La loi du talion est gravée dans la chair de ce club. La paix, bien qu'elle puisse être utile, ne se fait pas tant que la personne n'en a pas payé le prix.

Boyd Weaver est bon pour endurer les pires souffrances.

* * *

— Tam ! s'exclament les gars, lorsque Tamara passe la porte d'entrée, un gigantesque cabas blanc pendu au bras.

Je n'ai pas traversé la moitié de la salle, laissant ma mère en compagnie de Morris, qu'Eagle l'a déjà débarrassée.

— Merci, Eagle.

Il lui répond par un hochement de tête, avant de soutenir mon regard, tandis qu'il repart en direction de ma mère.

— Princesse, je n'ai jamais été aussi heureux de voir ton visage.

Mes mains trouvent ses fesses, et je la serre tout contre moi.

Elle se jette à mon cou et écrase ses lèvres sur les miennes.

— Pardon d'arriver si tard, murmure-t-elle contre ma bouche. On ne pouvait plus arrêter mon prof.

Elle sent le soleil, et tout un tas de choses exquises.

— Tu es là, c'est tout ce qui m'importe. Ne t'excuse pas.

Elle pointe le menton en direction du bar, les paupières plissées.

— Il se passe quoi, là-bas ?

Je soupire et ferme les yeux.

— Morris essaie de s'attirer les faveurs de ma mère, ou bien est-ce l'inverse. Quoi qu'il en soit, ça ne me plaît pas.

Tam éclate de rire et me tapote le torse.

— C'est juste Morris qui fait du grand Morris. À ta place, je ne m'inquiéterais pas. Enfin, ta mère n'a pas vraiment l'étoffe d'une régulière ou d'un quatre-heures.

— Tu pensais être encore ici avec moi, toi ? je marmonne dans ma barbe.

Elle se mordille la lèvre.

— Ben, j'ai toujours eu un côté sauvage, bébé. Ta petite maman, la sauvagerie, elle la reconnaîtrait même pas si elle se la prenait en pleine face.

Je fais une grimace.

— Quoi ?

— Son petit ami la battait.

Tamara a un mouvement de recul et des yeux ronds comme des soucoupes.

— Il la, quoi ?

J'acquiesce d'un hochement la tête.

— C'est pour ça qu'elle est ici. Elle a pris le problème à bras-le-corps, et ce gros dégueulasse a eu le culot de la dénoncer aux flics.

Elle me regarde en clignant des yeux et lâche, offusquée :

— Comment ?

— Oui.

— Attends un peu. Il la frappe, mais c'est après elle qu'en ont les flics ?

Je hoche à nouveau la tête.

— Il était dans la police.

— Ça n'a pas de sens. Pourquoi en auraient-ils après elle ?

— Elle en a eu marre et s'est vengée. Maintenant, elle a un mandat d'arrêt au cul.

Le visage de Tamara se plisse.

— Tu as téléphoné à James et Thomas ?

— Je n'y avais même pas pensé.

— Appelle-les. Ils vont remettre les choses en ordre.

— Tu as raison. Je ferai ça demain. Morris et moi, on va rendre une petite visite à son ex.

Tamara s'écarte de moi et croise les bras, une épaule baissée.

— Vous allez faire quoi ?

— Princesse, ne t'énerve pas.

Elle hausse un sourcil.

— Tu es en train de me dire que tu vas aller donner une leçon à ce type, leçon qui sera violente et qui pourrait t'envoyer au trou, et tu me demandes de ne pas m'énerver ?

Elle fait une pause, ferme les yeux et prends une respiration, l'index levé, mais lorsqu'elle les rouvre, son regard est incendiaire.

— Me dit ce mec qui a pété les plombs quand je suis allée rendre visite à un ami en prison, reprend-elle. Je pensais qu'on était une équipe, Mammoth. Ça sous-entend qu'il y a certaines choses que l'on fait, et d'autres que l'on ne fait pas. Je ne t'ai pas entendu me demander si tu pouvais y aller.

Je lui attrape le doigt, qui est toujours dressé entre nous, et baisse sa main pour tenter de l'attirer dans mes bras.

— Allons, chérie.

Et elle se libère et lâche, agacée :

— N'essaie pas de me baiser !

— Te baiser… je reprends en riant, l'air goguenard.

J'aime comme ça sonne cochon. Je ne demande qu'à la baiser, moi.

Sa bouche se pince et ses yeux se réduisent à deux minuscules fentes.

— D'accord, d'accord ! je capitule, les deux mains levées, mais il faut qu'elle sache pourquoi j'en suis arrivé là. Il l'a frappée au visage, à coups de poing.

— Quoi ?

Son regarde se tourne vers ma mère, avant de revenir sur moi.

— Comment peut-on oser s'en prendre à Jessica ? Je peux venir ? Il aurait bien besoin qu'une femme lui apprenne les bonnes manières.

— M'man l'a frappé d'un coup de masse.

Elle tique à nouveau, laisse retomber les mains de ses hanches.

— Tu déconnes ?

— Non.

— Ben, merde ! C'est costaud, ça.

Je tends les bras et réussis enfin à la prendre par les épaules.

— Je sais. Alors, je peux y aller ? Est-ce que j'ai ta permission ?

Je pose la question sans serrer les dents, sans ciller. Tamara a besoin de sentir incluse dans les décisions qui ne relèvent pas du club. Je ne suis plus seulement un « je », mais la composante d'un « nous ».

— Oui, accepte-t-elle. Moi, je resterai avec ta mère.

— Tu ne peux pas rester ici.

— Elle non plus, souligne-t-elle, me renvoyant aussi sec mes paroles à la figure. Soit on reste toutes les deux ici, soit elle vient chez moi ou dans ma famille. Oncle James et oncle Thomas sauront la cacher jusqu'à ce qu'elle soit innocentée.

— J'ai pas envie de vous mêler à ça, toi ou ta famille.

— J'y suis déjà mêlée. Tu es aussi ma famille, et les autres en diraient autant. Si ta mère reste ici, alors moi aussi.

— Tu ne restes pas ici, je grommelle.

Tamara jette les mains en l'air.

— Regarde ces types, monsieur Parfait. Tu sais comment ils sont. Tu tiens vraiment à la laisser toute seule ici ?

Elle lance un regard par-dessus mon épaule.

— C'est pas pour dire, mais Morris m'a l'air déjà très à l'aise avec elle.

Je ne parviens pas à retenir le grognement qui s'échappe de ma gorge.

— Bon, d'accord. Emmène-la, mais n'allez pas chez toi. Les flics pourraient fouiller de ce côté.

— Quelqu'un de ma famille la prendra chez lui. Ça marche comme ça chez nous.

Je l'attire dans mes bras, malade d'avoir de l'espace entre nous après avoir été séparé d'elle.

— Je t'aime, princesse.

Elle pose une main sur mon visage, son pouce caressant ma barbe.

— Je t'aime aussi. Bon...

Elle me sourit.

— ... j'aimerais bien boire un coup, maintenant.

— Tu viens à peine d'arriver !

— Et alors ?

Alors, rien.

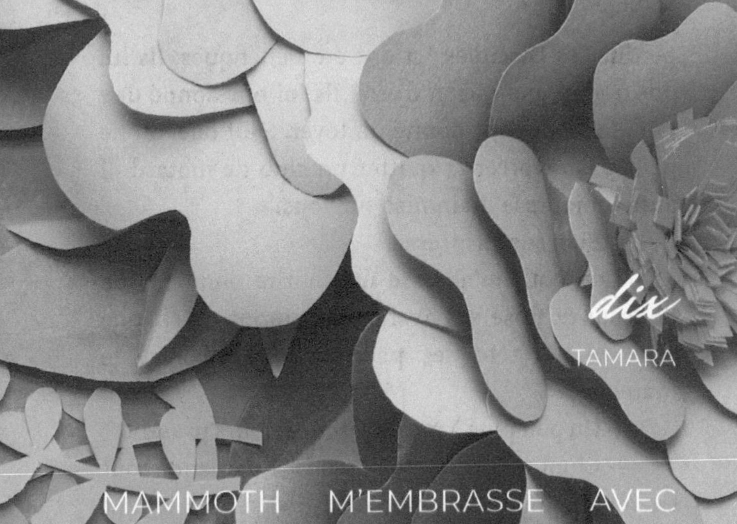

MAMMOTH M'EMBRASSE AVEC LENTEUR, sans se précipiter, tandis qu'il me surplombe.

— J'ai hâte que ça devienne mon quotidien, murmure-t-il contre mes lèvres, les poils de ses jambes frottant contre l'intérieur de mes cuisses.

— Ça se rapproche, pas vrai ?

Je lève les yeux vers ses prunelles grises et accroche un sourire à mon visage.

On se ment l'un à l'autre, je le sais. Jamais il n'en sera complètement sorti. Pas de la manière dont nous l'espérons où de la façon dont beaucoup s'imaginent. Un frère reste un frère à vie. Il le savait en devenant prospect. Seulement, il était seul et ne voyait pas plus loin.

Le club lui est venu en aide à une époque il en avait le plus besoin. La vie de militaire lui convenait et, lorsqu'elle s'est terminée, il s'est senti perdu. Les Disciples lui ont été bénéfiques. Ils lui ont donné une raison d'être. Ils lui ont donné une famille. Ils lui ont donné un foyer. Sauf que, on ne peut pas divorcer et quitter un club de motard. Il aura toujours la mainmise sur vous.

— Bien sûr, princesse.

Mammoth m'adresse un sourire empreint de douceur et pose ses avant-bras autour de chaque côté de ma tête, les paumes à plat contre le matelas.

— Un peu plus à mesure que les jours passent.

— Comment ça va se passer ? je demande tout en repoussant ses cheveux en arrière, les tenant dans mes mains pour voir mieux voir son visage. Tu seras « d'astreinte » ?

Mammoth éclate de rire, puis reprend son sérieux.

— Pas vraiment, mais il faudra que je me tienne disponible. Et si...

Il s'interrompt, s'abaisse suffisamment pour poser son front contre le mien.

— S'ils ouvrent un club près de chez nous, je devrai en être au moins membre, si ce n'est à sa tête.

Je me raidis et tourne sept fois ma langue dans ma bouche pour m'empêcher de lancer une saloperie.

— T'en fais pas pour ça maintenant. Il y a peu de chances pour que ça se fasse. C'est juste leur manière à eux de me rappeler les règles.

— Que je ne m'en fasse pas ? lâche l'emmer-
deuse en moi sans que je puisse l'arrêter. Nous
avons le couteau sous la gorge, et je devrais ne pas
m'en faire ?

Il rapproche ses bras de ma tête, avant de tenir
mon visage entre ses mains.

— Princesse, je comprends ta réaction. Je sais
que t'es en colère, mais c'est la vie. C'est la vie avec
moi. Si tu veux partir, c'est maintenant qu'il faut le
faire, avant que j'abandonne tout, claque un fric
monstre dans ce garage et déménage à l'autre bout
de l'État.

Mon estomac se serre. Est-ce bien ce que je
crois ? Le regard hébété, je le pousse, les mains sur
son torse, pour tenter de m'asseoir et souffle :

— Tu veux rompre ?

Il tient bon, me retenant sous lui, et me repousse avant le torse.

— Est-ce que j'ai dit ça ? me rétorque-t-il, le
timbre grave et monocorde.

— Ben, non...

Je soupire et mes muscles se détendent, tandis
que je me rallonge sur le lit.

— ... mais ça avait l'air d'en prendre la
direction.

— Je ne peux pas contrôler ce qui n'est pas de
mon ressort, Tamara. Je fais partie de ce club. Tu le
savais quand on s'est rencontrés, tu le savais quand
on a baisé ensemble et tu le savais quand tu m'as
dit que tu m'aimais.

Je ferme les paupières, les larmes au bord des yeux.

— Les contes de fées, c'est pour les gosses, Tam. On est des adultes. On doit gérer nos merdes au lieu de piquer une crise chaque fois qu'un truc ne marche pas.

Le poids que j'avais au fin fond de l'estomac s'envole et laisse place à une brûlure profonde.

— Piquer une crise ?

Je plisse les yeux, repoussant son torse avec plus de force, cette fois, si bien qu'il finit par s'écarter.

— C'est ce que je fais, d'après toi, quand je m'inquiète pour ta sécurité et notre avenir ? T'es sérieux, là ?

Je m'empresse de ramper au bout du lit. J'ai besoin d'être debout.

Il se tourne pour s'asseoir au bord du lit et me faire face.

— Écoute, commence-t-il tout en s'appuyant une main sur sa cuisse, l'air totalement décontracté quand il ne devrait pas l'être.

Je croise les bras et incline la tête.

— Je t'écoute. Ça a intérêt à en valoir la peine.

— Tu peux pas péter les plombs pour tout. Tu peux pas, point.

— Je ne pète pas les plombs, et je suis libre de faire ce dont j'ai envie quand il s'agit de nous.

— Voilà.

Il hoche la tête, fait courir une main dans ses beaux cheveux bruns.

— Il s'agit de *nous*.

Il jette un bras dans ma direction.

— Pas toi. Ni moi. *Nous*. Mais il y a aussi le club. On va pas revenir là-dessus ad vitam æternam. J'ai ma dose.

J'avance un pas et baisse les yeux sur lui, bouillant de colère.

— Tu as ta dose ?

— Je parle de cette conversation, grogne-t-il. Je t'aime. Je veux un avenir avec toi. Je supporterai toutes les conneries du club qu'il faudra pour qu'on puisse vivre heureux et que je puisse t'offrir tout ce que tu désires. Je peux pas me diviser en deux. C'est comme ça. Soit tu en es, princesse, soit tu n'en es pas.

Ses pouces caressent la peau fine de mes biceps et me donnent des frissons.

— J'en suis, dis-je machinalement.

Depuis que j'ai posé les yeux sur ce mec, j'en suis raide dingue. Si j'avais été maline, j'aurais fui aussi loin que possible. Si je n'étais pas éperdument amoureuse de lui, je ne l'aurais plus revu après le confinement. Seulement, je suis incapable de lui fermer mon cœur. Il est le seul homme que j'ai réellement aimé.

Lorsque ce coup de feu a failli me l'enlever, j'ai compris que Mammoth était tout pour moi. Je le savais déjà, bien sûr, mais cet évènement, l'enfer qu'il a traversé, a tout consolidé dans ma tête. Que nous soyons faits l'un pour l'autre ou que nous devions vivre ensemble ne faisait aucun doute. Je ne pouvais pas imaginer la vie sans Mammoth.

— Mais...

— Il y a toujours un mais, bougonne-t-il, les mâchoires serrées.

Je hausse les épaules et avance vers lui avec un sourire.

— Mais tu dois te montrer honnête avec moi. Tu dois me dire les choses.

Ses yeux gris rencontrent les miens.

— Comme quoi ?

— Eh bien, dis-je d'une voix suave, tandis que j'écarte sa main et monte à califourchon sur ses cuisses. Tout. Tu vois ?

— Non, je ne vois pas.

Il faufile un bras dans mon dos pour poser sa main sur mes fesses.

— Il y a des choses que je ne peux pas te dire.

Mes mains trouvent ses épaules et je me cale confortablement.

— Comme quoi ?

— Les affaires du club, me répond-il.

— J'en sais plus que tu ne crois, dis-je.

— Vraiment ?

Je fais oui de la tête.

— Comment ?

Ses doigts se fichent dans ma chair et je sens une drôle de pirouette dans mon bas-ventre, tandis que je me laisse glisser en avant et que mon sexe vient presser le sien.

— C'est comme ça, c'est tout.

Il hausse un sourcil.

— Tu écoutes aux portes ?

Je hausse les épaules.

— Peut-être.

— Tu fouilles dans mon téléphone ?

Merde. Ça m'embête de l'admettre, mais ça m'arrive de temps à autre. Je m'en veux tellement après coup. Je n'ai jamais aimé qu'on viole ma vie privée, et pourtant je m'y autorise avec lui. Je ne le fais que lorsqu'il se montre évasif, ce qui, en vérité, est souvent le cas.

Bon, je comprends. Il est bien obligé de l'être.

Certaines choses sont censées rester au sein du club. Les petites amies et les régulières ne sont pas *dans la confidence*, et si j'ai essayé d'accepter ce fait, j'ai échoué.

— Possiblement, je murmure tout en me retenant de rire.

Il penche la tête, le nez au creux de mon cou. Alors que ses lèvres effleurent ma peau, je me cambre, m'en sers comme d'un moyen pour changer de sujet.

— Possiblement ? susurre-t-il contre ma peau. Auras-tu à nouveau un orgasme ce soir ? Possiblement.

Je me mords la lèvre et étouffe un rire.

— Tu redeviens insolent.

— Tu ne peux pas fouiller dans mon téléphone.

Sa bouche glisse de ma gorge à ma clavicule.

— C'est comme ça, et pas autrement.

— Vous devriez pas vous envoyer des textos, d'abord. Le gouvernement peut les lire.

Il relève la tête et me fixe, des éclairs dans les yeux.

— Plus jamais. Tu m'as compris ?

— Oui, d'accord, j'ai compris, dis-je.

Mais je me fais violence. Je savais qu'il n'allait pas être content, et pourtant je l'ai fait quand même. Parfois, je ne peux pas m'en empêcher, c'est plus fort que moi.

— Promets simplement de faire un effort de communication.

— J'ai pas de mal à communiquer, proteste-t-il.

Je lève les yeux au ciel.

— Non. Tu n'as pas de mal à communiquer quand on baise ou quand tu veux qu'on baise. Autrement...

Les callosités de sa paume m'éraflent la peau, tandis qu'il me repositionne.

— Je ferai des efforts.

J'acquiesce avec un sourire et m'efforce d'ignorer le tiraillement entre mes cuisses.

— Bien.

— Faut qu'on bouge de là.

Il fait un signe de tête en direction de la porte, et je souffle.

— J'ai pas envie.

— M'man est là, me rappelle-t-il, avant de soupirer. J'aimerais passer la soirée autrement, mais c'est comme ça.

Je m'arrache à lui et traverse la pièce sur la pointe des pieds.

— C'était comme au bon vieux temps.

Puisque la mère de Mammoth dormira dans sa chambre cette nuit, nous avons dû nous replier dans celle de Pike. Elle est inoccupée depuis des années et Morris refuse qu'on y installe un nouveau prospect. Aujourd'hui, elle sert d'hébergement aux voyageurs de passage ou aux visiteurs.

— Au bon vieux temps ? s'enquiert-il tout en me regardant me pencher et lui montrer ouvertement mon postérieur.

— De baiser dans cette chambre, dis-je.

— Une baise rudement bonne, réplique-t-il, tandis qu'il se lève.

Je suis incapable de regarder ailleurs. Son corps élancé et musclé de partout tremble lorsqu'il s'étire.

— Incomparable, je murmure en retour, mais je ne parle pas seulement des souvenirs dans cette chambre.

— Enlève-toi ça de la tête, me conseille-t-il, lisant dans mes pensées.

— La nuit vient à peine de commencer.

Je remue les sourcils.

— On n'a qu'à mettre ta mère au lit.

— Il est encore trop tôt pour ça. On doit passer

les prochaines heures à tenir les gars éloignés d'elle. Ils ne devraient pas tarder à rentrer d'expédition, et tu sais comment ils sont quand il y a de nouvelles femmes au QG.

— De vrais chiens en rut, mais quand ils apprendront que c'est ta mère, ils laisseront tomber.

Il se met à rire.

— Ah oui ? Parce que tu crois qu'aucun ne voudra la sauter, juste pour se vanter de s'être tapé ma mère ?

— Arrête, dis-je tout en me couvrant les oreilles. Tu deviens ridicule et dégoûtant.

Il me regarde en clignant des yeux, aussi sérieux qu'un pape.

— C'est ça ! s'exclame-t-il, avant de jeter les bras en l'air et de pousser un gros grognement de frustration. Morris est déjà en train de lui renifler le cul. Tu l'as vu de tes propres yeux.

— Morris se montre juste aimable.

J'enfile son vieux tee-shirt Mötley Crüe, celui que j'ai chipé dans son armoire la dernière fois que je suis restée dormir là. C'est le mien, maintenant. Il ne le reverra pas. Ce maillot est ultradoux et large.

Il secoue la tête tout en lorgnant le tee-shirt, mais ne dit rien, avant de ramasser son jean.

— T'es trop naïve.

— Tu penses trop avec ta queue.

Je tends le menton en direction de sa queue qui dodeline, tandis qu'il remonte son pantalon.

— Comme tous les autres mecs ici.

Il n'a pas tort. Je ne le lui dirai pas, en revanche, car je veux apaiser ses tensions, et non pas les nourrir.

— Ils ne la toucheront pas, lui garantis-je, bien que je ne sois techniquement pas en mesure de l'assurer. Et puis, tu vois ta mère faire ça avec l'un d'eux ?

Mammoth s'assied sur le bord du lit et enfile ses bottes.

— J'en ai marre de parler de ça.

— D'accord, je murmure avec un rire, et reçois un regard de reproche. Décidément, c'est le refrain de la soirée.

On parle de Jessica, là. Cette femme ne saurait pas comment s'y prendre au lit avec un biker, même si sa vie en dépendait. De toute évidence, elle a déjà fait l'amour. Après tout, elle a eu Mammoth, mais ça ne veut pas dire qu'elle serait prête à faire des cochonneries, là, tout de suite.

Quelques instants plus tard, Mammoth quitte la pièce d'un pas martial, sans rien ajouter. Je passe mes sandalettes, cours derrière lui et me plaque contre son dos, tandis qu'il entre dans la pièce commune. Il s'arrête net au moment où ses bottes touchent le carrelage, et il promène son regard à la ronde pour trouver sa mère.

— Non, mais je rêve, lâche-t-il dans un murmure.

Je passe la tête au-dessus de son épaule et suis son regard.

— Quoi ?

Je ne vois rien qu'une mer de corps et beaucoup de peaux.

— Regarde.

Il fait un signe de tête en direction du bar.

— Je te l'avais dit, putain.

Je fais une grimace.

— Ben, au moins ils baisent pas.

Merde.

Il retourne sèchement la tête et plisse les yeux. Il crépite dans le gris de ses prunelles tellement de flammes que j'en sens le feu.

— Au moins ils ne baisent pas ?

J'opine du chef et esquisse le plus hypocrite des sourires qui soit.

— J'ai pas tort.

— Putain, peste-t-il dans sa barbe, avant de m'empoigner par la main. Viens, on va couper court à ce cirque.

— Oh, chouette, je murmure d'un ton sarcastique.

Ça promet d'être drôle.

Mammoth me tire en avant, et mes pieds suivent, se règlent sur ses grands pas. Il est déterminé. Ses yeux sont focalisés sur sa mère et la manière dont Morris est penché vers elle au bar, appuyé sur un bras, et semble loucher sur la jolie robe à décolleté que je lui ai rapportée.

Morris se tourne, ses yeux nous repèrent, et il s'écarte un peu.

— Eh, les jeunes ! lance-t-il sur un ton détaché, le bras toujours appuyé sur le bar, tandis qu'il lève le menton comme s'il ne venait pas de se faire griller.

— Coucou ! dis-je en étirant le mot.

Mammoth me presse les doigts, et je comprends qu'il veut que je me la ferme et que j'arrête de faire ma gentille avec Morris, mais... c'est Morris. Et puis, il y a le fait que je n'aime pas vraiment qu'on me donne des ordres et que je ne sais pas suivre les directives.

— Vous faites quoi de beau ? je demande, toute fouineuse que je suis pour combler le silence, alors que Jessica fixe Mammoth, qui fixe Morris. On peut se joindre à vous ?

Je me tortille un peu, sachant pertinemment que je remue le couteau dans la plaie.

Les yeux de Jessica quittent enfin Mammoth pour rencontrer les miens.

— Je vous en prie, fait-elle tout en me suppliant du regard. On parlait justement de toi.

Ces mots, elle les adresse à Mammoth. Voyant qu'il ne répond pas et reste planté là, aussi rigide qu'un bloc de granit, à foudroyer Morris du regard, elle ajoute :

— Je te parle, Jo... J.D.

Oh, putain. Elle a failli l'appeler par son prénom. Elle a failli le balancer devant le club tout entier, ce qu'il n'a jamais fait depuis tout ce temps où il y est. Cela aurait jeté de l'huile sur le feu, faisant monter d'un cran la tension qui est déjà palpable.

— J'adore ce que vous avez fait à vos cheveux, je lâche tout de go, parce qu'ils sont différents de la dernière fois où l'on a discuté en visio et que j'essaie de désamorcer la situation et de détourner l'attention de tout le monde. Ils sont différents, non ?

Sans attendre sa réponse, je poursuis :

— Ils ont l'air différents.

Nouvelle pression de la main de Mammoth. Je me mords la lèvre pour arrêter ma diarrhée verbale.

— On va s'asseoir, marmonne-t-il tout en me déplaçant devant lui comme une poupée de chiffon et en se servant de mon épaule pour pousser Morris sur le côté.

OK. Ce n'était pas du tout disproportionné. Je reste plantée là un moment, prise en sandwich entre Mammoth et Morris, qui est pratiquement plaqué contre moi.

— Désolée, je lui murmure, tandis qu'une main vient se poser sur mon épaule et me force à m'asseoir.

Oh, punaise. J'ignore s'il sait à qui il cherche des poux, mais, lui et moi, on va avoir deux mots à se dire, ça, c'est certain. Je me mords la langue pour me retenir, au moins jusqu'à ce qu'on se retrouve seuls. Si Mammoth ne se ressaisit pas, ça risque de péter devant tout le monde.

— T'inquiète, petite, me répond Morris, qui recule un peu pour me laisser de l'espace.

Il me dit cela avec le regard doux du type adorable qu'il lui arrive d'être lorsqu'on est seuls.

— T'y es pour rien, ajoute-t-il, si ton mec te malmène.

Oh non, il a osé, et bien que ces mots soient justes, ils sont tellement, tellement malvenus.

— C'EST QUOI, cette tête ? me demande m'man tout en me flanquant un coup dans les côtes avec son coude pointu. Et cette attitude arrogante ?

Morris et Tamara nous ignorent et discutent à voix basse. Ça me va. Tant qu'elle l'occupe, il ne tourne pas autour de ma mère.

— Je ne veux pas que tu t'embringues avec quelqu'un comme Morris.

Elle tique, les yeux éberlués.

— Pardon ?

— Tu m'as parfaitement entendu, je marmonne contre le goulot de ma troisième bière de la soirée. Inutile que je répète.

Sa bouche se pince et ses yeux bleus me fixent avec l'intensité de deux rayons laser. C'est le même regard que celui qu'elle m'adressait lorsque j'étais petit, quand elle tâchait de se calmer pour ne pas dire quelque chose qu'elle regretterait plus tard.

— Tu as peur que je sorte avec Morris.

— Non, M'man, dis-je d'un air moqueur. Morris ne sort pas avec les femmes.

— Alors qu'entends-tu par « embringuer » ?

Elle n'est tout de même pas aveugle à ce point. Elle doit bien voir qu'il la drague. Il ne se montre pas sympa avec elle uniquement parce qu'elle est ma mère. Ce type ne fait jamais rien sans avoir un avantage à en tirer, et se glisser entre les cuisses de ma mère en est précisément un.

Je hausse un sourcil tout en portant à nouveau la bouteille à ma bouche, sans répondre, et j'attends, je la fixe jusqu'à ce que je la voie tilter.

Elle étouffe une exclamation offusquée et me frappe le bras, le regard bouillant de colère.

— Je ne suis pas ce genre de femme, J. D. Comment oses-tu dire une chose pareille ?

— Et il est ce genre d'homme, M'man. N'oublie jamais ça. Il te mangerait toute crue et te recracherait sans un remords.

Là, accoudé au bar, je connais bien mieux Morris que je ne connais ma mère. Je me souviens de la femme qu'elle était lorsque j'étais plus jeune, mais une décennie, ça change une personne. Certes, elle ne se sera pas devenue une dévergondée prête à se dénuder à la moindre occasion, mais peut-être aimerait-elle tâter du biker, s'ouvrir à d'autres horizons. La seule chose que je sais, c'est que ça ne se passera pas avec mon frère et pas dans mon club.

— Demain, tu t'en vas, lui dis-je sans lui laisser la possibilité de contester.

Elle incline la tête, les lèvres serrées, et cligne des paupières comme si elle avait une poussière dans les yeux.

— Et où ça, je te prie ? À moins que tu ne comptes me commander comme tu le fais avec tes femmes ?

Je dévisage ma mère et me demande ce qu'elle peut bien savoir de « mes femmes ». Je ne lui ai jamais parlé de ma vie privée, l'ai laissée dans l'ignorance, pratiquement certain que son fichu catéchisme ne lui a jamais inculqué ce qu'être dominé au lit signifiait réellement.

— Tu peux développer, s'te plaît ? je graille.

Ses yeux se tournent vers Tamara, avant de revenir sèchement sur moi.

— Tu as manipulé cette adorable fille comme si elle n'avait pas de cerveau. Peut-être n'avait-elle pas envie de s'asseoir entre Morris et moi, mais tu l'as littéralement poussée sur ce siège. Sans rien demander. Sans te soucier de savoir où elle aimerait poser ses fesses. Tu l'as juste mise là, comme si tu croyais pouvoir la mener à baguette, comme le reste.

— T'es sérieuse ? je m'indigne, la brûlure se faisant à nouveau sentir au fond de mon estomac. C'est comme ça que tu me vois ?

— Je te connais parfaitement, mon fils. J'en sais plus que tu ne le crois. Je suis observatrice, tu sais. J'ai beau aller à l'église, tu as beau me prendre pour une sainte-nitouche, je ne suis pas aveugle. Ce que tu fais dans ta chambre ne me regarde pas, et Dieu sait que je ne veux rien savoir, mais tu ne peux pas traiter une femme de cette manière.

Elle plante un index dans mon torse.

— Je ne t'ai pas appris à traiter *ta* compagne ainsi.

Je baisse les yeux sur le point de contact.

— Je traite Tamara comme une reine, M'man. Elle est tout pour moi.

— Tu te fiches de moi ?

— Je suis on ne peut plus sérieux. Tamara est la prunelle de mes yeux. Elle est tout pour moi. Je fais mon possible pour la rendre heureuse. J'abandonne le club pour elle, je déménage à l'autre bout de la Floride.

— Tu l'as assise sur ce tabouret comme une vulgaire poupée de chiffon.

Merde. C'est vrai que j'ai fait ça. Ce n'était pas mon intention, mais le fait d'avoir ma mère ici, avec les gars, ça me met les nerfs à fleur de peau, pire que si j'avais un flingue collé sur la tempe. J'ignore pourquoi. Je devrais m'en balancer. M'man, c'est pas Mère Teresa. Elle veut simplement se montrer aimable, rien de plus. Seulement, se faire la remarque et le croire sont deux choses différentes.

Je pose ma bière et me renverse sur le dossier du tabouret avec un long soupir.

— Je ne suis pas comme ça, d'habitude.

— Je pense que si, au contraire, me réplique-t-elle immédiatement, les yeux plissés. Tu as toujours aimé jouer les petits chefs.

Je porte une main à mon cou, en masse la peau tendue, et réfléchis attentivement aux mots que je vais employer.

— En ce moment, je ne suis pas dans mon état normal. Pardon, M'man. D'habitude, je ne malmène pas Tamara. J'ai le cerveau tout embrouillé depuis que tu es là. Crois-moi, cette fille est solide comme un roc.

Ma mère lève le menton avec arrogance lorsqu'elle lâche :

— Une femme a plutôt intérêt à l'être avec toi.

Je pousse un soupir.

— J'essaierai de m'améliorer.

Elle sourit avec douceur et porte une main à mon visage.

— C'est bien, mon chéri. Personne n'est parfait, mais ça ne signifie pas qu'on doit cesser de s'employer à mieux faire… à devenir meilleur.

— C'est ce que je fais.

— Bon, vas-tu enfin me dire où je vais demain ou tourner autour du pot encore longtemps ?

— J'ai une affaire à régler…

Je m'empare de ma bière, sans quitter ma mère des yeux, et reprends :

— Tu rentres avec Tamara pour quelques jours, le temps que ce truc soit bouclé.

Son visage, qui s'était radouci, se durcit à nouveau.

— Je ne veux pas importuner Tamara et je n'ai pas besoin d'une baby-sitter. Cette fille a sa vie et elle n'a pas à se coltiner une femme de mon âge.

— Elle veut que tu rentres avec elle.

— Tam, appelle ma mère tout en jetant un coup d'œil par-dessus mon épaule en direction de Tamara et de Morris, qui taillent le bout de gras dans leur coin et nous laissent discuter.

— Oui, Jess, répond Tam dans mon dos.

— Tu veux que je rentre avec toi ?

— Bien sûr, Jess. J'adorerais vous faire visiter ma ville et vous présenter à ma famille.

Un petit sourire satisfait s'étire irrésistiblement sur mon visage. Si j'étais plus jeune, m'man me dirait d'arrêter ça tout de suite.

— Bon...

Elle marque une pause, ses yeux se tournent vers moi, se plissent, avant de revenir à Tamara.

— D'accord.

— Vous ne voulez pas rentrer avec moi ?

Je peux entendre la déception dans la voix de Tamara. Elle en rajoute. Elle joue sur la culpabilité et le besoin de plaire de ma mère. C'est un truc qu'elle tient de sa famille. Chaque coup de pression est enrobé de culpabilisation et, en général, ça marche. Je sais que ça prendra chez ma mère, et Tamara, aussi, le sait.

— Ne dis pas de sottises, ma chérie. Évidemment que je veux rentrer avec toi.

— Cool, répond Tam, qui pivote sur son siège, noue les bras autour de ma taille et se plaque contre mon dos. Ça va être génialissime. Vous allez pouvoir tout me dire sur J.D. quand il était petit.

— J'ai tellement d'histoires à te raconter, se vante ma mère, le regard amusé, tandis que je grommelle dans mon coin. Il n'a pas toujours été ce grand grincheux.

— Il n'est pas si mal. Un peu grognon parfois, autoritaire, aussi.

Lorsqu'elle parle, le souffle chaud de Tam caresse ma nuque et je tourne la tête, nos regards se croisent, et nos bouches sont si proches que je pourrais l'embrasser sans plus de mouvement.

— Il n'empêche, j'aime ce gros bêta.

Ses yeux pétillent lorsqu'elle me regarde.

— Tu ne m'aimerais pas si je n'étais pas tout ça, princesse. D'ailleurs, je pourrais en dire autant de toi. Un type plus faible se ferait bouffer tout cru.

Ses sourcils s'arquent.

— Je ne suis jamais autoritaire.

Je m'esclaffe.

— Tu es *grave* autoritaire.

— Non.

— Si, dis-je en souriant, alors que je m'imprègne de sa beauté.

— Tamara est la plus adorable des filles que tu as fréquentées, commente ma mère, bien que nous ne l'ayons pas sonnée.

— Tu parles, lâche Morris sous cape, s'attirant un regard noir de ma part.

— Combien en avez-vous rencontré ? s'enquiert Tamara, qui ouvre la boîte de Pandore que ma mère a décidé de balancer sur le bar.

— Quelques-unes, répond-elle, tandis que je me retourne pour lui lancer un regard à la fois dur et prudent.

— M'man, j'étais adolescent la dernière fois que tu as rencontré une nana à moi... une ado, quoi.

Elle hausse les épaules et se tourne vers le bar pour prendre son verre.

— Ça compte quand même.

— Était-il plus cheerleaders ou musiciennes de la fanfare ? poursuit Tamara près de mon oreille. Je veux tout savoir.

— Oh, mais ma chérie...

M'man esquisse un sourire malicieux.

— ... je vais tout te dire.

— Non, non, non, interviens-je, l'index pointé en direction de ma mère. Tu ne vas rien lui dire. Le passé appartient au passé. Laisse-le là où il est.

Tamara presse ses seins contre mon dos.

— T'en fais pas, monsieur Parfait. Ta mère et moi, on aura tout le temps de discuter ces prochains jours.

— Fantastique, je marmonne.

— Gardons les détails croustillants pour plus tard, quand nous serons seules, conclut ma mère avec un hochement de tête, un sourire si grand aux lèvres qu'elle est au bord du rire. Tu sauras tout, ma puce.

Tamara pouffe de rire.

— Ça fait tellement bizarre d'entendre cette expression dans votre bouche, Jessica.

— Maman, la corrige ma mère.

Je n'en tomberais presque à la renverse.

— Maman ? hésite Tamara.

— Il est temps, ma chérie. Nous savons toutes deux ce qu'il en est. Autant s'y habituer tout de suite.

— Maman, répète Tamara. Ça me plaît.

En toute honnêteté, ça me plaît aussi.

Ma mère peut bien lui parler de toutes mes ex et ces phases bizarres par lesquelles je suis passé au lycée, je m'en balance. Ce qui compte pour moi, c'est de voir ma petite maman rire et sourire après tout ce qu'elle a traversé. Peu importe ce qui la rend heureuse et la met de bonne humeur, je suis totalement pour, même si c'est à mes dépens.

— Je vous sers un autre verre, Jessica ? demande Morris, qui fait le tour du bar et vient se planter face à elle.

— Je prendrais bien quelque chose de plus...

Elle n'achève pas sa phrase lorsqu'il se penche pour chercher quelque chose sous le bar et que son visage approche du sien.

N'y pense même pas, mec.

— De plus raide ou de plus doux, trésor, la questionne-t-il, et je lâche un grognement, tout crispé devant l'allusion sexuelle.

Les yeux de ma mère s'écarquillent.

— M'man, alcool ou boisson gazeuse ?

— Boisson gazeuse, se moque Tamara. Un soda, quoi !

— Je pensais à un Johnnie Walker.

Morris la regarde, étonné.

— Trésor, ici, nous avons du simple scotch. Le Johnnie Walker, ça dépasse un peu les moyens du club.

— Ce que vous aurez, Morris.

Elle le regarde faire avec un sourire, l'observe d'une manière qui ne me plaît pas beaucoup.

Il prend une bouteille sur l'étagère suspendue au mur derrière lui, s'empare d'un verre propre et lui verse plus de liquide que nécessaire.

— La prochaine fois que vous viendrez, dites-le-moi et je vous aurai du Johnnie Walker.

Le sourire de ma mère s'élargit et ses joues prennent cette teinte rose qu'on ne peut pas rater, même à la lueur de cet éclairage merdique.

— Elle ne reviendra pas, dis-je à Morris pour remettre les pendules à l'heure.

M'man tourne lentement la tête vers moi, le regard sévère.

— Mets-la en veilleuse.

Je tique, ébahi de voir que ma mère n'hésite pas

à me remettre à ma place et à quelle vitesse elle l'a fait.

— Elle t'a bien rembarré, me murmure Tamara à l'oreille, un brin amusée.

Morris se met à rire et les petites rides au coin de ses yeux se creusent. Je prends sur moi pour ne pas sauter par-dessus le comptoir et lui coller mon poing dans sa face d'idiot.

Ma mère se penche au-dessus du bar, pose un coude sur le comptoir, s'empare du verre qu'il a posé devant elle avec l'autre main et lui lance :

— N'écoutez pas mon grincheux de fils. Il est très protecteur envers moi. Ce trait ne l'a jamais quitté.

— Un homme devrait toujours protéger les femmes de sa vie, réplique Morris, qui se penche à son tour, comme s'ils étaient de vieux amis.

Tamara me presse la taille.

— Relax. T'es hypertendu.

— Comment ne pas l'être ? je rétorque tout bas, les yeux rivés sur les deux tourtereaux qui s'en tapent de flirter sous mon nez.

— Ils discutent et se draguent un peu, c'est tout. Y a rien de mal.

Je tourne le visage et croise le regard de Tamara.

— Rien de mal ?

Elle hoche la tête et ouvre les paumes, doigts écartés, sur mon ventre.

— Tu crois sincèrement ta mère capable de coucher avec lui ? me demande-t-elle à l'oreille.

— Non, dis-je du tac au tac. D'abord, parce qu'elle vient de défoncer son mec d'un coup de masse, et ensuite parce que Morris n'est pas son genre d'homme.

— Alors, calmos, putain, rétorque-t-elle avec un regard dur.

Je la dévisage à mon tour et sourcille.

— Pardon ?

— Pardon, quoi ? Tu m'as parfaitement entendue.

Je cligne à nouveau des yeux.

— Oui, j'ai bien entendu tes piques, princesse. Je suis juste surpris.

La musique change, se met à jouer *Wonderful Tonight* d'Éric Clapton, et ma mère redresse le dos.

— Mon Dieu, j'adore ce morceau.

— C'est une belle chanson, concède Morris en souriant.

— Dansez avec moi, Morris, vous voulez bien ? demande-t-elle, sans se préoccuper le moins du monde que je sois assis juste à côté d'elle et que je bouillonne de les voir flirter ainsi.

Les yeux de Morris se tournent vers moi l'espace d'une seconde, mais reviennent immédiatement à ma mère.

— Si ça peut vous faire plaisir.

La brûlure au fond de mes tripes se mue en volcan, alors qu'il fait le tour du bar et lui tend la main.

— On danse pas tellement ici...

Tam me presse à nouveau la taille pour me signifier de la fermer.

— Il n'y a aucune règle qui stipule le contraire, déclare Morris à ma mère, tandis que, m'ignorant royalement, il la fait descendre de son tabouret.

— Laisse-la s'amuser, me dit Tamara au moment où m'man se lève, sa main dans celle de Morris. Elle en a déjà suffisamment bavé pour que tu en rajoutes.

Je regarde ma mère avancer jusqu'au centre de la pièce et me raidis lorsque Morris passe les bras autour d'elle et qu'elle se blottit contre lui, la tête sur son épaule.

— Elle a besoin de ça. Elle a besoin de réconfort.

— Je peux la réconforter, moi, je proteste tout en zieutant les mains de Morris et la façon dont il tient ma mère avec révérence.

— C'est pas pareil. T'es son fils. Elle a besoin de se sentir en sécurité dans les bras d'un homme qui ne soit pas de sa famille.

Je bougonne. Je n'aime pas du tout la façon dont ils évoluent sur les paroles romantiques qui s'égrènent du poste.

— Ça n'a pas à te plaire, bébé, poursuit Tamara. Mais pour l'amour du ciel, laisse-la profiter de sa soirée et se sentir un peu en paix.

Mon visage se radoucit à ces mots. Tamara a raison. M'man en a suffisamment bavé. Probablement plus que je ne l'imagine, dans la mesure où elle est allée jusqu'à frapper un homme à coups de masse. Je ne l'aurais jamais crue capable d'un tel cran, quoi qu'on lui ait fait subir.

Manifestement, je me trompais.

Demain, je m'occuperai du cas de ce type.

Mais ce soir, je la laisse se réparer.

DEBOUT DEVANT LE QG, je renverse la tête et laisse le soleil baigner mon visage en attendant la mère de Mammoth.

— Si seulement tu rentrais avec nous au lieu de partir là-bas.

Mammoth passe un bras autour de ma taille et m'attire contre lui, si bien qu'il cache le soleil.

— Tu me reverras demain. On ne compte pas s'éterniser.

— Promets-moi d'être prudent, je murmure, le regard perdu dans le terrain vague, désormais enveloppée par la chaleur de son corps et non plus celle du soleil. Tu n'es pas encore tout à fait guéri.

— Promis, me souffle-t-il.

— Et promets-moi que tu me reviendras.

— Je te le promets, aussi.

Je me relâche contre lui. J'aime tellement la façon dont ses bras m'entourent et la puissance de son torse. Il pousse un grognement lorsque la porte du QG s'ouvre et que sa mère en sort d'un pas tranquille, vêtue de la plus adorable des robes roses à fleurs. Morris arrive à sa suite, les mains dans les poches, à distance respectueuse.

— Prenez soin de vous, d'accord ? dit-il à Jessica au moment où Mammoth et moi nous tournons vers eux.

— D'accord, Morris. Si on me cherche des noises, j'ai encore ma masse.

Il rit de bon cœur, ses dents blanches brillant au soleil.

— Vous êtes quelqu'un, Jessica. Revenez nous voir à l'occasion.

— Pas de mon vivant, marmonne Mammoth dans sa barbe, ce qui lui vaut une tape sur son bras valide.

Ils sont mignons, ensemble. Un peu plus d'une décennie les sépare, et bien que Morris n'ait jamais été friand de femmes plus vieilles que lui, ils feraient un couple génial.

— Arrête de penser ça, bougonne Mammoth.

— Quoi ?

— Ils ne se mettront pas ensemble.

Grillée. Mais comment fait-il ?

— Je ne pensais pas à ça, mens-je.

Comment puis-je être aussi transparente et arrive-t-il presque toujours à lire dans mes pensées ?

— Menteuse, lance-t-il d'un air amusé.

— Trésor, inutile d'avoir une masse, quand

vous nous avez, votre fils et moi. Si on vous cherche des noises, et quand je dis on, c'est qui que ce soit, appelez n'importe lequel d'entre nous et l'affaire sera réglée.

Le sourire de Jessica s'élargit et elle jette les bras autour des larges épaules de Morris.

— Vous êtes le meilleur !

Au départ, il se montre hésitant, ne sachant que faire de cette femme qui est accrochée à lui comme s'il était son sauveur.

— Ce n'est rien.

Lentement, il passe un bras dans son dos pour la serrer avec autant de retenue que le permet une embrassade ordinaire.

— C'est qu'on fait, entre proches, et nous le sommes.

Le bras de Morris retombe et Jessica recule d'un pas, le sourire toujours fiché aux lèvres.

— Encore merci, ajoute-t-elle tout en repoussant derrière son épaule les mèches châtains qu'une brise tente d'emporter en même temps que l'ourlet de sa robe. Mais je devrais vraiment me rendre et vous éviter tous ces ennuis.

Mammoth amorce un mouvement, mais je resserre la main autour du bras qu'il a passé à ma taille.

— Non, je souffle tout bas, et il m'écoute.

Morris pose les mains sur les épaules de Jessica.

— Votre fils et moi, on va régler tout ça. Vous n'allez pas vous rendre. Enlevez-vous ça du crâne.

On va faire en sorte que vous n'ayez pas d'ennuis et que vous n'ayez plus jamais à vous soucier de ce salaud. C'est notre boulot, notre devoir.

Jessica le regarde avec de grands yeux ronds.

— Votre boulot et votre devoir ?

Il répond par un hochement de tête.

— En quoi serait-ce votre boulot et votre devoir, Morris ? poursuit-elle, avant de jeter un regard par-dessus son épaule dans notre direction. Ou même le sien ? C'est moi, le parent, dans l'histoire. C'est moi, la plus âgée. C'est mon boulot et mon devoir de le protéger en pleine tempête, de veiller à sa sécurité. J'ai passé la plus grande partie de mon existence à le faire. À aucun moment les rôles ne doivent s'inverser. J'ai beau être une femme et, certes, j'ai beau être plus âgée, je peux me débrouiller seule. Alors, oui, ça peut en surprendre plus d'un, surtout l'homme en Géorgie avec son bras tout écrabouillé, parce que j'ai décrété que j'en avais assez et ai attrapé ce gros marteau dans le garage pour l'abattre sur lui comme au jeu de la taupe.

Le sourire de Morris est empreint de douceur.

— Trésor, soupire-t-il à mi-voix.

J'aime lorsque ce mot glisse de ses lèvres, même s'il est adressé à Jessica.

— Ici, on s'entraide. Peu importe qui est qui. Si quelqu'un s'en prend à ceux que l'on aime, on règle le problème ensemble. Personne ne fait cavalier seul, encore moins nos femmes.

— Je ne suis pas une de vos femmes, objecte-t-elle.

Morris tourne le regard vers nous.

— Vous êtes sa mère. Alors, vous êtes l'une des nôtres.

Jessica secoue la tête.

— Je ne veux rien savoir, l'arrête Morris. Quoi que vous disiez, quoi que vous fassiez, c'est du pareil au même. Tous les arguments du monde n'y changeront rien. Vous ne savez peut-être pas comment ça marche, la famille, mais c'est comme ça que fonctionne la nôtre. Vous n'êtes pas seule. Aucune bataille ne s'affronte sans renfort. Et puisque vous avez subi une injustice, nous allons la réparer.

— M'man, crie Mammoth dans mon oreille. Allez ! L'heure tourne et on a de la route.

Jessica jette un coup d'œil par-dessus son épaule, toujours tenue par Morris.

— Puis-je prendre ma voiture ?

Mammoth secoue la tête.

— Certainement pas ! T'as un mandat d'arrêt contre toi et tu connais pas la région. Tamara conduira et les gars iront planquer ta voiture.

— Mais...

— Il n'y a pas de mais, Jessica.

Morris lui presse les épaules, et elle reporte les yeux sur lui.

— On va garder votre voiture, et quand la voie sera libre, vous la récupérerez. On ne discute pas.

Allez ! Magnez-vous le cul, qu'on puisse se mettre en route, nous aussi.

Je pouffe de rire. J'aime la façon dont Morris la bouscule, même si, en réalité, il la malmène un peu. Si je n'ai jamais aimé que les hommes régentent les femmes, pour l'heure, elle a les idées trop confuses pour pouvoir raisonner correctement.

Morris non. Il a toujours un coup d'avance, et il planifie déjà le suivant que son adversaire comprend à peine le précédent.

— Mais de quoi je me...

— Chut ! interromps-je Mammoth tout en m'adossant à lui, me délestant de tout mon poids. Elle n'écoutera personne d'autre que lui.

Il rit avec légèreté et son corps se secoue contre le mien.

— M'man n'en fait qu'à sa tête. Elle ne l'écoutera pas.

— Si.

— Non.

— Si. Elle finira par l'écouter. Moi, je ne voulais pas t'écouter, et regarde aujourd'hui !

Il rit de plus belle.

— Tu n'écoutes toujours pas.

— Je suis une Gallo. Ça n'est pas dans mes gènes. On remet tout en cause de père en fille, en particulier l'autorité.

— Et après, on dit que c'est moi, le patron ?

Je me tourne et presse ma paume sur sa barbe.

— Monsieur Parfait, on sait tous les deux que t'es archi-autoritaire. Mais *le* patron ?

Je marque une pause et souris lorsque ses yeux se plissent.

— Seulement au lit.

Il me toise quelques instants, sans mot dire, le regard perçant. Je déglutis et attends qu'il se mette à dérailler, car c'est Mammoth et, parfois, on se vole dans les plumes.

— Princesse, finit-il par dire, sa voix grave et soyeuse. T'es mignonne.

C'est à mon tour de le toiser, les yeux plissés.

— Je suis peut-être mignonne, mais ça fait pas de moi une femme fragile.

Il descend les mains à mes hanches et ses doigts s'enfoncent dans ma peau, près de l'élastique de mon short.

— Les femmes fragiles sont ennuyeuses. Je t'aime pour ta force de caractère et ton petit côté débridé.

J'arque un sourcil.

— Juste petit, le côté ?

Un coin de sa bouche remonte.

— Gargantuesque.

Je ris aux éclats, une main sur son torse.

— Ce que tu peux être bête, parfois !

— Bon, écoute.

Le sourire s'est effacé de son visage et le garçon sérieux est de retour.

— Rentre directement. Pas de halte en chemin,

même pour un détail, tant que tu n'as pas mis ma mère à l'abri. Pourquoi pas chez Pike. Si les flics la cherchent et apprennent ton existence, ils pourraient se pointer chez toi.

— Je ne m'arrêterai nulle part, lui promets-je. Je prendrai toutes les petites routes et éviterai l'autoroute.

— Et amène-la chez Pike, compris ?

— Pourquoi pas chez tante Izzy ou chez Lily ? L'appart de Pike est trop... trop petit, trop *mec*. Elle sera pas à l'aise là-bas.

Trop mec veut dire pas tellement propre ni tellement agréable. L'appartement est confortable et les meubles ont bien vécu, mais il n'y a pas de place pour un locataire, à moins que ce dernier ne dorme avec l'un des gars.

— Fais pour le mieux. Je te fais confiance.

Il me tire par le bassin et tend le cou.

— Allez, embrasse-moi avant de partir.

Je ressens cette petite secousse dans le bas-ventre lorsqu'il baisse les yeux sur mes hanches.

— Tu veux un baiser ?

— Arrête tes conneries, Tam. Le temps presse et on est déjà à la bourre. Je veux cette bouche, et je la veux maintenant, avant que tu t'en ailles.

— Hou ! je me murmure, levant le visage vers lui. Ça rigole pas.

— Tu adores ça, rétorque-t-il, tandis qu'il avance ses lèvres vers les miennes.

— Je t'adore, toi, dis-je. Pas ton mauvais caractère.

— Idem, Princesse, idem.

Je n'ai pas le temps de répliquer que sa bouche se presse sur la mienne. Son baiser, vigoureux et exigeant, réclame ma langue devant notre petit auditoire, parmi lequel se trouve sa mère, une personne devant laquelle je ne tiens pas vraiment à rouler des pelles à mon mec.

Mammoth, sentant ma retenue, agrippe un peu plus ma chair et m'embrasse avec ardeur.

— Prête ? interroge sa mère, à côté de nous.

Je m'écarte comme si nous étions au lycée et qu'on venait de me surprendre à genoux en train de lui tailler une pipe.

— Oui, dis-je en toussotant, tout à coup gênée. On ferait bien d'y aller.

— M'man, tu me tues.

— Tu m'as l'air bien vivant, J. D., rétorque Jessica.

Je glousse d'un air moqueur. J'adore la façon dont elle s'y prend avec lui et sa faculté à lui couper le sifflet.

— Allons-y, dis-je. Une longue route nous attend.

— Envoie-moi un message quand vous êtes arrivées.

Je passe les bras autour de sa taille et les serre fort.

— Toi, pareil.

Il presse ses lèvres contre mes cheveux, me hume et murmure :

— D'accord, princesse. Je t'aime.

Je relève la tête et plonge le regard dans ses yeux gris.

— Je t'aime aussi.

Il m'embrasse à nouveau, cette fois plus doucement, avant de se retirer. Une petite tape sur les fesses me signale que nous en avons officiellement terminé et qu'il est temps pour nous de nous mettre en route.

— On va se suivre.

Je hoche la tête et le lâche enfin. J'espère que ce ne sont pas des adieux.

— D'accord, je murmure tout en retenant les larmes qui se forment visiblement dans mes yeux puisque ma vue commence à se troubler.

— Ne pleure pas, princesse. Ce ne sont pas des adieux. On se revoit demain.

Je hoche de nouveau la tête et me mordille la lèvre.

— Prête ? me demande Jessica en me touchant l'épaule.

Je me retourne et rabats les lunettes de soleil sur mon nez pour cacher mon émotion aux autres.

— Toujours. Allons vous trouver un abri qui soit un peu plus à votre goût.

Jessica se met à rire tout en secouant la tête.

— Ce n'est pas si mal ici.

J'ai un sursaut de surprise et ma bouche s'ouvre en grand.

— Pas si mal ?

Elle contourne le capot de ma voiture en hochant la tête, tandis que Mammoth et Morris rejoignent le pick-up.

— Honnêtement, je voyais ça pire.

Je la dévisage par-dessus le toit de ma voiture, tandis que j'agrippe la poignée de la portière.

— Pire, comment ? Je veux dire... C'est pas horrible, mais c'est pas le Ritz ni même un motel de bord de route, non plus.

Elle ouvre sa portière, se glisse à l'intérieur du véhicule et j'en fais de même.

— Je sais que tu me prends pour une vieille fille un peu bégueule, qui reste chez elle à lire la Bible et à tricoter des couvertures pour ses futurs petits-enfants.

— Pas du tout ! je lâche, bien qu'elle m'ait percée à jour.

C'est exactement la vision que je m'en fais chaque fois que Mammoth discute avec elle par téléphone. Bon, peut-être pas la partie tricot, mais j'avais compris que la religion tenait une grande place dans sa vie. Je ne la voyais pas du tout chez des bikers, et encore moins me confier que l'endroit « n'est pas si mal ».

— Tu es une piètre menteuse, Tamara.

Jessica boucle sa ceinture en riant, avant de retrouver son sérieux.

— Mais je comprends. Je ne suis pas aussi libérée que toi. Je l'étais, étant jeune. J'ai été insouciante, jusqu'à ce que la vie me rappelle durement la fragilité de notre temps sur cette terre. Après la mort du papa de Mammoth, j'ai mené une vie dissolue durant quelque temps, mais à l'époque j'avais un enfant à élever seule et j'ai vite été rappelée à mes responsabilités.

Je tourne la clé de contact tout en regardant Mammoth s'installer sur le siège passager du pick-up, Morris au volant, et murmure :

— Oui... J'imagine que ça calme les ardeurs.

Elle acquiesce d'un hochement de tête.

— Je ne vous juge pas, poursuis-je, tandis que je sors la voiture de l'emplacement de parking et m'apprête à prendre la route. N'allez pas croire ça.

— Je n'ai jamais pensé ça, ma puce.

Avec un sourire, elle m'observe depuis le siège passager tout en jouant avec l'ourlet de sa robe.

— Sache que je suis ouverte d'esprit. La vie est trop courte pour se mêler de ce que font les autres. Tu dois vivre en accord avec toi-même et trouver la paix intérieure. L'univers se chargera lui-même de te mettre suffisamment de bâtons dans les roues. Inutile d'en rajouter avec les mauvaises ondes.

— Oui, je commente tout bas, attentive à chacun de ses mots, car c'est la première fois que nous avons une conversation aussi profonde.

— C'est comme avec ce salopard, poursuit-elle. Il m'en a fait suffisamment baver, jusqu'à ce que je décide de prendre les choses en main. Lui, je le juge, car il s'en est pris physiquement à moi. Mais eux...

Elle lance un regard en direction du club-house.

— ... ils vivent pleinement.

Je hoche la tête.

— Je ne vous le fais pas dire. Ce n'est peut-être pas la meilleure vie dont on puisse rêver, mais ils sont heureux.

— Le bonheur, c'est ce qu'il y a de plus important. La vie est bien trop courte pour être malheureux.

— C'est bien vrai ! j'acquiesce dans un murmure, tandis que Morris et Mammoth se rangent derrière nous. Les garçons sont prêts.

Jessica fait un signe en direction de la route.

— Bien ! Préfères-tu conduire dans le silence ou aimes-tu quand je te fais la conversation ?

Je redémarre, les garçons à notre suite.

— Nous avons une longue route, Jess. Parlez autant que vous voulez ! Le temps passera plus vite. Tiens ! Pourquoi ne pas m'en dire un peu plus sur Mammoth quand il était petit ? Je sais comment il est aujourd'hui, c'est-à-dire un emmerdeur, parfois, mais je ne sais pas grand-chose de son enfance. Il ne s'ouvre pas souvent.

Et par « pas souvent », j'entends « jamais ».

Il m'a raconté sa vie dans les grandes lignes, m'a parlé des évènements majeurs, mais sans entrer dans les détails. Un petit garçon ne peut pas perdre son père et ne pas ressentir au fond de son cœur la profonde blessure causée par cette perte. Mammoth est doué pour cacher sa douleur. Or, je sais qu'elle est là et couve sous la surface.

— Josiah était un adorable petit garçon. Toujours content. Toujours à rire.

— Rire ? je m'étonne. J'ai du mal à me l'imaginer en petite boule de joie. Il est tellement... tellement...

— Grand et grognon ? termine-t-elle à ma place.

Je réprime un rire.

— On peut dire ça.

— Il n'a pas toujours été comme ça. Il était adorable et pétillant, mais en grandissant...

Elle secoue la tête, avant de tourner le visage vers la vitre pour cacher à coup sûr l'émotion qui traverse ses yeux.

— Je n'imagine pas la vie sans mon père. On est inséparables.

— La plupart des filles trouvent d'abord l'amour auprès de leur père et y apprennent la façon dont on doit les aimer.

Je m'arrête au portail en attendant qu'il s'ouvre et, coulant un regard dans le rétroviseur, je m'imprègne de Mammoth et espère que ce n'est pas la dernière fois où je le vois en vie.

— Les portes sont ouvertes, m'annonce Jessica.

Je suis tellement occupée à le contempler que je

n'avais même pas remarqué que le portail s'était ouvert.

— Pardon, je murmure en levant le pied du frein pour enfin quitter l'enceinte du QG. J'étais juste...

— En train de fixer mon garçon ? demande Jessica sans détour.

Je glousse.

— Eh bien, oui. Il est tellement...

Elle tend la main et me tapote le bras.

— Je sais, il est beau garçon. Il l'a toujours été. Il a toujours attiré les regards et a toujours su y faire avec les femmes.

— Oui, c'est une façon de le décrire, je marmonne, sentant le vilain nœud de la jalousie se former au fond de mon estomac.

— Mais il est fou amoureux de toi, Tamara. Je ne l'ai jamais vu regarder quelqu'un comme il te regarde. Alors, chasse-moi ce regard.

Je jette un bref coup d'œil dans sa direction, surprise.

— Quel regard ?

— Celui de la jalousie.

— Je suis pas jalouse ! dis-je sur la défensive, paraissant, au contraire, plus jalouse que jamais. C'est pas mon genre.

— Hmm-hmm... Crois ce que tu veux, ma chérie. Mais lorsqu'une femme est amoureuse, vraiment amoureuse, et aussi éprise que tu l'es, parfois, le petit monstre aux yeux verts vient pointer le bout de son nez. J'ai vu ce qui se passait au club, et j'ai vu comment les femmes étaient vêtues ou, devrais-je dire, très peu vêtues. C'est tout naturel que tu sois un peu jalouse et possessive envers l'homme que tu aimes.

— Il ne me tromperait jamais, dis-je avec empressement, les poings tellement resserrés autour du volant que mes jointures commencent à pâlir.

— Certes, mais ça n'empêchera pas ces bimbos d'essayer de l'attirer dans leur lit. Les femmes peuvent se montrer impitoyables, surtout ce genre-là. Elles s'exhibent, soumettent les hommes à la tentation avec leurs tenues légères. Mais ne t'en fais pas... mon fils est bien trop malin pour se faire avoir.

Je soupire.

— Je sais, Jessica. Je sais.

— Bien, conclut-elle, avant de se pencher en avant pour regarder quelque chose au loin. Est-ce que c'est un pick-up rouge, là-bas ?

Je plisse les paupières pour tenter de distinguer la couleur en dépit du soleil qui m'éblouit.

— Je pense que oui. Il y a aussi un homme à côté, je crois.

— Arrête la voiture ! s'écrie-t-elle d'une voix stridente, les mains pressées contre le tableau de bord. Arrête cette fichue voiture !

J'écrase la pédale de frein, tandis que mes yeux se lèvent sur le rétroviseur, et je vois les gars manquer de peu mon pare-chocs.

— Merde, alors ! je siffle, les mains tremblantes. Qu'est-ce qui se passe ?

— C'est lui.

— Lui, qui ?

— La masse, murmure-t-elle.

Oh, putain.

— QU'EST-CE QUI T'A PRIS, bordel ? j'engueule Tamara, au moment où ma mère et elle sortent de la voiture, les yeux rivés à je ne sais quoi ou je ne sais qui droit devant.

Mais qu'est-ce qu'elles foutent ? Mes instructions étaient claires. Monter dans la voiture, rentrer à Tampa, et ne s'arrêter sous aucun prétexte.

Tamara pointe la tête en direction du pick-up au loin.

— C'est lui.

Ma mère est figée derrière la portière.

— Il est venu se venger, lâche-t-elle d'une voix presque monocorde. Merde ! Comment m'a-t-il retrouvée ?

Je plisse les yeux et vois le plâtre blanc qui recouvre toute la longueur de son bras.

— Retournez au QG ! j'aboie, tandis que mon corps se raidit et qu'une boule incandescente se forme dans mon estomac. Dites à Eagle, Ginger et Tiny de rappliquer tout de suite.

La tournure incroyable que prennent ces évènements est en notre faveur. Je n'ai plus à poireauter, assis durant des heures, dans mon pick-up, à traverser la Floride et à prendre les choses en main. Il est venu chercher les ennuis sur notre territoire, sans aucun renfort. En revanche, il n'est plus seulement question de représailles, mais de prévention. Je vais veiller à ce que ce tas de merde ne puisse plus jamais lever la main sur une autre femme.

Tamara hoche la tête, mais il y a de la peur dans ses yeux.

— Jessica, remontez dans la voiture. Allez.

— Seigneur, poursuit ma mère, qui reste plantée là. Je savais que je n'aurais pas dû venir ici. J'aurais dû me rendre.

— M'man ! je vocifère, marchant vers elle à grandes enjambées, fatigué de la voir traîner. Monte dans cette putain de voiture, et foutez le camp.

Elle tourne la tête, les yeux écarquillés, les traits tendus.

— Appelle la police, murmure-t-elle.

J'ai les yeux braqués sur l'homme au loin, qui est appuyé contre le capot de son pick-up et nous regarde.

— Ici, la loi, c'est nous. Maintenant, pars. Écoute Tamara.

Elle sourcille, assimile mes paroles, mais ses

pieds restent collés à ce petit carré de béton sur lequel elle se tient debout.

— Je peux le raisonner.

— Comme toutes ces fois où il t'a battue ? je rétorque, sans réfléchir à l'impact qu'auront mes mots sur elle.

Elle défaille en les entendant, en les ressentant dans sa chair.

— J'y vais. Ne...

Je brandis une main.

— Monte dans cette putain de voiture et va-t'en !

Ses pieds finissent par se décoller et elle se replie dans le véhicule, tout comme Tamara. Morris et moi regardons droit devant nous, les yeux rivés sur le type, tandis que la voiture fait demi-tour dans l'herbe et part dans un nuage de poussière.

— T'es prêt ? me demande Morris, qui vient se tenir près de moi.

— Plus que jamais, je grogne.

Nous avançons, identifiant le type comme n'étant pas armé et n'ayant que son plâtre pour se protéger. S'il l'est, son arme n'est pas visible. Si c'est un flingue, je ne suis pas certain qu'il parvienne à tirer pour un droitier, étant donné que ma mère a décidé de réduire son bras en un milliard de morceaux, le laissant plâtré du poignet à l'épaule.

— Où est l'autre salope ? nous demande-t-il, tirant le cure-dent d'entre ses lèvres à l'aide de sa main valide.

Il est exactement le genre de ma mère. Grand, dégingandé, les cheveux taillés court, en brosse, comme s'il n'avait pas réussi à se séparer du look militaire après avoir quitté l'armée, rasé de près, portant une tenue à imprimé camouflage.

— L'autre salope ? gronde Morris tout en faisant craquer ses doigts, tandis qu'il me rejoint. Je suis sûr que j'ai mal entendu.

L'homme sourit.

— C'est une bonne femme, non ? Alors, c'est une salope. Je dirais même plus, une salope de traîtresse. Elle m'a bousillé le bras et doit payer pour ça. C'est ma gonzesse. Ma salope. C'est pas tes oignons.

Ses yeux se tournent vers moi.

— Ni les tiens.

Je lâche un rire amer.

— Ma mère, c'est mes oignons, pas les tiens. Tu as eu ton temps avec elle. Tu lui as fait du mal et elle t'a remis à ta place, mais il y a une erreur qu'elle a commise.

— Ah, Josiah, murmure-t-il, les yeux plissés, tandis qu'il me scrute et jette au sol le cure-dent usagé. J'aurais dû me douter qu'elle courrait vers toi sans avoir à regarder le GPS.

Je fronce les sourcils, perplexe.

— On peut pas disparaître bien longtemps quand on vole une voiture avec un GPS à bord.

Merde. La technologie n'a pas toujours du bon. Je n'ai pas pensé à la questionner au sujet de la voiture ni de la possibilité que ce connard avait de la pister. Je me préoccupais trop de savoir si les flics allaient débarquer au QG. Je ne pensais pas qu'un mec qui battait sa femme puisse avoir les couilles de se pointer ici.

Je me dirige vers le type en serrant les poings, prêt à lui faire bouffer son rictus arrogant. Morris est à mes côtés, marchant d'un même pas, tout aussi prêt à lui botter le cul.

— On l'étale ? me demande-t-il tout bas, tandis que nous avançons.

Il existe d'autres façons de le faire payer.

— Non, vieux. Pétons-lui l'autre bras.

Ce connard fait un pas en avant, les mains levées, comme si ça allait le sauver.

— Je suis pas armé.

— Et ? je grogne.

Il se presse vers la portière, tend la main pour en attraper la poignée, tandis que Morris et moi accourons derrière lui. Je l'empoigne par le col et le tire en arrière.

— T'aurais pas dû venir ici, dis-je en le retournant et en le claquant contre le pick-up. Et, maintenant, tu vas payer pour ce que tu as fait.

Il tressaille et se recroqueville.

— Pitié !

— Laisse-moi l'honneur, intervient Morris, touchant mon épaule lorsque je recule le coude, prêt à coller une beigne au type. J'ai vraiment envie de le faire.

— Non, je vais lui apprendre ce que ça fait de se faire cogner au visage.

Morris recule, les mains en l'air.

— Je vous en prie, laissez-moi partir, supplie le connard, sa main valide levée devant le visage comme si ça allait le protéger. Je ne dirai rien. Pitié !

— Est-ce que ma mère criait grâce, elle aussi, quand tu la frappais ? je gronde, et il n'a pas le temps de répondre que je lui assène le premier coup et sens ses os craqueter sous mon poing.

* * *

— Et maintenant ? demande Tamara tout en plaçant de la glace sur mes jointures.

Elle persiste à dire que je dois le faire, alors que je n'ai jamais fait ça auparavant. Parfois, c'est une vraie mère poule. On n'a plus veillé sur moi comme elle le fait depuis mon enfance.

— Qu'est censée faire Jessica ?

— On va la ramener chez toi et parler à James et Thomas.

— *On* va la ramener ?

Elle me fixe du regard, un sourcil haut, et a cessé de grimacer devant mes mains ensanglantées.

Je hoche la tête, les traits crispés parce qu'elle appuie bien trop fort sur ma main, trop occupée qu'elle est à me dévisager.

— J'ai besoin de leur parler en personne. Je dois

la blanchir pour qu'elle ne reste pas en cavale jusqu'à la fin de ses jours.

— Je peux leur parler, moi.

— Tu ne veux pas que je vienne ?

— Bien sûr que si, mais tu devais faire tes cartons, non ?

— J'ai balancé tous les trucs importants dans
un sac en toile. Le reste, les gars peuvent me le
déposer.

Eagle entre d'un pas raide dans le club-house
tout en faisant courir ses doigts sur ses cheveux.

— C'est n'importe quoi. T'aurais dû l'envoyer
six pieds sous terre, ce type.

Les gars sont agacés. Ils voulaient voir le sang
couler. Ils aspiraient à venger une femme qu'ils
connaissaient à peine, pour la simple raison qu'elle
m'a mis au monde. Bien que je veuille la mort de ce
type, ce n'est pas le moment. Entre le mandat
d'arrêt contre ma mère et les traces numériques
que cet enfoiré a forcément laissées, s'il venait à
disparaître et si quelqu'un s'en apercevait, toutes
les routes mèneraient à elle ou à nous.

— Il a les deux bras cassés. C'est pas un châti-
ment suffisant, mais c'est un début.

Morris entre à la suite d'Eagle en sifflotant une
drôle de mélodie enjouée.

— Qu'est-ce que t'as fait ? je demande d'un air
suspicieux.

— Moi ? répond-il, une main sur le torse, la
mine innocente. Je sais pas de quoi tu parles.

J'éloigne la main de Tamara de la mienne tout en lui décochant un petit clin d'œil.

— Pourquoi t'es si joyeux ?

— J'ai appelé un de mes potes, au bureau du shérif. Il a ramassé l'autre connard et allait le garder vingt-quatre heures, mais...

Morris pousse un rire.

— Quoi ? je demande.

— Ce tas de merde a un mandat d'arrêt au cul.

Un sourire recouvre aussitôt mon visage.

— Bien ! j'exulte tout bas.

— C'est du lourd aussi. Il va moisir à l'ombre pendant un bon bout de temps.

Je me marre, rien qu'à l'imaginer en train d'essayer de préserver ses miches en prison avec deux bras cassés.

— Je ne l'avais pas vue venir, celle-là.

Morris sort quatre bières du frigo, en pose une devant chacun de Tamara, Eagle et moi, et s'en garde une.

— Il était recherché en Floride pour tentative de meurtre. Pas de caution possible pour lui, parce qu'il était en fuite et, avec un peu de chance, il écopera du maximum. Jessica n'a plus à le craindre.

Je tends en l'air ma bouteille pour le saluer.

— Joli !

— Ben, on a bien fait de pas le buter ! ajoute Eagle, ce qui attire l'attention de Tamara et lui fait tourner brusquement la tête.

— Vous l'auriez tué ? murmure-t-elle contre le goulot de sa bière.

Il me jette un bref coup d'œil.

— Jamais. On ferait pas un truc pareil, poupée. On est des êtres civilisés.

Tamara laisse échapper un rire nerveux.

— C'est sûr, murmure-t-elle, avant de lever le coude et d'avaler d'un trait sa bière fraîche, sans quitter Eagle des yeux.

— Jessica, lance Morris, sitôt que ma mère entre dans la pièce commune. On a quelque chose à fêter.

— À fêter ?

Elle ralentit ses pas et nous dévisage un par un.

— Oui, trésor, répond-il, sans me laisser le temps de le faire, toujours obligé de mettre son grain de sel dès qu'il est question de ma mère. Venez donc boire un verre avec nous.

Je serre mon poing libre, et Tamara me touche le bras de ses doigts froids.

— Arrête d'être parano. Il ne la drague pas.

— T'es bien sûre de ça ? dis-je en levant le sourcil, car je connais Morris comme ma poche.

Ma mère se glisse sur un tabouret près de moi et le fixe d'un air ahuri.

— Que s'est-il passé ? Vous n'avez tout de même pas...

Il prend une autre bière sous le bar et secoue la tête.

— J'ai appelé le shérif. Votre type avait un

mandat d'arrêt contre lui. Il ne vous posera plus aucun problème.

Les yeux de ma mère s'écarquillent.

— Vraiment ?

— Vraiment, acquiesce-t-il aussi sec, tandis qu'il claque la bouteille devant elle. Il va ramasser la savonnette pendant un bon bout de temps. Alors, buvez un coup, détendez-vous et respirez.

M'man tamponne ses yeux, tandis qu'elle fond en larmes.

— J'ai besoin d'une minute, lâche-t-elle, avant de détaler en direction des chambres.

— Mec, je lance, lorsqu'elle n'est plus à portée de voix.

J'ai besoin de le lui dire et de mettre les choses au point. Ce qu'il fait me dérange.

— Pourquoi tu dragues ma mère comme ça ?

Morris pose sa bière et, se penchant au-dessus du bar, approche son visage du mien.

— Je la drague pas, Mammoth. Qu'est-ce qui te fait dire ça ?

À côté de lui, Eagle hausse les épaules et commente :

— Ben, ça en a tout l'air.

— Jessica est ta mère, pas vrai ? me demande-t-il.

Je hoche la tête.

— C'est pas une pute ou autre, si ?

Je secoue la tête.

— Elle est arrivée ici, désemparée. Je me trompe ?

Je secoue à nouveau la tête.

— Ta nana, aussi, est ici, alors tu peux pas être partout à la fois.

Il hausse un sourcil et tourne le regard vers Tamara, avant de poursuivre :

— Vrai ou faux ?

— Vrai, dis-je.

— Je me montrais gentil, voilà tout. Jessica est ta mère. C'est une femme en détresse qui vient de subir un traumatisme. Une femme ne fait pas ce qu'elle a fait, à moins d'en avoir bavé. Alors je voulais lui offrir un peu de légèreté. Un moment de douceur qu'elle n'a pas eu depuis longtemps.

Je reste immobile, le regarde en silence, et laisse les mots faire leur chemin.

— T'ai-je déjà parlé de ma mère ?

Je fais « non » de la tête, tandis que les deux autres se taisent et écoutent avec autant d'attention que moi, si ce n'est qu'ils retiennent probablement leur respiration. Tamara et Eagle savait ce que je ressentais de voir Morris flirter avec ma mère. Ils savaient qu'il viendrait un temps où j'en aurais assez et lui demanderais des explications. Ce moment est arrivé, mais contre toute attente, Morris va nous faire part de sa vie privée, de son passé, quelque chose qu'il ne fait que très rarement.

— Mon père était un misérable salaud. Il a reporté toute cette misère sur moi chaque jour de mon existence. Les premières années, j'étais trop petit pour faire quoi que ce soit, mais j'ai grandi et j'ai fini par faire face. J'ai appris à attirer son attention, à détourner toute la hargne qu'il destinait à ma mère sur moi. J'ai encaissé chaque torgnole, chaque coup de pied, chaque baffe qu'elle aurait dû recevoir durant les cinq dernières années de sa vie.

Il ferme les paupières et, lorsqu'il les rouvre, il m'a quitté des yeux et fixe la bouteille devant lui.

— J'avais 12 ans quand on lui a diagnostiqué un cancer du sein. Elle n'a jamais connu un jour de paix. Elle n'a jamais connu le bonheur. Elle n'a jamais su qu'elle était aimée de la mauvaise manière. La seule chose qui l'a sauvée des griffes de ce misérable salaud qu'était mon père, ça a été la mort.

— Je suis désolé, mon frère, dis-je, la voix serrée et épaissie par l'émotion. Elle ne méritait pas ça.

— C'était une crème.

Il pointe la tête en direction du couloir par lequel ma mère a disparu.

— Tout comme ta mère. Tout adorable, sans une once de méchanceté en elle. J'ai pas pu offrir la paix à la mienne, mais je pouvais au moins faire en sorte que la tienne la trouve.

Il soupire et se passe une main sur le visage.

— Je me montrais gentil, mec, c'est tout. Une femme comme elle a besoin que quelqu'un le soit, surtout un homme, pour qu'elle n'oublie pas qu'on n'est pas tous comme cet abruti qui a trouvé juste et nécessaire de lever la main sur elle. Elle a besoin de savoir qu'elle vaut mieux que ça. Alors, si je flirtais ? Non, mon frère. J'étais simplement prévenant.

Je me sens comme un idiot.

— Je comprends.

Tamara me donne un coup de coude dans les côtes.

— Tu vois, gogol ?

— Et puis, c'est pas mon type de femme, et même si ça l'était, elle reste ta mère, mon pote. Pour quel connard me prends-tu ?

— Un gros connard, dis-je avec un rire tout en portant la bière à mes lèvres.

— Elle sera toujours la bienvenue ici, mais je crois pas que ce genre d'endroit soit sa came. Assure-toi qu'elle trouve son bonheur. Même si ma mère ne pourra jamais trouver le sien, ce serait bien de connaître quelqu'un qui a réussi.

— J'y veillerai, lui promets-je, et je pense chacun des foutus mots que je dis.

— CE N'EST PAS comme ça que j'imaginais notre première rencontre en personne, m'avoue Jessica, assise sur mon canapé, les épaules courbées. Je voulais que ce moment soit joyeux et amusant.

— Eh bien...

Je m'avance sur ma chaise et pose les bras sur mes genoux, exténuée.

— ... c'est vrai que ça a été une drôle de journée, mais vous n'avez rien à vous reprocher. Une fois que tout ça sera terminé, on n'aura qu'à effacer l'ardoise et tout recommencer.

Elle fronce les sourcils et les petites rides aux coins de ses yeux se creusent.

— Effacer l'ardoise ?

— Oui ! On fera comme si rien de tout ça n'était arrivé. Tout simplement.

Il m'est arrivé de faire des choses que j'aurais

rêvé d'effacer pour tout recommencer, et je serais ravie d'offrir cette chance à Jessica. Elle n'a rien fait que beaucoup de femmes de mon entourage n'auraient fait à sa place. On a tous un seuil de tolérance et, lorsqu'elle a atteint le sien, elle a pris le problème à bras-le-corps. Alors, total respect.

— Si seulement c'était si simple, murmure-t-elle.

— Tout ira bien. Mes oncles seront là d'ici quelques minutes, et on va tout régler.

Elle se couvre le visage des deux mains et secoue la tête.

— Je n'en reviens pas de rencontrer ta famille dans de telles conditions. C'est tellement embarrassant !

Je traverse le petit salon, viens m'asseoir à côté d'elle et passe un bras autour de ses épaules.

— Maman.

J'emploie cet appellatif à sa demande, mais il sonne si étrangement dans ma bouche que je marque une pause. Ses mains retombent et elle tourne la tête vers moi.

— Mes oncles ont déjà géré des affaires de ce genre. Ce sont des types bien. Ce sont aussi des types qui ne tolèrent pas les hommes qui lèvent la main sur les femmes. Ils ne vous jetteront pas la pierre pour ce que vous avez fait. Ils auraient été là pour vous aider, tout comme votre fils, s'ils avaient su. Arrêtez de culpabiliser ou de vous préoccuper de l'opinion des autres. Vous vous êtes protégée.

Vous avez fui. Il y a tout un tas de femmes qui se souciaient trop de ce que les autres pensaient et qui, aujourd'hui, ne sont plus là à cause de ça. Dans ma famille, on ne juge pas quand il est question d'autodéfense et faire ce qui est juste et, indiscutablement, vous avez fait ce qui est juste.

Elle se courbe en avant et enserre ses genoux.

— Ce qui aurait été juste, c'est d'appeler la police.

Je pousse un rire.

— Il y avait travaillé et il siégeait au conseil municipal ! Ils auraient pris son parti et non le vôtre, sauf si vous les aviez appelés juste après qu'il vous avait frappée, la preuve écrite partout sur le visage.

— Je ne voulais pas qu'on me voie comme ça.

— Comme tout le monde.

Je lui frotte le dos, ressentant le besoin de la réconforter comme je peux.

— Parfois, la société nous donne l'impression que nous sommes à blâmer quand, en réalité, nous sommes les victimes. Quand mes oncles arriveront, vous comprendrez et vous vous sentirez mieux.

— Je doute pouvoir me remettre un jour de ce que j'ai fait. J'aurais dû me rendre et payer le prix de mes actes.

— Et lui, aurait-il payé le prix de ce qu'il vous a fait ? je demande, me tournant vers elle et repliant une jambe sous mes fesses. Il n'avait pas vraiment l'air gêné de vous avoir frappée ou d'avoir reçu ce coup de masse, quand il nous attendait devant le QG.

La porte d'entrée s'ouvre brusquement et Mammoth entre, suivi d'oncle Thomas et d'oncle James. On dirait un trio infernal prêt à faire des dégâts.

Le regard de Mammoth passe de sa mère à moi et je hausse les épaules avec une grimace. J'ai fait de mon mieux pour la consoler après qu'elle avait pleuré durant une bonne partie du trajet du QG à chez moi.

Il s'agenouille face à elle et prend ses mains dans les siennes.

— M'man. Voici les oncles de Tamara.

Jessica lève la tête et, s'essuyant le coin des yeux, jette un regard en direction de la porte pour découvrir les deux géants qui se tiennent sur le seuil.

— Ravie de faire votre connaissance, les salue-t-elle avec un sourire forcé. Je suis terriblement désolée que vous ayez été entraînés là-dedans.

Mes oncles entrent dans le salon, et la pièce déjà petite le semble encore plus. Thomas s'installe sur la chaise que je viens de libérer et James s'assied sur la table basse qui se trouve devant moi.

Il me fait un clin d'œil, et je lui souris. J'ai toujours été fan de mes oncles et de leur aura incroyablement dingue. Tous les hommes de ma famille sont ultraprotecteurs, et j'ai de la chance d'être née dans ce groupe plutôt qu'un autre.

— Madame Saint, commence James, parlant avec douceur et prudence. Je m'appelle James Caldo, et derrière moi se trouve mon associé et beau-frère, Thomas Gallo. Nous sommes les oncles de Tamara. Nous allons vous tirer de là.

Elle regarde les deux hommes d'un air hébété, probablement intimidée par leur taille et la sévérité de leurs visages. Ils ont constamment l'air furax, surtout quand il s'agit de maltraitance envers les femmes, lorsqu'ils sont en mode travail.

— Peut-être devrais-je me rendre, répète-t-elle pour la énième fois depuis qu'elle a débarqué au QG.

Mammoth lui serre les mains.

— Non, tu ne vas pas te rendre.

— Non, madame, renchérit James. Il n'y a pas de raisons de faire ça. Dans une petite ville comme la vôtre, vous ne bénéficieriez de toute façon pas d'un procès équitable. Thomas et moi sommes certains de pouvoir faire abandonner les charges qui pèsent contre vous et vous blanchir en un rien de temps. Pour l'heure, nous vous demandons simplement de faire profil bas, de tenir bon et de ne pas faire la folie de vous rendre aux autorités.

Jessica retire une main d'entre les paumes de son fils pour saisir la fermeture Éclair de son sac à main.

— Laissez-moi vous dédommager pour le dérangement.

Oncle James l'arrête en posant une main sur son bras.

— Non, madame. On ne fait pas payer la famille et, même si vous n'en étiez pas, jamais nous ne permettrions à l'argent, par exemple, d'interférer avec notre devoir de justice, surtout en matière de violence conjugale.

Des larmes se mettent à dévaler les joues de Jessica, qui dévisage mon oncle et se redresse avec dignité.

— C'est très aimable à vous, murmure-t-elle.

— Votre fils nous a mis au courant de tout, et notre équipe est déjà en train de réunir les protagonistes nécessaires à cette affaire. Il nous faudra vingt-quatre à quarante-huit heures pour vous sortir de ce mauvais pas, mais, de fait, nous vous mettrons hors de cause.

Je ne peux m'empêcher de sourire béatement. Qu'ai-je fait pour être aussi chanceuse ? J'ai non seulement deux parents extraordinaires et aimants, mais j'ai également le bonheur d'être entourée de ces hommes que sont mes oncles, et de femmes encore meilleures qui m'ont appris l'amour-propre et à être indépendante dès mon plus jeune âge.

— On s'est arrangés pour que vous puissiez rester cachée jusqu'à ce que tout soit réglé. On va vous déposer chez une de nos nièces, où votre ex ne vous retrouvera pas, ni la police, ajoute Thomas, qui prend enfin la parole, derrière James. Ils seront ravis de vous accueillir avec tout le confort nécessaire et vous garder à l'abri aussi longtemps qu'il le faudra.

— Chez Lily ? je lui demande, ce à quoi j'obtiens un bref hochement de tête.

Il s'avance sur son siège pour plonger la main dans la poche arrière de son jean et en ressortir un petit téléphone à clapet.

— Tenez, un téléphone prépayé. Je vais devoir récupérer votre smartphone pour éviter qu'on vous géolocalise. Je vous le rendrai une fois que ce sera réglé.

— Mon téléphone est là, fait-elle avec un mouvement de menton en direction du morceau de métal qui repose sur la table à côté de James. Je l'ai déjà éteint.

— Il est peu probable qu'on vous piste à l'heure actuelle. Les ressources sont limitées et, dans la grande mare de la criminalité et de la justice pénale, vous êtes un tout petit poisson. Il n'empêche qu'on prendra toutes les précautions pour que vous restiez introuvable pendant quelque temps.

James pose le téléphone sur la table basse et récupère le smartphone de Jessica.

— Les Disciples ont déjà retiré le GPS de votre voiture et ont été mettre le véhicule à l'abri des regards. Nous ferons tout ce qui est en notre pouvoir pour vous garder cachée. Tout ce que nous vous demandons en retour, c'est de vous faire oublier et de ne rien faire qui puisse attirer l'attention. Vous vous en sentez capable ?

Elle hoche lentement la tête.

— Je ferai tout ce que vous me demanderez, monsieur.

James se lève.

— Bien. Thomas et moi allons vous déposer chez Lily et Jett en chemin. Avec un peu de chance, demain soir, tout ça ne sera plus qu'un mauvais souvenir.

Je me lève à mon tour et me retrouve à passer les bras autour de sa taille pour le serrer contre moi.

— Merci, tonton.

Il en fait de même et plante un baiser au sommet de mon crâne.

— De rien, petite.

Et je me sens redevenir une enfant.

— Je suis la plus chanceuse de la terre, je murmure tout en écrasant ma joue contre son torse dans une dernière étreinte.

— Je me sens un peu délaissé, déclare oncle Thomas, qui se tient de l'autre côté de table basse. Je suis vexé.

Avec un éclat de rire, je m'écarte de James, qui lève les yeux au ciel et marmonne :

— Quel chouineur, celui-là !

L'instant d'après, j'ai contourné la table basse et serre oncle Thomas dans mes bras.

— Tu es le meilleur oncle qu'une fille puisse avoir, dis-je, le couvrant, lui aussi, de fleurs.

Les hommes Gallo ont beau être des gros durs,

ils ont besoin qu'on flatte leur ego de temps à autre, comme tous les bonshommes de cette planète. Je l'ai appris dès mon tout jeune âge, ma mère et mes tantes m'ouvrant aux réalités de la fragilité et de l'orgueil masculins.

— C'est bon ? demande James à Thomas, tandis qu'il me fait un énorme câlin à m'en décoller les pieds du sol. On a des trucs importants à faire, mon vieux.

— M'man, je vais te raccompagner dehors et aller chercher ton sac dans la voiture de Tamara.

— D'accord, acquiesce Jessica à mi-voix. Comme tu voudras, chéri.

Il la prend par les épaules et la regarde dans les yeux.

— Tout va bien se passer. Promets-moi de ne pas t'inquiéter ni de faire une bêtise.

— Je ne ferai rien de stupide.

Il lui sourit.

— Bien. Lily est l'être humain le plus gentil que je connaisse. Vous vous ressemblez beaucoup, et elle fera en sorte que tu te sentes bien chez elle.

— Je n'aime pas déranger, voilà tout.

— Tu ne déranges personne, M'man.

— Jessica, interviens-je, mais son visage se froisse et je regrette aussitôt de l'avoir appelée par son prénom, alors je me reprends. Maman, Lily a commencé le tableau de visualisation qu'elle va accrocher dans la chambre de leur futur enfant.

Vous pourriez lui donner un coup de main, demain, histoire de vous occuper l'esprit.

— Un tableau de visualisation ? s'étonne Jessica.

Je hausse les épaules.

— C'est un truc qui se fait, j'imagine.

— Je comprends rien aux femmes d'aujourd'hui, commente Thomas, tandis que je me dégage de son bras. À mon époque, on prenait un seau de peinture, on en barbouillait les murs, on achetait un berceau, et basta.

— Tu sais bien que Lily fait toujours tout en grand, lui dit James. Elle ne se contentera pas d'un peu de peinture.

Ce qu'il dit est bien vrai.

— Enfin, bref, poursuis-je. Jett et elle ont une jolie maison en bord de mer. Au moins, tu pourras regarder les vagues s'écraser sur la plage si Lily devient un peu trop lourdingue.

Jessica sourit pour la première fois depuis qu'elle a quitté le QG.

— Je veux bien me replonger un peu dans la maternité. Ça me préparera pour mes futurs petits-enfants.

Mon estomac se décroche. Elle parle de moi en train de donner naissance à ces mêmes petits-enfants, et je n'ai pas le cœur de lui dire que ce ne sera pas demain la veille. Je ne suis pas encore prête à voir mon corps doubler de taille, mon ventre se couvrir de vergetures, et à faire une croix sur des heures et des heures de sommeil. Au-delà de ça, Mammoth et moi devons nous accorder plus de temps ensemble et mettre notre vie en ordre, avant de pouvoir mettre une autre âme au monde.

— M'man, intervient Mammoth, qui doit sentir mon appréhension. On a encore quelques années devant nous.

Quelques années ? Je pensais plutôt à une décennie, mais je préfère garder ce calendrier pour moi. Si Mammoth le pouvait, je suis certaine que j'aurais déjà un petit être qui pousse à l'intérieur de moi.

— Oui, j'acquiesce dans un marmonnement. Quelques années.

Oncle James se met à rire, suivi de Thomas, et je leur fais les gros yeux.

— Prêts ? demande Thomas, après mon regard de remontrance.

Mammoth m'attrape par la taille et m'embrasse le front.

— Je reviens, me dit-il, et je hoche la tête lorsqu'il se retire. Viens, M'man. Allons t'installer. Ça a été une longue journée.

Il lui offre son bras convalescent et grimace aussitôt.

— Qu'y a-t-il ? s'inquiète-t-elle, illico.

— Rien. Je me suis froissé un muscle.

Il me lance une œillade et j'écarquille les yeux. Nous n'avons jamais prévenu sa mère. Il refusait de le faire, et elle ignore totalement qu'il s'est fait tirer dessus et qu'il n'est pas encore rétabli. Ce n'est pas moi qui cracherai le morceau, mais je dois m'assurer que Lily et Jett tiendront leur langue, eux aussi.

— On se voit demain ? hasarde Jessica à mon adresse, tandis que son fils et mes oncles quittent l'appartement.

— Oui, dis-je, prête à tout pour lui faciliter la situation.

Elle me sourit avant de les suivre. Je ne perds pas de temps et sors le téléphone de ma poche pour composer le numéro de Lily.

— Coucou, Lily chérie.

— Hé, salut toi ! me lance-t-elle, la voix tout enjouée, comme toujours. Quoi de neuf ? Jessica est en route ?

— Ils viennent de partir. Ils arriveront chez toi d'ici vingt minutes. J'ai un énorme service à te demander.

— Ce que tu veux, Tam. Tu me connais.

— Il ne faut pas dire à la mère de Mammoth qu'il s'est fait tirer dessus.

Il y a un silence au lieu d'une réponse.

— Lily, tu m'as entendue ?

— D'aaaccord. J'essaierai de me taire, mais tu me connais. Les secrets et moi, ça fait deux.

— Promets-moi que tu ne lui diras rien. Promets-moi que tu mettras tout ton petit cœur à ne pas lui déballer l'info comme ça, sans raison.

— Je te promets que je ferai de mon mieux.

— Préviens ton chéri, aussi. Elle ne doit pas savoir. Du moins, pas maintenant. Elle a déjà assez de stress comme ça. Je ne veux pas en rajouter.

— Je préviendrai Jett. On ne lui dira rien. J'éviterai d'évoquer le sujet du week-end dernier, je te le promets.

— Parle-lui de trucs de bébé.

— De trucs de bébé ?

— Oui. Invite-la à t'aider à faire ton tableau de visualisation. Ça va lui plaire.

— T'es en train de te moquer de moi, s'exclame-t-elle, vexée.

— Pas du tout, mens-je. Je viendrai passer un peu de temps avec vous, demain. J'apporterai le déjeuner ou autre.

— Ce serait super. Et puis, tu pourras nous aider avec le tableau de visualisation.

— L'éclate, je marmonne, tandis que Gigi passe la tête par la porte d'entrée. Je dois te laisser. Gigi est là.

— Salut, cousine ! crie Lily comme si elle était sur haut-parleur, sauf qu'elle ne l'est pas.

— Allez, bisous, dis-je.

— Bisous, me répond-elle, avant de raccrocher.

— Ils sont partis ? me demande Gigi, qui entre dans le petit vestibule et referme la porte derrière elle.

— À l'instant. Ils sont au parking, mais Mammoth va revenir d'une minute à l'autre.

J'ai tout raconté à Gigi par téléphone avant de

quitter le QG. Elle m'a dit qu'elle passerait le week-end chez Pike, mais ça n'a rien de nouveau. Elle est toujours fourrée là-bas et notre appart est pour ainsi dire désert, sauf quand je rentre les week-ends.

— Tout va bien ?

Je hoche la tête.

— Tu connais nos oncles. Ils ont assuré.

Elle hoche à son tour la tête et sourit.

— Ils nous ont tirées de la galère plus d'une fois.

— À quel moment notre vie est-elle devenue si compliquée ? je souffle, désabusée.

— Les bites. C'est tout le problème.

J'éclate de rire.

— Ça, c'est sûr !

— T'as besoin de quoi que ce soit avant que je reparte à côté ?

Elle tend le pouce en direction de la porte d'entrée, et je secoue la tête.

— Non, ça va. Je suis crevée, j'ai juste envie de me glisser sous la couette.

— Ça, j'en doute pas, me glisse-t-elle avec un clin d'œil.

Je chasse son commentaire d'une main en riant.

— Pour dormir ! Je veux dormir.

Elle hoche la tête.

— Oui, je suis sûre que je vais t'entendre « ronfler » de la chambre de Pike.

— Je vous entends aussi. Des fois, on dirait deux matous en chaleur.

— On n'est pas si bruyants que ça.

Je la toise, les bras croisés, en tapant du pied, jusqu'à ce qu'elle revienne sur son bobard.

— Bref. Vous n'êtes pas tellement discrets, non plus. Alors, hein...

— Vous pourriez peut-être baisser un peu le volume, ce soir. J'ai vraiment l'intention de dormir.

Elle lève les bras au ciel.

— On pourrait peut-être t'emprunter ton bâillon-boule, ce soir.

Je lui fais un doigt d'honneur, et elle éclate de rire.

— Allez, j'y vais. Bye, ma belle !

— Bye, meuf ! dis-je, tandis qu'elle ouvre la porte et tombe nez à nez avec Mammoth.

— Hé, grand costaud.

— Gigi, répond-il, la regardant de toute sa hauteur. Ça roule ?

— Comme sur des roulettes. J'allais chez Pike.

— Je voudrais pas te mettre dehors. C'est ton appart.

— T'inquiète ! Je suis pas souvent là, de toute façon. Amusez-vous bien, ce soir.

Elle lui décoche un clin d'œil.

— Et on y va mollo sur les trucs tordus. T'as encore l'épaule en vrac. Faudrait pas que les agrafes s'arrachent.

Mammoth esquisse un sourire entendu.

— Bonne nuit, Gigi, répond-il, ne relevant pas sa remarque, ce qui est probablement mieux comme ça.

— Bonne nuit, grand costaud.

Elle me salue de la main avant de disparaître par la porte et de lancer au loin :

— Ne faites rien que je ne ferais pas.

Mammoth fait un geste en direction de l'entrée.

— De quoi elle parle ?

Je hausse les épaules.

— De conneries. Elle croit qu'on va baiser comme des lapins toute la nuit.

Il passe la main sous son tee-shirt pour se gratter le torse, révélant ses magnifiques abdos et ses tatouages mortels.

— Disons que... On peut faire tout ce que tu veux.

— Je suis vraiment exténuée.

J'étouffe un bâillement que je retiens depuis une heure.

— On peut remettre ça à demain matin ?

— Ça me dirait bien d'aller me coucher aussi, princesse, me dit-il tout en ôtant ses bottes, avant de les placer à côté de l'entrée. Ça a été la plus longue journée de toute mon existence.

Je marche vers lui, passe mes bras autour de sa taille et pose le menton sur son torse, les yeux levés vers lui.

— Ça va, monsieur Parfait ?

Ses mains passent dans mon dos et m'a-grippent les fesses.

— Mieux, maintenant.

Puis, il penche la tête et me vole mes lèvres aussi bien que ma fatigue.

TAMARA EST PENCHÉE sur moi et tient le téléphone bien trop près de mon visage.

— C'est quoi, ce numéro que tu t'acharnes à ignorer ?

Je papillote des yeux pour tenter de lire l'écran.

— Rien d'important.

Elle hausse un sourcil et pose une main sur sa hanche.

— Je peux décrocher, alors ?

— Non.

Elle lâche sa hanche et remonte la main, prête à presser la touche verte alors même que je lui ai dit non.

— C'est le centre de rééducation, finis-je par dire, parce que cette fille n'est pas foutue de se mêler de ses oignons.

— Pourquoi tu décroches pas ? Il faut que tu prennes rendez-vous.

— J'ai pas besoin d'un rendez-vous. J'ai pas besoin de rééducation. Mon épaule guérit et va de mieux en mieux chaque jour.

Je hausse mon épaule, fais une rotation et retiens une grimace alors qu'une douleur fulgurante m'irradie le bras.

— Tu vois ? dis-je.

Elle pose le téléphone sur la table et monte à califourchon sur mes cuisses.

— Pourquoi les hommes sont-ils aussi têtus ?

— C'est pas un caprice. Je connais mon corps, princesse. Un peu d'exercices et de mouvements, et ça s'arrangera. Je vais pas aller faire des étirements chez un toubib et dépenser une fortune pour un truc que je peux régler moi-même.

Tamara se rapproche, plaque ses seins contre mon torse.

— Tu l'as caché à ta mère avec brio, je te l'accorde, mais je te vois grimacer et tiquer de douleur.

— Ça sert à rien de l'inquiéter pour un truc qui appartient au passé. C'est en voie de guérison et elle a déjà suffisamment de stress comme ça. J'ai pas besoin d'en rajouter.

Elle acquiesce d'un hochement de tête et penche son visage sur le mien.

— Je ne lui dirai rien. Je ne te forcerai pas, non plus, à faire de la rééducation, mais si ça ne va pas mieux, si tu ne récupères pas entièrement l'usage de ton épaule, promets-moi de prendre rendez-vous pour la faire examiner.

— Je te promets de les appeler et de prendre rendez-vous si ça ne se remet pas d'ici les prochaines semaines. Je vois le chirurgien la semaine prochaine pour ôter les agrafes.

Elle fait la grimace.

— Tu vas passer un sale moment.

— Je vais être soulagé de les enlever. Ça me tire et ça me gratte constamment, chérie. Ça me gêne plus que la blessure.

Mon téléphone se remet à sonner et Tamara tourne la tête pour regarder l'écran.

— C'est Thomas.

— Réponds, dis-je, gardant mes mains sur ses reins.

Elle tape du doigt l'écran et lance :

— Salut, tonton !

— Tam, où est Mammoth ?

— Tu es sur haut-parleur et il est avec moi, explique-t-elle, le regard braqué sur moi. Tout va bien ?

— J'ai passé quelques coups de fil ce matin, nous apprend-il, avant de soupirer. Ça a pas été simple.

Je ferme les yeux et murmure :

— Merde.

— T'en fais pas. On a découvert suffisamment de casseroles au cul de ce type pour qu'il n'ait plus aucun soutien. Donnez-nous la soirée, et tout devrait être réglé demain. On est en train de monter un plan en béton et de faire le nécessaire pour le mettre en œuvre dès que possible. Tout ce que vous avez à faire, c'est de vous tenir à carreau et de nous laisser faire ce qu'on fait de mieux.

Tamara passe les bras autour de mon cou, ses mains reposant sur le dossier de la chaise, et me souffle tout bas, un sourire polisson aux lèvres :

— Je sais comment t'occuper.

— Merci, Thomas. J'apprécie tout ce que vous faites pour ma mère. Je sais que vous ne...

— Arrête. On te l'a déjà dit. À Pike, aussi. Vous n'êtes peut-être pas nés dans cette famille, mais vous en faites partie quand même. T'es l'un des nôtres. Si j'avais besoin de toi, tu t'empresserais de m'aider.

— Et comment ! je m'exclame sans hésiter. Tu peux me demander n'importe quoi, je répondrai présent.

Et d'ajouter :

— Je peux faire quelque chose pour aider ? Quoi que ce soit ?

— Non. Ça va. Veille juste à ce que ta mère se fasse discrète. Lily a dit qu'elle l'occuperait et ne la laisserait pas sortir de la maison, mais tu sais bien à quel point ma nièce peut se laisser influencer quand il y a confrontation.

— On va là-bas tout à l'heure, explique Tamara, pour être sûrs que Jessica ne sorte pas, tonton.

— Merci, ma nénette. Je vous rappelle plus tard pour vous donner des nouvelles. À tout à l'heure.

— Bye.

— Merci ! je glisse avant qu'il ne raccroche, mais n'obtiens aucune réponse, l'écran de mon téléphone signalant la fin de l'appel.

— Tu veux décoller maintenant ? me demande Tamara, ses doigts dans mes cheveux qui effleurent la peau sensible de ma nuque.

Resserrant les doigts, je lui empoigne le cul à pleine main.

— Princesse, je n'ai envie que d'une chose, là, tout de suite, et elle est assise sur mes genoux.

Je me penche vers elle et presse mes lèvres au creux de son cou.

Tamara renverse la tête, m'expose sa gorge, tandis qu'elle se frotte contre ma queue.

— Tout le reste peut attendre, souffle-t-elle, me tirant par les cheveux pour maintenir ma bouche contre sa peau.

Je lèche la chair près de son oreille et, couvrant sa gorge de baisers, chemine jusqu'à son décolleté.

— Ton corps me manque quand je suis loin de toi, je murmure.

— Juste mon corps ?

— Pas seulement ton corps. Tout. Ton tempérament. Ton enthousiasme. Ton amour.

Elle rapproche son corps du mien, jusqu'à ce qu'il n'y ait plus d'espace entre nous.

— C'est adorable, tout ça. Mais arrête de parler et utilise cette langue à meilleur escient.

Je pousse un grognement d'excitation et plante

mes dents dans sa peau soyeuse, lui arrachant un petit cri.

— Tu veux que je te baise, princesse, ou que je te fasse l'amour ?

Elle penche la tête et approche sa bouche de la mienne.

— Que tu me baises raide, me répond-elle tout en glissant la main entre ses cuisses pour me caresser la queue. Vraiment raide.

— Raide, je répète d'une voix presque étranglée, parce que mon sexe cherche déjà à se soulager.

Me montrant à quel point elle est en manque, ses doigts défont le bouton et la fermeture Éclair de mon jean. Je me lève, les mains sous ses fesses, et la porte de la petite cuisine au salon. Je la dépose sur le canapé et me redresse pour ôter mon tee-shirt et le jeter à terre.

Elle me regarde faire avec des yeux de braise et se pourlèche les lèvres.

— Le jean, aussi, souffle-t-elle, le regard plongeant sur ma braguette ouverte.

Alors que je baisse mon pantalon, Tamara lève les fesses pour enlever son minuscule short, avant d'ôter son débardeur et de jeter ses habits près des miens.

Je reste planté là, nu, la queue en érection, à la détailler du regard. Affalée contre le dossier, les jambes écartées, c'est une bombe sexuelle.

— Remets ta bouche sur moi, m'ordonne-t-elle

en glissant une main entre ses cuisses pour m'aguicher. Je veux sentir mon goût sur tes lèvres quand tu m'embrasseras.

Bordel. Elle est absolument parfaite. Je me laisse tomber à genoux, relève une de ses jambes et la place sur mon épaule valide, avant de porter la bouche à son sexe et de le manger avec l'appétit d'un homme affamé. Mes lèvres le recouvrent entièrement et j'y ai le visage enfoui, quand la porte d'entrée s'ouvre et qu'un cri familier retentit dans la pièce.

Les yeux de Tamara s'arrondissent et son corps se raidit, mais je garde la tête en place, me disant que je masque au moins ses parties intimes avec ma bouche, ce qui est mieux que rien.

— Oh, mon Dieu ! s'écrie Gigi, et elle referme aussitôt la porte en claquant.

— Non mais sérieux, murmure Tamara, qui se redresse sur les coudes, ses seins reluisant sous les rayons du soleil matinal, avant de lâcher un petit rire. Elle casse l'ambiance.

Je m'écarte et lèche la mouille sur mes lèvres, mais reste agenouillé, histoire de planquer ma queue au cas où Gigi déciderait de refaire une apparition.

— Fais ça dans ta chambre, crie-t-elle de l'autre côté de la porte. Pas dans le salon ! Je dîne, moi, sur ce canap' !

Tamara lève les yeux ciel et réplique, sans bouger du canapé :

— Retourne chez Pike ! On n'a pas terminé.

— J'ai pas de temps à perdre. Vous en avez pour des heures. Je dois récupérer des affaires dans ma chambre. Vous avez trente secondes pour dégager du salon avant que j'entre et vous voie complètement à poil.

— Elle m'a déjà vue à poil, m'explique Tamara.

Putain, elle a décidé qu'elle ne bougerait pas.

— Elle m'a jamais vu, moi, je rétorque.

— Il se pourrait que ça lui plaise et qu'elle comprenne enfin ce qu'est un vrai mec.

Elle remue les sourcils et ajoute :

— Elle aurait sûrement une crise cardiaque en voyant la taille de ton engin.

— Quinze secondes ! hurle Gigi.

Je laisse nos habits par terre et attrape Tamara à un bras sur le canapé pour la jeter sur mon épaule.

— Hors de question qu'elle voie ma queue, princesse.

Ses doigts fins trouvent mon cul et me pincent les fesses.

— J'en ferais mon fond d'écran si je le pouvais.

Je lui donne une fessée.

— Pas de photos, non plus ! j'objecte, traversant le couloir jusqu'à sa chambre.

— Trop tard, se gausse-t-elle, au moment où je referme la porte avec mon pied pour nous accorder un peu d'intimité. J'ai plus de photos de ta queue que de ton visage.

— Comment ça ? je demande en la jetant sur le lit.

Elle pousse un couinement et s'agrippe à la couette lorsqu'elle rebondit sur le matelas.

— Tu dors tout nu, Saint. Et comme une bûche. Alors, je tire parti de ce temps pour alimenter ma collec porno pour quand je suis au campus.

Debout, au pied du lit, je me dresse de toute ma hauteur, la queue toujours aussi raide, bien que Gigi ait fait irruption et ait vu plus que je ne l'aurais jamais souhaité.

— Tu l'aimes tant que ça, ma queue ?

— C'est ton principal attrait.

Je me glisse entre ses cuisses ouvertes et reste en équilibre au-dessus d'elle, à contempler son beau visage.

— Je devrais être outragé par cette remarque, mais ne le suis même pas.

Elle tend le bras, referme le poing sur ma queue et se met à la branler sur toute la longueur.

— C'est pas pour ça que je t'aime, mais elle est si jolie.

— On devrait jamais qualifier de « joli » mon membre viril.

Tamara glousse, sans cesser de me caresser.

— C'est une œuvre d'art. Je l'encadrerais, si je le pouvais.

— Chérie, arrête de parler, je souffle, les dents serrées par l'excitation. Enfonce ma queue en toi.

Elle sourit, resserre le poing quand je me rapproche pour aligner nos corps. Lorsqu'elle guide mon sexe à l'entrée du sien, ses mains disparaissent et je m'enfonce à l'intérieur, me sens de retour à la maison, tandis que s'installe le plaisir d'être enveloppé dans sa chair.

Je m'empare de ses lèvres, absorbe ses gémissements lorsque je vais et viens. Elle noue ses chevilles autour de mon bassin pour me serrer contre elle et rejoindre mes coups de reins. Sa main descend sur mes reins, plante ses ongles dans ma chair, et des frissons de plaisir et de douleur me traversent tout le corps.

Je l'embrasse avec plus d'ardeur, la pénètre plus fort, plus profondément, jusqu'à ce que mon bras valide se mette à trembler et que nos corps soient couverts de sueur.

Elle s'arrache à notre baiser, me regarde, ses ongles toujours fichés dans ma peau, mais ses chevilles se sont détachées et ont quitté mon corps.

— Sur le dos, m'ordonne-t-elle.

Elle joue les filles autoritaires, prend le contrôle, ce qui, par moments, me fait totalement bander.

Je roule sur le dos et emporte Tamara avec moi, la queue toujours plongée en elle. Elle me chevauche, maintenant, le dos redressé, les seins saillants, en gros plan. Elle est sublime. Chaque centimètre de sa peau brun clair scintille sous les rayons de soleil qui filtrent par les fenêtres de la chambre. Ses yeux noisette brillent d'un tel feu, d'une telle faim, que je me réjouis de me laisser faire et profite du voyage.

Elle pose ses mains sur mon torse, se cramponne à mes pectoraux pour se maintenir en équilibre, et se met à agiter le bassin, à presser son joli sexe contre moi.

— Putain, qu'elle est grosse, gémit-elle. Han, c'est bon !

— Baise-moi, princesse.

D'une main, je l'attrape par la hanche et me sers de l'autre pour peloter ses nichons.

— Montre-moi ce que tu aimes.

Elle fiche les pieds de chaque côté de mes hanches, élève le bassin en prenant soin de ne garder que l'extrémité de ma queue en elle et, à corps perdu, s'abat sur moi et étouffe un cri lorsque je la remplis tout entière, jusqu'à la garde.

Je m'oblige à maintenir ouverts mes yeux et la regarde se satisfaire, se servir de moi comme elle l'entend pour son seul plaisir.

Je pourrais faire ça toute mon existence que je ne me lasserais pas d'elle. Faire ça sempiternellement et en redemander quand même. Faire ça pour l'éternité et avoir l'impression, malgré tout, que c'est trop court.

Resserrant les mains sur mon torse, ses ongles mordant ma peau, elle me baise avec une telle férocité que ses seins sont secoués de bas en haut. Je ne m'avise pas de bouger et la laisse me pomper le plaisir jusqu'à la moelle.

— Oh, putain, oui ! crie-t-elle, ondulant contre moi avec plus d'ardeur et fermant ses yeux noisette, alors qu'elle bascule dans l'extase, à la poursuite de l'orgasme.

Lorsqu'enfin elle s'effondre sur moi, je nous fais rouler jusqu'à ce qu'elle se retrouve sur le dos, et moi au-dessus d'elle. Je relève une de ses jambes, la pilonne, trouve le rythme dont j'ai besoin pour obtenir à mon tour la délivrance.

Je me laisse choir sur le côté, roule sur le dos, Tamara toute proche. Les seuls bruits qui résonnent dans l'appartement sont nos respirations hachées et bruyantes, tandis que nous nous efforçons de réguler notre souffle, en vain.

— Il n'y a pas mieux pour commencer sa journée, lâche-t-elle, la voix toujours hors d'haleine. J'ai hâte d'être en mai.

C'est le cas de le dire. Je suis prêt à démarrer une vie à deux. J'ai enfin obtenu autant de liberté que peut me l'accorder le club. Maintenant, nous devons attendre la fin de ses études pour pouvoir vivre chaque jour des matinées comme celle-ci et être là l'un pour l'autre.

— Je sais, princesse, je murmure dans ses cheveux, tandis qu'elle se blottit contre mon flanc. Tu verras, ça va arriver vite.

— J'ai réfléchi à ce que tu m'as demandé l'autre jour.

Elle lève la tête vers moi, la main sur mon torse, les cheveux déversés sur mon bras.

— Je pense qu'on devrait tenter le coup, termine-t-elle.

— Ah oui ?

Qu'ai-je bien pu lui demander, l'autre jour, qu'elle accepte en fin de compte ?

— Je veux travailler avec toi. Je veux qu'on bâtisse quelque chose ensemble.

Mon sourire est immédiat et irrépressible.

— Et moi qui me disais que la vie ne pouvait pas être plus belle, tu trouves le moyen de me rendre encore plus heureux.

— Je n'habiterai pas au-dessus du garage, par contre, réplique-t-elle sans un sourire.

— Pas d'appart au-dessus du garage. Tu mérites ce qu'il y a de mieux.

Elle ferme les paupières, acquiesce d'un « hmm-hmm » et, quelques minutes plus tard, nous sombrons dans le sommeil.

LILY NOUS CRIE D'ENTRER, mais dès lors que j'ai franchi la porte du salon, je m'arrête net et Mammoth me heurte par derrière.

— Qu'est-ce que vous faites ? je demande, les yeux ronds devant Jessica et Lily qui sont assises par terre, à côté de la table basse.

Autour d'elles, des quantités de morceaux de papier découpés dans des dizaines de magazines sont éparpillés sur le sol, des tubes de colle traînent un peu partout, ainsi que quelques paires de ciseaux.

— On fait nos tableaux de visualisation, m'explique Lily, sans même lever les yeux de son ouvrage.

Mammoth me contourne pour voir de plus près leur création.

— Nos ? je reprends sur un ton surpris.

— Ouep.

Lily relève la tête et me sourit, un tube de colle à la main.

— Jessica voulait en faire un, aussi. Alors, *nous* avons passé l'après-midi à confectionner *nos* tableaux.

— M'man, c'est quoi, tout ça ? s'enquiert Mammoth, qui se penche au-dessus d'elles pour étudier les grandes feuilles blanches cartonnées au sol.

Jessica lève la tête, replie un peu plus les jambes sous elle, une photo découpée dans sa main.

— Mes souhaits pour l'avenir, chéri.

Il examine attentivement l'affiche en carton, alors je me rapproche, par curiosité.

— C'est bourré de bébés, s'exclame-t-il, et j'écarquille les yeux.

— Vous allez avoir un enfant ? je demande à Jessica d'une voix mal assurée, perturbée par les dizaines de petites bouilles et, collés autour d'elles, tous ces machins de bébé.

— Non, trésor, me répond-elle. Toi, oui.

Mon estomac fait un bond en entendant avec quelle décontraction elle a prononcé ces mots.

— Je... Je... je bredouille.

Le souffle me manque. Je suis incapable de réfléchir et encore moins de formuler une phrase complète.

Elle veut des petits-enfants, et plein. Pas seulement quelques-uns. Elle en a littéralement placardé des dizaines et des dizaines, de toutes les couleurs de peau, tous mignons et joyeux.

— Ne sont-ils pas beaux comme tout ? lance-t-elle.

Voyant que je ne réponds rien, puisque ma bouche est grande ouverte et qu'aucun mot n'en sort, elle tourne le regard vers Mammoth.

— Je crois qu'il y en a une bonne vingtaine de trop, M'man.

Jessica part d'un éclat de rire et presse un autre bébé sur son tableau sans cesser de sourire.

— On n'a jamais trop d'enfants. Mon plus grand regret, c'est de n'en avoir eu qu'un. J'aurais aimé que tu aies au moins un frère ou une sœur. Quelqu'un d'autre que moi sur qui compter. Si je pouvais repartir de zéro, c'est la seule chose que je changerais.

Mammoth fait courir une main exaspérée dans ses cheveux.

— Je vais très bien, et je ne suis plus tout seul. J'ai Tamara, Lily, et tous les Gallo.

— J'en suis tellement heureuse, lui répond-elle tout en farfouillant dans le tas de petits papiers qui traînent à terre, à la recherche de quelque chose. Je suis ravie que tu aies trouvé une famille formidable, si grande et si aimante.

— Elle rajoute un bébé sur son tableau, je chuchote à Mammoth, hypnotisée par ce qu'elle fait.

Il tend le bras dans son dos, trouve ma main et la serre doucement.

— Tamara et moi, on va fonder une famille, un jour. Mais, avant, on a une entreprise à fonder.

— La vie ne tourne pas autour de l'argent, ré-torque sa mère en levant les yeux du tableau. N'attendez pas trop longtemps. On ne rajeunit pas à mesure que les années passent.

Jett entre par la baie vitrée, sans prêter attention au fait que Lily et Jessica ont mis le salon en chantier.

— Salut ! nous lance-t-il. Ces dames ont été bien occupées.

— J'ai vu, commente Mammoth sur un ton pince-sans-rire.

— Je peux te parler une minute ? demande-t-il à mon mec en tendant le menton vers la baie vitrée. Allons dehors.

— Vas-y, dis-je à Mammoth. Je reste avec les filles.

— T'es sûre ? s'enquiert-il par-dessus son épaule, avant de se retourner pour me faire face.

Je hoche la tête.

— J'ai pratiqué Lily toute ma vie. Alors, je saurai supporter ta mère.

Il me sourit.

— Je suis sûr que tu n'as peur de rien, princesse.

Je lui rends son sourire et me dresse sur la pointe des pieds pour l'embrasser.

— Vas-y, je souffle. T'inquiète !

Il me presse à nouveau la main et me rend mon baiser.

— Je reviens.

Puis, il suit Jett et sort par la baie vitrée qui flanque le pignon arrière de la maison.

— Viens t'asseoir avec nous, m'invite ma cousine, la main pointée en direction du seul carré de parquet qui n'est pas jonché de morceaux de papier. Je peux te trouver une feuille cartonnée, si tu veux.

— Non, merci, dis-je, tandis que je me laisse choir sur le sol et les regarde faire la paire. Je stocke toutes les idées ici.

Je me tapote la tempe du bout de l'index.

Lily se met à rire et secoue la tête.

— T'es barjot.

— C'est ça, je marmonne en roulant des yeux. C'est moi, la barjot de ce trio.

Pour la seconde fois, je parcours des yeux le tableau de Jessica et remarque enfin d'autres collages que tous ces petits chérubins rieurs, disséminés un peu partout.

— Vous pensez repartir dans le Nord ?

Jessica repose le tube de colle qu'elle avait dans la main et s'adosse contre l'assise du canapé.

— Je ne me vois pas y retourner. Trop de mauvais souvenirs. Et puis, je n'y ai plus de maison, maintenant que j'ai revendu celle que j'aimais.

— Ça a dû être dur.

— Oui, mais c'est peut-être mieux comme ça. Je pense qu'il est grand temps que je me rapproche de mon fils. Maintenant, il t'a, toi, et, un jour, vous vous marierez et me ferez des petits-enfants.

— Mais pas par dizaines, l'avertis-je, et elle esquisse un sourire.

— Même si vous n'en avez qu'un, je ne veux pas en rater une miette.

— Nous en aurons plus qu'un.

Son sourire s'élargit.

— Tu as embelli la journée d'une vieille dame.

— Vous n'êtes pas vieille.

— J'ai eu Josiah très jeune. Nous n'avions même pas vingt ans que nous attendions un enfant. Nous étions mariés et vivions à la caserne. On essayait de faire rentrer six mois de parties de jambes en l'air en un court laps de temps, car mon mari devait partir en mission.

— Eh ben ! Vous avez dû être bien occupés.

Je ris, une main sur la bouche.

— Nous avons eu de chouettes moments.

Jessica me décoche un clin d'œil.

— Mais nous étions probablement trop jeunes pour avoir un enfant. J'ai fait de mon mieux pour élever Josiah.

J'ai un pincement au cœur pour elle. Cela fait plusieurs décennies qu'elle a perdu son époux, et ses traits sont encore marqués par la peine lorsqu'elle parle de lui.

— Je suis navrée, dis-je dans un murmure.

— Je n'aurais jamais imaginé devenir veuve à l'aube de la vingtaine.

Elle repousse ses cheveux châtains derrière les épaules, alors que son visage devient grave.

— Il m'a offert un fils, beau et en bonne santé. Je ne regrette rien de ma vie ni de mes choix. Je suis heureuse que nous ayons eu Josiah au moment où nous l'avons eu, sans quoi je me serais retrouvée seule. C'est grâce à ce petit garçon tout joyeux, tout sourire, que j'ai réussi à traverser cette mauvaise passe.

Je baisse les yeux sur les morceaux de magazine et les pousse machinalement de côté, du bout des doigts. Je suis incapable de la regarder. Elle a beau affirmer qu'elle va bien, j'ai du mal à supporter le chagrin qui transparaît sur son visage après ce qui est arrivé à Mammoth.

— J'imagine, dis-je.

— J'aimerais bien, si tu es d'accord, trouver un logement non loin d'ici. Comme ça, je pourrais être là pour Josiah, pour toi et, un jour, pour mes petits-enfants.

— Bien sûr que je suis d'accord.

Je souris lorsque je trouve une photo d'un joli coucher de soleil sur le golfe du Mexique. Je la lui tends.

— Je pense que vous vous plairez ici.

Elle prend le morceau de papier et en contemple les couleurs.

— Je n'ai jamais vécu au bord de la mer.

— Il n'y a rien de plus beau, affirme Lily, qui se penche pour mieux voir la photo dans la main de Jessica. On n'y fait plus attention, parce qu'on a grandi là, mais le son des vagues et la richesse des couleurs lorsque le soleil se couche sur le golfe, c'est le plus beau spectacle du monde.

— Y a-t-il des appartements de bord de mer par ici ? Je ne veux pas m'embêter avec un jardin et je me simplifierais bien la vie en ce moment.

— Il y en a des tas, et quelques-uns en bord de mer. J'ai une amie qui travaille dans une agence immobilière. Je vous passerai son numéro. Elle vous trouvera votre bonheur.

Les rides à peine visibles au coin des yeux de Jessica se font plus nettes lorsqu'elle se met à sourire.

— Avec plaisir, Lily. Tu es vraiment l'une des personnes les plus adorables que j'ai jamais rencontrées.

— Si seulement je pouvais rester là pour visiter les maisons avec vous ! je me désole, dégoûtée de devoir retourner à la fac.

— Trésor...

Jessica tend le bras au-dessus de la myriade de morceaux de papier glacé pour me prendre la main.

— ... les cours, c'est important. J'ai acheté et revendu plus de maisons dans ma vie que tu n'as acheté de voitures. Je me débrouillerai très bien toute seule.

— Josiah va vous aider, intervient Lily, qui met son grain de sel. Je suis sûre que Josiah ne vous laissera pas le faire seule.

Il est évident qu'elle adore prononcer son prénom, car depuis qu'elle l'a découvert, elle n'arrête pas de l'employer.

Plus tôt, au téléphone, elle a dit « Josiah » une bonne vingtaine de fois. Je ne pouvais que le remarquer, puisqu'elle l'a employé à outrance, et ce, jusqu'à ce que je raccroche, usée par ses invariables crises de rire. La conversation a pris le double de temps, hystérique qu'elle était.

— Je préfère faire les visites seule. Je n'ai pas besoin de l'avis d'un homme, et encore moins mon fils. Je sais ce que je veux et je ne laisserai plus personne me dicter mes rêves.

J'expire et cille lentement, tandis qu'un sourire naît sur mon visage.

— J'aime votre façon de penser ! je déclare, m'attirant un sourire en retour.

— Plus on vieillit, plus l'on se fiche de l'avis des autres, trésor. Tu verras.

— Tamara ne s'est jamais souciée de ce que pensent les autres sur elle ou sur ce qu'elle fait. C'est la rebelle de la famille.

— Ah ! murmure Jessica. Comme mon fils. Il a toujours fait comme bon lui chantait. C'était ça, ou rien.

— Sans blague, je marmonne.

Lily est en train de placer une photo de berceau sur son tableau.

— Comment va son épaule ? demande-t-elle sans même me regarder, alors que je fais des yeux exorbités. Elle est presque guérie ?

— Il a un problème à l'épaule ? s'enquiert aussitôt Jessica.

Elle pose la photo et la paire de ciseaux qu'elle venait de ramasser.

— Non, je rétorque tout aussi vite.

Jessica plisse les yeux et m'observe attentivement pour tenter de déchiffrer mon expression.

— Que me caches-tu ?

— Il va bien, mens-je. Il s'est juste fait une élongation en bricolant.

Je suis convaincue d'avoir rattrapé comme il faut la bourde de Lily, mais les yeux de Jessica balaient mes traits et ses lèvres se pincent.

— Tu ne sais pas mentir, trésor. Je ne vais pas t'en tenir rigueur, mais l'une de vous ferait bien de me dire la vérité concernant mon fils, et vite.

— Il s'est fait tirer dessus la semaine dernière, je lâche, sous le poids de son regard, et parce que je ne supporte pas de mentir à quelqu'un d'aussi adorable. Mais il va bien et il est presque guéri.

— Mince, j'avais zappé, murmure Lily tout en secouant la tête. Pardon.

Elle m'adresse un sourire contrit et récolte une moue de ma part.

— Il, quoi ?

Jessica devient blême et se couvre la bouche d'une main.

— Il s'est fait tirer dessus ? reprend-elle. Tu as bien dit qu'il s'était fait tirer dessus ? Je n'invente rien ? Ce n'est pas mon esprit qui aurait remplacé un mot par un autre ? Il s'est fait tirer dessus, et personne n'a jugé bon de m'appeler et de m'en avertir ?

— Il ne voulait pas vous inquiéter. Il m'a interdit de vous appeler. Je suis désolée. Je suis tellement, tellement, tellement, désolée, Jessica.

— Maman, me reprend-elle.

Eh, merde. L'appeler maman ne m'est tellement pas familier. Je vais mettre des années à m'y habituer, malgré tous mes efforts.

— Vous connaissez votre fils. Il est si secret.

— Était-ce un accident ? me questionne-t-elle.

— Plus ou moins.

— Si l'on peut qualifier d'accidentel le fait de se faire tirer dessus par un club ennemi, alors oui, commente Lily avec désinvolture, tandis qu'elle découpe une image dans son magazine *Parents*. Je suis sûre que le type n'a pas fait exprès de lui coller un pruneau dans l'épaule, pendant qu'il attendait sur le parking d'une boîte de strip-tease.

Je lance à ma cousine un regard assassin et suis à deux doigts de me jeter sur elle et de lui fourrer ses petits collages dans le clapet pour qu'elle la ferme.

— Comment ? s'écrie Jessica, dont le corps se raidit.

— Il a quitté le club, tiens-je à la rassurer. À votre arrivée au QG, c'était sa dernière nuit là-bas. Il le quitte pour moi et compte lancer sa propre affaire ici. On va démarrer une nouvelle vie, loin du danger et de toutes les emmerdes qu'amène un club de motards, comme les Disciples. Ne vous inquiétez plus pour lui. Ils ne poseront pas de problème.

Au même instant, les garçons rentrent, Mammoth qui se gratte le ventre et Jett qui consulte son téléphone.

Mammoth nous regarde tour à tour, sentant l'extrême tension qui règne dans la pièce.

— Que s'est-il passé ?

Jessica croise les bras, une épaule affaissée, l'air provocateur avant même d'ouvrir la bouche.

— Tu as quelque chose à me dire ?

Mammoth tourne son regard vers moi et je fais une grimace gênée en pointant de la tête Lily, parce qu'on sait tous qu'elle ne sait pas garder un secret.

— Hmm, non.

— Rien du tout ? insiste Jessica, les lèvres tellement pincées que son visage tout entier en est déformé.

Il hausse les épaules.

— Ben, on discutait avec James, et c'est presque réglé.

Jessica se lève et, marchant droit vers son fils, elle brandit une main, comme si elle allait le frapper en plein dans l'épaule. Il se décale sur le côté.

— Ça va pas, M'man ? s'exclame-t-il, les sourcils froncés.

— Moi ? C'est chez moi, que ça va pas ? répète-t-elle, la main toujours en l'air, le front en arrière, le regard noir. Et si on parlait plutôt de quelqu'un qui a un trou à l'épaule, mais personne n'a pris la peine de me prévenir que mon fils gisait sur un lit d'hôpital, je ne sais où, entre la vie et la mort.

— Eh merde, murmure Jett, qui relève la tête de son téléphone pour regarder Lily.

Il lui souffle :

— Qu'est-ce que t'as fait ?

Elle se cache le visage dans les mains tout en secouant la tête. Elle sait qu'elle a merdé.

— Les hormones, argue-t-elle à mi-voix, se servant de la grossesse comme d'un prétexte.

Car, qui pourrait en vouloir à une femme enceinte ?

Mammoth tend le bras et attrape la main de sa mère qu'elle semble toujours décidée à abattre sur lui.

— C'était rien de grave, M'man. C'est presque guéri et je vais bientôt retrouver ma bonne vieille épaule. C'était pas la première fois que je me faisais tirer dessus, mais j'espère que ce sera la dernière.

Je frappe le front du plat de la main. Cette faculté que les hommes ont de fournir des explications qui ne nous apaisent absolument pas. Faire remarquer à sa mère qu'il s'est déjà fait tirer dessus n'était peut-être pas la meilleure idée, mais il l'a fait quand même.

— Tu espères ? piaille-t-elle, la voix partant dans les aigus. Je ne me suis jamais fait tirer dessus.

Les gens ne se font généralement pas tirer dessus. Ce n'est pas quelque chose d'habituel pour la plupart d'entre nous, Josiah. Lily...

Elle se tourne vers ma cousine.

— ... t'es-tu déjà fait tirer dessus ?

Je ferme les yeux et marmonne quelques jurons lorsque Lily répond :

— Non.

— Jett ? demande Jessica, ses yeux se tournant vers lui.

— Quelquefois, répond-il, comme si ce n'était rien de bien méchant, parce qu'il est un mec bourré de testostérone et de folie. L'armée, m'dame.

— Et en dehors de l'armée ? souligne-t-elle quelques secondes plus tard en tapant impatiemment du pied.

— Non, et j'espère bien que ça continuera comme ça, mais dans ma profession, tout est possible.

— Change de boulot, suggère tranquillement Lily, à côté de moi.

— Tamara, t'es-tu déjà fait tirer dessus ? me demande-t-elle ensuite, et je ne peux pas mentir.

— Non, Maman. Je ne me suis jamais fait tirer dessus.

— La majorité des gens ne se font pas tirer dessus ni ne tirent sur qui que ce soit, Josiah. Et quand ils reçoivent une balle dans le corps, ils appellent généralement leur mère, parce que c'est ce qu'on fait en pareil cas. Je serais venue plus tôt. J'aurais été à ton chevet pour m'assurer que tu guérisses correctement. C'est mon boulot de mère que de veiller sur mon enfant.

Mammoth pose ses grandes paluches sur les petites épaules de sa mère et ne grimace pas au moment de lever le bras.

— Tamara s'est occupée de moi jusqu'à ce que je me rétablisse. Elle a bien pris soin de moi, M'-man, et je ne voulais pas que tu te fasses du mauvais sang. Je sais à quel point tu t'inquiètes vite.

Il se tait quelques secondes et je me dis qu'il est arrivé au bout de son plaidoyer, mais il reprend au moment où sa mère ouvre la bouche pour répliquer.

— Tu ne m'as pas dit que Boyd te battait. C'est tout aussi grave, voire pire. J'ai bien l'impression qu'on s'est, tous les deux, caché des choses, mais aujourd'hui, ça doit cesser. Transparence totale à partir de maintenant. Compris ?

— Nouveau départ, murmure-t-elle tout en levant les yeux vers son fils, qui n'est plus un petit garçon, mais un adulte. Plus de secrets. Plus de mensonges.

— Plus rien de tout ça, M'man, mais ça doit aller dans les deux sens. D'accord ?

Elle hoche la tête.

— Transparence totale. Finies, les conneries.

— Finies, les conneries, reprend-il. Dorénavant, on sera toujours honnêtes l'un envers l'autre.

— Bien.

Elle sourit, porte une main à son visage et lui caresse la joue.

— Je déteste cette barbe.

— Quoi ?

— Puisqu'on donne dans la franchise, je te le dis. Je n'aime pas cette barbe.

J'étouffe une exclamation et murmure pour moi-même :

— Seigneur, faites qu'il ne la rase pas ! S'il vous plaît, faites qu'il ne la rase pas !

— La barbe reste, M'man. Ma nana l'adore.

Jessica hausse les épaules et rit doucement.

— Je démarrais juste par quelque chose de simple.

Je pousse un soupir de soulagement et souffle, une main cramponnée à ma poitrine :

— Mon Dieu, merci !

— On n'est peut-être pas obligés d'être honnêtes et transparents sur *tout*.

Elle rit de plus belle.

— J'imagine que non, mais les choses importantes, comme les histoires de vie ou de mort, ne doivent plus être gardées secrètes.

Il acquiesce d'un hochement de tête et l'entoure de ses bras lorsqu'elle s'approche de lui pour l'étreindre.

— Je t'aime, Josiah.

— Je t'aime aussi, M'man, murmure-t-il dans ses cheveux, comme il le fait avec moi.

Je souris et les regarde, complètement gaga. J'aime ce gros dur et j'aime la façon il aime sa mère.

La manière dont un homme traite et respecte la femme qui l'a mis au monde est très révélatrice. Je ne dis pas que toutes les mères méritent d'être aimées et choyées, car des parents minables, il y en a un tas. Seulement, Jessica est quelqu'un de bien. Mammoth l'aime, la respecte et est prêt à tout pour la protéger. Il ne m'en faut pas plus pour comprendre qu'il fera pareil pour moi et nos enfants à venir.

Mon estomac fait une pirouette à cette idée.

Merde.

J'ignore si je serai prête, un jour, à être mère, mais j'ai le sentiment que ça arrivera plus vite que prévu, si Jessica parvient à ses fins.

JETT ME TEND une bière et s'installe à table, face à moi.

— James et Thomas sont en chemin.

Je tourne les yeux vers le golfe du Mexique et regarde les vagues enfler et s'écraser, lécher la rive.

— Bien. J'espère que cette histoire est réglée.

— Ils n'avaient pas l'air de dire qu'il y avait un problème, mais tu sais bien qu'ils préfèrent annoncer les nouvelles en personne plutôt qu'au téléphone.

Jett avale une gorgée de sa bière et se renverse sur le dossier de sa chaise.

— On a vraiment de la chance d'avoir ces deux-là dans notre vie. Toute la famille, en fait.

— C'est bien vrai, dis-je tout en levant ma bière dans sa direction, les yeux tournés vers lui. Je ne te remercierai jamais assez pour avoir hébergé ma mère cette nuit.

— Tu rigoles ? Elle a occupé Lily. C'est plutôt à moi de te remercier pour m'avoir permis de faire un break.

— Comment ça va, toi ? je demande avec une curiosité sincère, parce qu'il parle très peu de la grossesse.

Je ne crois pas qu'il ait encore véritablement réalisé. Il a appris la nouvelle, l'a annoncée aux parents de Lily et est parti à ma rescousse pour me regarder recevoir une balle à son arrivée. Qui pourrait encaisser autant en si peu de temps ? Je sais que moi, non.

— Je crois que ça va. Je veux dire...

Il se frotte la nuque.

— ... c'est pas comme si j'avais le choix, mais je sais que je suis heureux. Et j'ai hâte, aussi, mais je sais que ce sera pas aussi fun que mon imagination veut bien me le faire croire.

Je ris.

— Au moins, vous aurez plein de baby-sitters. Vous ne manquerez jamais de gens pour vous débarrasser volontiers du bébé quelques heures.

— Je pense qu'ils vont se battre ! Tout le monde va y gagner. Nous, on aura du temps pour nous et peut-être même quelques bonnes nuits de sommeil, de temps à autre, et eux, l'occasion de pouponner.

— Le premier des petits-enfants. J'aurais jamais cru que ce serait Lily qui le ferait. Je pensais que Gigi tomberait enceinte avant tout le monde.

— Je pense pas que Gigi soit encore prête à être mère.

— Tamara non plus.

— Lily fera une mère formidable, affirme-t-il tout en regardant au loin, comme je le faisais quelques minutes auparavant.

— La meilleure, dis-je.

Tamara passe la tête au-dehors par la porte coulissante.

— Les gars sont là.

Jett se lève et je le suis à l'intérieur de la maison pour entendre ce qu'il en est de l'affaire Boyd. Avec un peu de chance, ils auront trouvé le moyen d'innocenter ma mère pour qu'elle puisse reprendre le cours de sa vie et ne plus avoir à craindre d'un enfoiré violent pour s'être défendue.

Thomas se trouve dans le salon et serre la main à ma mère. James embrasse Lily derrière lui.

— Salut, me lance Thomas, me gratifiant d'un petit signe de menton lorsque son regard quitte ma mère.

— Salut, dis-je.

— Et si on s'asseyait ? propose James, qui relâche Lily et tend la main en direction du canapé. On a beaucoup de choses à vous raconter.

Je m'assieds à côté de ma mère et Tamara s'installe près de moi. Jett prend place dans le fauteuil inclinable et attire Lily sur ses genoux, avant de passer un bras autour de sa taille. James et Thomas, eux, restent debout. Ces deux-là ne semblent jamais vouloir se détendre, même une minute. Comme s'ils se tenaient prêts à décamper ou s'attendaient à ce qu'une merde arrive à tout instant.

Thomas prend la parole en premier.

— On a déterré tout ce qu'on pouvait sur Boyd Weaver et laissez-moi vous dire qu'il y avait de quoi faire ! Des décennies de renseignements sur le type, et pour ainsi dire aucun n'était positif à son sujet.

Je serre le poing, et ma mère referme sa paume sur mes doigts. Elle est toujours attentive au moindre de mes mouvements, même quand il est question de sa vie, à elle.

James se frotte les mains et écarte les jambes pour affermir sa position, les pieds parallèles aux épaules.

— Il avait des relations, mais on a finalement réussi à s'en dépatouiller. On a parlé au shérif de la ville où un mandat d'arrêt avait été lancé contre vous.

James a dit « avait » et, à ce mot, je relâche mon souffle, car je sais que tout est réglé.

— Vous n'êtes pas la première femme que Boyd a frappée, Jessica, explique James à ma mère, rien que de la sympathie dans ses yeux verts. Il avait déjà fait ça auparavant. La seule différence, c'est que vous avez été la première à vous rebiffer.

— Bref, ajoute Thomas. Pour faire court, les charges ont été abandonnées et vous n'aurez plus jamais à craindre Boyd.

— Que voulez-vous dire par là ? demande ma mère d'une voix mal assurée, me serrant la main. Il est mort ?

Je manque d'éclater de rire. Elle croit sûrement que nous lui avons réglé son compte au QG. Il est simplement reparti avec le deuxième bras cassé, mais il vit encore.

— Il a un mandat d'arrêt contre lui en Floride, qui remonte aux années 1980. Le fait de venir ici et d'aller trouver les autorités après ce qu'il s'est produit au QG l'a exposé à une arrestation. À l'heure actuelle, il est derrière les barreaux, sans possibilité de libération sous caution. Au vu de ses crimes et son délit de fuite il y a quarante ans, je crois qu'on ne va plus le revoir pendant un bon bout de temps.

— Mon Dieu, murmure ma mère. Qu'est-ce qu'il a fait ?

— Voie de fait, coups et blessures, violation de propriété, détérioration de biens et tentative de meurtre.

M'man me serre un peu plus la main.

— Seigneur ! Je n'aurais jamais pensé que c'était un sale type.

— Jusqu'à ce qu'il te frappe la première fois, je marmonne et m'attire un regard sévère qui m'ordonne de la boucler.

— Avec moi, il était vraiment gentil, explique-t-elle. Un parfait gentleman... jusqu'à ce qu'il ne le soit plus et là, c'était trop tard.

— Ce type n'était rien qu'un menteur, je rétorque. Parfois, ceux qu'on prendrait pour des anges sont en réalité les plus diaboliques, M'man. On n'est jamais tout à fait ce qu'on transparaît, mais ce qu'on veut bien montrer aux autres.

James relâche sa position et plonge la main dans sa poche pour en ressortir une petite note qu'il tend à ma mère.

— Voici le nom et le numéro de téléphone du shérif. Si vous avez un problème, n'hésitez pas à m'appeler, ou appeler Thomas. Et si nous sommes occupés, contactez-le immédiatement.

— Merci, répond ma mère d'une voix soulagée. Je vous dois tant.

Thomas secoue la tête.

— Vous êtes la mère de Mammoth, et puisqu'il fait partie de la famille, alors vous aussi. On prend soin des nôtres. On les protège et on ferait n'importe quoi pour l'un ou pour l'autre. Il n'y a pas de remerciement qui tienne, et vous ne nous devez rien, madame.

Maman se lève, lâche ma main et marche vers eux.

— Puis-je ? demande-t-elle, les bras grands ouverts. Je sais que vous ne tenez pas à ce que je vous paie, mais j'aimerais vous serrer dans mes bras.

— Tu m'étonnes, murmure Tamara tout en me donnant un coup de coude.

— Arrête, je grommelle, tandis que je regarde ma mère étreindre Thomas en prenant tout son temps. C'est ma mère.

— Il n'empêche qu'elle est bien foutue, continue Tamara. Elle va finir dans les bras d'un mec.

Je me tourne et dévisage ma nana, qui sourit comme une folle en regardant ma mère passer à James.

— Tu parles de ma mère, là, princesse.

Tamara hoche la tête.

— Je sais, mais il va bien falloir t'y faire. Elle est encore jeune et c'est une belle femme. Les hommes vont se bousculer au portillon pour l'avoir.

Je ferme les yeux et tente de contrôler ma respiration.

— Tu veux ma mort.

Elle se met à rire et me frappe la cuisse.

— Je suis certaine qu'elle sortait avec des mecs quand t'étais petit.

— Non, je rétorque sur un ton catégorique, rouvrant les yeux pour la regarder. Elle n'est jamais sortie avec qui que ce soit, du moins pas à ma connaissance, et ce, jusqu'à ce que je parte de la maison et m'engage dans l'armée.

— Toutes ces années gâchées, se désole Tamara, avant de se redresser un peu en voyant ma mère revenir vers nous. Elle a du temps à rattraper. Accroche ta ceinture ! Ça va déménager !

Je lève les yeux au ciel et bougonne :

— Putain, quel cauchemar !

— Que se passe-t-il, chéri ? demande ma mère,

une main sur mon épaule, s'asseyant à côté de moi. Ça n'a pas l'air d'aller.

— Rien, je rétorque.

— Il devient grognon, parfois, commente Tamara tout en me tapotant la cuisse. Vous savez comment il est !

— Je pourrais t'en raconter, des histoires à te donner le tournis ! répond m'man avec un sourire.

Tamara pose la tête sur mon épaule et rit doucement.

— Plus tard, je pourrais ouvrir une bouteille de vin et vous pourriez m'en raconter quelques-unes. Je ne connais que le grand grincheux, et j'aimerais en savoir plus sur le petit ronchon.

— Nous n'allons pas tarder à y aller, annonce James, le pouce pointé en direction de la porte. Si vous n'avez plus besoin de nous.

— Tout est bon, dis-je en me levant.

J'ai besoin de m'éloigner quelques minutes de Tamara et de ma mère.

— Je vous raccompagne dehors.

Thomas acquiesce d'un hochement de tête et serre Lily dans ses bras, avant de partir en direction de la porte avec James, moi à leur suite.

— Je ne vous remercierai jamais assez, dis-je, tendant une main à Thomas lorsqu'il s'arrête près de sa voiture. Vraiment, demandez-moi ce que vous voulez et je serai là.

Il me donne une poignée de main et agrippe mon épaule valide de l'autre.

— Ce qu'on a dit à l'intérieur, on le pensait vraiment. On fait partie de la même famille. C'est ce qu'on fait, entre proches. Tu es l'un des nôtres, maintenant, pour le meilleur et pour le pire.

— Je ne vois que le meilleur, dis-je, tandis qu'il me relâche la main.

James lève la sienne et me donne une bourrade entre les omoplates, se foutant comme de l'an quarante de la douleur causée par son geste.

— Prends soin de notre nièce et traite-la bien. Ce sera déjà bien suffisant.

— Comptez sur moi, j'acquiesce, les dents serrées par la douleur, qui s'estompe plus vite que les jours précédents.

James ôte sa main de mon épaule et se retire vers la voiture.

— À demain, lance-t-il, le sourire aux lèvres. Amène ta mère ! Les autres seront contents de faire sa connaissance.

J'acquiesce d'un mouvement de menton lorsqu'ils ouvrent les portières, prêts à monter dans le véhicule.

— D'accord.

— Tout va bien, chéri ? me demande ma mère, qui s'est approchée subrepticement.

— Tout va bien, M'man.

Je la regarde dans la robe d'été, la main en visière au-dessus des yeux pour les abriter du soleil.

— Sont-ils tous aussi beaux dans cette famille ?

J'éclate de rire et hoche la tête.

— Pratiquement.

— Et aussi gentils ?

— Totalement.

Elle passe un bras autour de moi, pose sa main sur ma taille et la tête contre mon biceps.

— Tu es bien tombé, mon fils. Vraiment bien tombé.

— Je ne sais pas si je les mérite, que ce soit elle ou toute sa famille.

M'man pose son autre main sur mon torse, là se trouve mon cœur.

— Tu les mérites amplement.

Il y a une telle assurance dans sa voix, une telle gentillesse.

— J'ai toujours voulu une grande famille pour toi, Josiah. Une famille qui tiendrait à toi autant que moi. Je pense que tu l'as trouvée.

— J'ai juste eu un bol monstre.

Elle écarte la tête et me regarde.

— Peu importe comment ces gens sont arrivés dans ta vie. Tout ce qui compte, c'est que tu t'y accroches et ne les laisses jamais filer.

— Sage discours, M'man.

Elle me tapote le torse.

— C'est juste la réalité, chéri. À présent, rentrons. J'ai un tableau de visualisation à terminer en attendant de savoir quelle sera ma prochaine destination et quoi faire de ma liberté retrouvée.

— Tu peux rester avec moi.

— Avec tous ces rustres et ces femmes en petites tenues ?

Dans un éclat de rire, je passe un bras autour des épaules de ma mère et l'entraîne vers la maison de Jett et Lily.

— Non. J'ai quitté le club. Aujourd'hui, c'est officiellement mon premier jour de liberté, à moi aussi.

Elle s'arrête net et tourne à nouveau les yeux vers moi.

— Tu as vraiment quitté le club ? Pour de bon ?

— Oui.

— À tout jamais, jamais ? demande-t-elle, l'air incrédule.

— Oui.

— Tu es sûr de t'y tenir ?

— Oui, M'man. Cette fois, c'est la bonne. J'ai rencontré la femme de mes rêves, et cette vie ne lui convenait pas. Dès lors que Tamara est entrée dans ma vie, j'ai planifié ma sortie, et ce jour est enfin arrivé.

Elle se presse contre moi et me serre fort.

— Ça me rend tellement heureuse. Parfois, je n'en dormais pas la nuit, de te savoir...

— Ce ne sont pas tous de mauvais bougres, tiens-je à corriger.

C'est peine perdue. Elle a regardé beaucoup trop d'émissions à la télé sur les clubs de bikers. Je peux dire tout ce que je veux, elle ne changera pas d'opinion.

— C'est du passé maintenant.

Elle lève les yeux vers moi en souriant.

— Ça faisait longtemps que tu ne m'avais pas rendue aussi heureuse.

— J'ai toujours voulu te rendre fière et veiller à ton bonheur.

— Tu sais ce qui ferait véritablement mon bonheur, chéri ? me demande-t-elle, pleine de candeur.

Je sais ce qu'elle va dire avant même qu'elle prononce les mots. À en juger sa feuille cartonnée, la seule chose qui la rendrait heureuse, ce serait d'avoir des petits-enfants, et plein.

— Qu'est-ce qui ferait ton bonheur, M'man ?

— Ce qui ferait le tien, me réplique-t-elle, et j'en reste baba.

— Pas de petits-enfants ?

Son sourire s'élargit.

— Si, aussi, mais en temps voulu. Tu es jeune. Tu as bien le temps de m'en faire une tripotée. Pour l'heure, je veux que tu profites de la vie, de ta petite amie et de ta jeunesse. La vie file en clin d'œil et il faut la savourer autant que possible. Vis-la à ton rythme. Pas au mien.

Je l'attire contre moi, la serre dans mes bras et l'embrasse sur la tête.

— Merci, M'man. Je te souhaite de trouver le bonheur aussi. Tu es encore jeune.

Elle rit de bon cœur.

— Tu es adorable.

— Par contre, ne le trouve pas dans les bras de

quelqu'un que je connais, s'il te plaît. Je suis pas sûr de l'encaisser.

Elle hoche la tête.

— Donc, n'importe quel inconnu fera l'affaire. C'est noté.

Merde.

Je n'avais pas pensé à ça.

Son aptitude à choisir un type bien ne peut être qu'à l'arrêt après sa relation avec Boyd. Seulement, je ne tiens pas à ce qu'elle sorte avec quelqu'un de mon entourage comme Morris. Il est trop jeune pour elle, et je me lasserais vite des vannes sur les cougars. L'un de nous n'en ressortirait pas vivant.

— Peut-être devrais-tu prendre tout ça avec légèreté pendant un petit temps, indépendamment de la personne.

— J'aime bien les relations sans prise de tête, acquiesce-t-elle, et mon estomac se noue, parce qu'elle reste ma mère et que l'on parle de liaison, et donc de sexe.

— Je dis juste qu'il ne faut pas t'engager. Ne va pas emménager sur un coup de tête avec le premier type qui te paraîtra le bon.

Cette fois, c'est elle qui m'entraîne vers la maison.

— Chéri...

J'ai toujours aimé la façon dont résonnait le mot dans sa bouche.

— ... je ne cherche pas à retourner dans une relation sérieuse. Si l'on s'était vus durant quelque temps avant d'emménager avec lui, j'aurais peut-être vu cette autre facette de lui. J'ai compris la leçon. La prochaine fois que je serai vraiment intéressée par quelqu'un, j'appellerai peut-être les oncles de Tamara et leur demanderai de se renseigner sur la personne.

— Ce n'est pas une mauvaise idée.

Quelques vérifications élémentaires sur Boyd, et une pléiade de signaux lui auraient mis la puce à l'oreille et l'auraient fait déguerpir.

— Et puis, tu seras là. Tu as du flair avec les gens, surtout les hommes.

— Alors tu vas rester un peu plus longtemps ?

Elle hoche la tête, alors que nous nous tenons sur le seuil de la maison.

— Je n'ai plus aucune raison de rentrer et il est grand temps que je me rapproche de mon fils et de sa petite amie, à attendre l'arrivée de ces petits-enfants un jour.

— Mais pas tout de suite.

— Non, pas tout de suite.

Elle me rend mon sourire.

— Bien, allons trinquer ! Je ne suis plus une criminelle en fuite. Ça mérite un verre.

Je ris et secoue la tête. Je n'aurais jamais imaginé entendre ces mots dans la bouche de ma mère et j'espère ne jamais avoir à les entendre à nouveau.

HUIT MOIS *plus tard*

Je contemple mon reflet dans le miroir en pied, souriant comme une idiote. Je pensais que ce jour ne viendrait jamais. Ce moment m'avait toujours paru tellement lointain et hors d'atteinte. J'ai finalement réussi à survivre à ces quatre années, jusqu'à la remise de diplômes. Le chapeau et la toge sont hideux, mais ils font partie du rite de passage. Au moins, ils ne sont pas de cette couleur affreuse dont étaient faits ceux que j'ai portés à la cérémonie du lycée, mais la tenue n'en est pas plus flatteuse.

— Laissez-moi voir mon bébé, s'exclame ma mère, qui déboule dans mon appartement au campus sans même frapper.

— Oh, mon Dieu ! je crie, une main cramponnée à ma poitrine, le cœur cognant si vite qu'on me croirait tout droit sortie d'une maison hantée. Tu m'as fait flipper !

— Tu savais qu'on arrivait. Quel cinéma !

Elle m'attrape par les épaules et me regarde dans ma toge et mon chapeau avec de grands yeux émerveillés.

— Je n'aurais jamais cru voir ce jour. Je suis tellement fière de toi. Laisse-moi te regarder.

— Te voilà une adulte, commente mon père, qui entre quelques secondes plus tard, accompagné d'Asher.

— Yo, me lance mon petit frère, qui ne l'est plus tellement.

Il est aussi grand que mon père, mais plus baraqué, comme un footballeur.

Au grand dam de mon père, mon frère n'a aucune fibre musicale. Il chante comme une casserole et n'est pas foutu de battre la mesure. Alors, plutôt que d'essayer d'en faire la nouvelle rockstar, papa l'a poussé dans le sport et, aujourd'hui, mon frère sait plus user de ses muscles que faire marcher sa créativité. Il est encore au lycée, mais c'est une étoile montante du basket et du football.

Mes parents passent leurs soirs de week-end à encourager leur fils pendant les matchs, ce qui me convient parfaitement. Quand ils ont un œil sur lui, ils ne l'ont pas sur moi.

Non pas que j'aie quoi que ce soit à me reprocher. Simplement, je n'ai pas besoin qu'ils se mêlent de mes affaires vingt-quatre heures sur vingt-quatre. Au fur et à mesure des années, ils me laissent un peu plus respirer, mais, sans Asher, je suis convaincue que je n'aurais pas autant de liberté ni d'intimité.

— Salut, dis-je.

Je lui retourne le signe du menton qu'il m'a fait à son arrivée.

— Il me faut des photos, lance ma mère, ne prêtant pas attention au maigre échange avec mon frère. C'est un grand jour.

Je tire sur les pans de ma toge pour lui montrer à quel point elle est ridiculement large.

— Attache-moi une ficelle, et j'ai l'air d'un cerf-volant.

Asher se marre tout en sortant son téléphone, puis se plonge dans son écran, déjà barbé par cette journée.

Papa lui donne un coup de coude et lui lance un regard sévère et, à la fois, risible. Il s'amuse à se donner des airs de parent autoritaire, sauf qu'il ne l'est pas. C'est maman, qui dirige la maison et qui fixe les règles nous concernant. Papa nous aurait laissé faire des choses qui nous auraient envoyés à l'hôpital plus d'une fois.

— On avait un marché, rappelle-t-il à Asher, le regard toujours sévère.

Mon frère pousse un soupir, presse le bouton de son nouveau téléphone hors de prix, avant de le ranger dans la poche arrière de son jean.

— Oui, marmonne-t-il.

Ma mère lève les yeux au ciel.

— Les garçons sont des plaies, chérie. Des plaies. Si tu as des enfants un jour, n'aie que des filles.

— Ça marche pas comme ça, Maman, je lui fais remarquer, repoussant le chapeau qui commence à glisser. Ce truc me saoule !

Elle regarde autour d'elle pour tenter de s'y retrouver dans le bazar que j'ai mis dans mon appartement, lorsque j'ai fait rentrer, la semaine dernière, quatre années de ma vie dans des cartons.

— As-tu des épingles à cheveux ? On peut faire en sorte que ce machin ne bouge plus.

J'opine du chef et cours dans la salle de bains pour en attraper quelques-unes que j'ai retrouvées çà et là en faisant mes cartons et que j'ai laissées sorties, au cas où j'en aurais besoin.

— Tiens, dis-je, lorsque je reviens vers elle, mon chapeau descendu sur le front, la coiffe devant les yeux. Je t'en prie, Maman, aide-moi !

Elle éclate de rire et me prend les épingles des mains.

— Ma fille, que ferais-tu sans moi ?

— Je n'imagine pas un monde sans toi, Maman, admets-je, car c'est la pure vérité.

Elle et moi pouvons nous chamailler. Il faut dire qu'on se ressemble bien trop pour ne pas se prendre violemment le bec de temps à autre. En revanche, un monde sans Max Gallo est un monde dans lequel je ne voudrais pas vivre.

Maman remonte mon chapeau et se sert de ses dents pour ouvrir les épingles.

— Je ne vais nulle part, trésor, commente-t-elle, alors qu'elle enfonce la première tige en métal dans mes cheveux, immobilisant le chapeau. Ne fais pas cette mine triste.

— Je sais, dis-je, sans bouger d'un iota pour éviter de me retrouver avec une épingle dans le crâne. Mais tout est en train de changer. Je vieillis et, fatalement, toi aussi.

— Ma fille, tu as 22 ans, et moi 40.

— Maman, la reprends-je.

— Dans la quarantaine ?

Elle sourit.

— C'est ça ! dis-je, retenant un rire.

— Nous avons encore beaucoup d'années devant nous, et puis vieillir n'est pas forcément épouvantable. Crois-le ou non, la vie s'arrange avec le temps.

— Vraiment ?

Je fronce les sourcils. Je me souviens de sacrés bons moments, pleins d'insouciance, au lycée.

— Tu as déjà trouvé l'amour et, bientôt, tu te marieras et auras des enfants.

— C'est loin de me convaincre, je souligne platement.

Elle rit et ouvre une autre épingle avec les dents.

— Le mariage, c'est la partie amusante, et les enfants...

— Ça craint, je complète, le regard glissant vers Asher.

— Arrête un peu ! me gronde-t-elle tout en plantant, un peu plus sèchement cette fois, une nouvelle épingle dans mes cheveux. Je vous aime, ton frère et toi. Si j'avais pu, j'aurais eu plus d'enfants.

J'étouffe une exclamation.

— Ça aurait été horrible. Vraiment horrible.

— La grosse merde, renchérit Asher, qui se prend une tape à l'arrière du crâne par mon père.

— Surveille ton langage, l'avertit-il.

— Tu parles d'une connerie, persiste mon frère tout bas et, sans surprise, un autre coup part, projetant sa tête en avant. OK, OK !

Il lève les mains et recule suffisamment pour être hors d'atteinte.

— J'arrête, c'est bon !

— Ton père et moi, poursuit ma mère, on s'y est mis tard, sinon on aurait eu une grande famille. Il n'y a rien de plus merveilleux qu'un bébé qui vous regarde comme si vous étiez le centre de l'univers. Tu connaîtras cette joie un jour.

— Pas tout de suite, la préviens-je, incapable de réprimer une grimace. Je suis pas pressée.

Maman loge la dernière épingle et donne un bon coup sec au chapeau, qui reste en place.

— Et voilà !

Elle sourit et ses mains reviennent sur mes épaules.

— Prends ton temps, ma chérie. La vie est courte. Mais...

Avec Maxine, il y a toujours un « mais ».

— ... n'attends pas trop longtemps non plus. Elle peut réserver des surprises.

— Ça, c'est bien vrai, je murmure.

— Où est Mammoth ? s'enquiert mon père.

Il balaie l'appartement du regard comme si je le cachais quelque part.

— Sa mère et lui arrivent bientôt, dis-je, lorsqu'il passe la tête par la porte de ma chambre. Ils ont dormi chez nous hier soir et ont pris la route tôt ce matin.

Mon père pâlit. L'idée que j'emménage avec Mammoth le hérisse encore. Il appelle cela « vivre dans le péché », ce qui est comique venant de lui.

— Ils auraient dû dormir à l'hôtel, comme nous.

— Motel, le corrige ma mère. Il n'y a pas un hôtel décent à moins de cent kilomètres à la ronde. Qu'une grande ville universitaire comme celle-ci n'ait que des motels miteux, ça me dépasse.

— Ils louent des chambres à l'heure, déclare Asher, qui s'attire un regard curieux des parents. Quoi ? C'était écrit en néon sur le panneau, à l'extérieur.

Il hausse les épaules et s'affale sur le canapé, faisant grincer les ressorts de mon vieux compère.

— Plus un mot, l'avertit papa, l'index pointé vers Asher.

Mon frère étend ses longs bras de chaque côté du dossier.

— Pas de téléphone, plus un mot... Je suis censé faire quoi ?

— Rester assis et faire le beau, je lance avec insolence.

Il me sourit.

— C'est pas difficile, sœurette.

Cette fois, je roule des yeux.

— Tu t'adores, toi, non ?

Il tourne la tête et embrasse son biceps.

— Comment ne pas m'aimer ?

Je mime un haut-le-cœur.

— C'est ton arrogance qui fait craquer les filles ?

Il hoche la tête, un sourire suffisant aux lèvres.

— Les femmes aiment tout chez moi.

— Seigneur, marmonne ma mère. Si on parvient à fêter ses 18 ans sans être devenus grands-parents entre-temps, ce sera une victoire.

Elle termine de fermer ma toge et j'ai bizarrement l'impression d'étouffer, bien que l'habit soit suffisamment volumineux pour que je puisse me transformer en montgolfière humaine.

— Avec vous deux, j'aurais dû avoir la tête remplie de cheveux blancs et une tonne de rides.

— Maman, tu as *une* ride sur le visage.

Elle me regarde droit dans les yeux, hausse un sourcil, tête penchée sur le côté.

— Les noirs n'ont pas de rides, chérie. Tâche de

t'en souvenir. Dieu sait que vous avez tout tenté pour faire mentir l'adage, mais vous avez échoué.

Je ricane, et Asher me rejoint.

— Arrête un peu, Maman, dit-il en secouant la tête. Tu sais bien que c'est pas vrai, et j'ai autant de blanc en moi que de noir.

— Tu vieilliras mieux que la plupart des gens.

Elle soutient son regard, parce qu'il continue de rire, et lui fait signe de se lever.

— Viens par ici et montre-moi une ride sur mon visage.

— Ne tombe pas dans le piège, lui chuchote mon père. Si tu tiens à la vie, reste où tu es.

Maman incline la tête, les lèvres pincées, et attend.

— Tu es la plus belle femme au monde, déclare Asher. Tu n'as pas pris une ride.

Il tourne les yeux vers mon père, qui lève le pouce peu discrètement et souffle :

— Bien joué.

— Hmm-hmm, marmonne ma mère, avant de se tourner vers moi. Les hommes sont une plaie.

— Parfois, oui, j'acquiesce avec un sourire, tandis que mon frère me fait un doigt d'honneur. Mais ils ont de bons côtés aussi.

— Elle est amoureuse, souligne Asher, comme si c'était nouveau.

— Elle est jeune, réplique mon père avec un haussement d'épaules.

— Elle est peut-être jeune, chéri, mais elle a

trouvé son homme. C'est un fait. Tu vas devoir te faire à l'idée que notre bébé grandit, qu'il va se marier et qu'un jour il nous fera des petits-enfants.

Au même instant, Mammoth et sa mère entrent dans l'appartement, comme si Jessica avait entendu le mot « petits-enfants » et s'était matérialisée devant ma porte.

Avec de grands yeux ronds, je le détaille du regard.

Il ressemble plus à un homme d'affaires qu'à un biker. Les cheveux tirés en arrière. La chemise d'un blanc immaculé et quelques boutons défaits au niveau du col. Un pantalon noir, qui lui serre les cuisses et l'entrejambe juste comme il faut pour faire tomber en pâmoison grands-mères, mères et étudiantes.

Super.

Je vais devoir les repousser à coups de bâton après la cérémonie au moment des photos. Je n'ai pas besoin d'une boule de cristal pour le savoir.

Ma mère se tourne et se fige. Elle doit sûrement se rincer l'œil.

— Eh bien ! murmure-t-elle. C'est ce qui s'appelle se faire beau.

— Nous sommes là, annonce Jessica, vêtue d'une robe à fleurs, comme toujours, son sac à main serré contre la poitrine.

Mammoth me regarde avec des yeux tout aussi ronds que les miens. Son sourire est immédiat.

— Bon sang, princesse, tu es magnifique !

Je tire à nouveau sur le tissu pour lui montrer à quel point ce machin est trop large.

— J'ai l'air ridicule.

Il secoue la tête et marche vers moi avec une énergie virile et du désir dans ses yeux gris.

— Je suis tellement fier de toi, s'exclame-t-il tout en passant les bras autour de moi pour me serrer si fort que je respire difficilement. Ma nana a un diplôme universitaire.

— Pas encore, monsieur Parfait, je souffle, peinant à faire sortir les mots, tandis qu'il m'écrase les poumons. Mais bientôt.

— Nous allons avoir de si beaux petits-enfants, n'est-ce pas, Maxine ? s'exclame Jessica, qui se tient près de ma mère et nous observe.

Mammoth finit par desserrer son étreinte, le sourire toujours aux lèvres, et me regarde avec tant d'amour dans les yeux que je le ressens jusqu'aux tréfonds de mon âme.

— Elles ne vont pas nous lâcher, hein ?

— Non, j'ai pas l'impression.

— Ta grand-mère, c'est la pire.

— Laquelle ? je l'interroge en riant. Parce qu'elles sont toutes les deux barjots.

— Tu crois qu'on devrait ? me demande-t-il d'un air innocent et sérieux.

J'écarquille les yeux.

— Euh, non ! Tu rigoles ?

— Ouf.

Il sourit et resserre les mains à ma taille.

— Je veux profiter d'avoir ma femme à mes côtés avant de la partager avec un petit être humain.

— Du temps rien qu'à deux, ça me semble juste parfait. J'ai hâte d'emménager officiellement dans notre maison au lieu de n'y aller que les week-ends.

Il y a trois mois, nous avons acheté notre première maison ensemble et sommes enfin installés. J'avais passé quelques nuits au garage et en avais détesté la moindre seconde, alors j'ai fini par taper du poing sur la table et lui ai dit qu'il fallait que ça change avant ma remise de diplôme. Nous avons trouvé notre maison, signé l'achat, et pris possession des lieux un mois plus tard.

Elle est absolument parfaite. Rien de trop grand ni trop luxueux, mais elle a tout ce qu'il nous faut. Trois chambres, deux salles de bains, un petit salon, une cuisine digne de ce nom, et un jardin avec une piscine où je passerai le plus clair de mon temps quand il ne fera pas une chaleur à crever.

— Je me sens seul là-bas sans toi, me souffle-t-il.

Je presse la main sur son torse, sens la chaleur qui se dégage de son corps, la fermeté de ses muscles.

— Tu vas tellement me voir que tu vas vite te lasser.

— Impossible, murmure-t-il, frottant le nez dans mon cou, avant de presser ses lèvres sur ma peau. Je ne me lasserai jamais de toi.

— Vous comptez faire ce bébé devant nous ? lance Asher, suivi d'une claque et d'un « aïe ».

— Boucle-la, fiston.

— Ben, quoi ? Si je pelotais une nana comme ça devant vous…

— Que je ne t'y prenne pas, jeune homme, le sermonne ma mère.

J'éclate de rire aussi bien à cause de sa remarque que des chatouillis occasionnés par la barbe de Mammoth sur la peau fine près de mon oreille.

— Allez, en route ! lance ma mère en claquant des doigts. La cérémonie commence dans moins de deux heures, et je veux avoir une bonne place.

Mammoth et moi échangeons un regard, tant de mots filtrant sans qu'on dise quoi que ce soit.

C'est le début de notre avenir.

— WAOUH ! s'exclame Tamara lorsqu'elle entre dans le jardin de notre maison et découvre les décorations. C'est toi qui as fait ça ?

Je secoue la tête, une main tendue en direction de ses cousins.

— Gigi, Pike, Lily et Jett ont tout préparé en notre absence.

Elle porte une main à la bouche et des larmes se forment dans ses yeux.

— C'est tellement...

Il est rare que Tamara soit sans voix, mais, à cet instant, elle l'est.

Je passe un bras autour de ses épaules et l'attire contre moi.

— Ils ont assuré, pas vrai ? Les filles ont choisi toutes les décos, et les garçons les ont mises en place.

Il y a des guirlandes lumineuses et des ballons partout, qui pendent d'arbre en arbre, quadrillent le jardin tout entier. De grandes tables rondes, flanquées de splendides chaises en bois et en nombre suffisant pour accueillir toute la famille, sont éparpillées sous les luminaires. On croirait une petite cérémonie de noces, et non une fête de remise de diplômes.

— C'est absolument parfait, murmure-t-elle.

Elle enroule un bras autour de moi et me serre fort.

— Je n'arrive pas à croire que vous vous soyez donné tout ce mal.

— Princesse, on n'est diplômé qu'une fois dans sa vie.

— Techniquement, c'est la seconde fois, souligne-t-elle d'un air taquin en me pressant la taille.

— La première fois avec moi, et puis la fac, c'est pas rien.

Tam hausse les épaules.

— J'imagine que tu as raison. Je n'y ai jamais vraiment réfléchi. On a terminé le lycée, puis on s'est tous lancés dans les études.

— Mes potes et moi, non. On a tous rejoint l'armée. On pourrait penser que tout le monde va à l'université, mais c'est faux. Toi, tu as réussi. Tu as accompli quelque chose qui reste rare et remarquable.

— Tam ! s'écrient en chœur Gigi et Lily lorsqu'elles nous aperçoivent enfin sur la terrasse, délaissant leur ouvrage.

Gigi la tire de mes bras et la serre dans les siens.

— Te voilà enfin ! Ça fait une éternité qu'on t'attend.

— Ça te plaît ? demande Lily tout en caressant son ventre rond.

— J'adore, s'extasie Tamara, alors qu'elle relâche Gigi et jette un regard circulaire dans le jardin pour s'en imprégner à nouveau. Je n'en reviens pas que vous ayez fait ça pour moi.

— On a eu de l'aide, explique Gigi, le pouce pointé au-dessus de son épaule en direction de Jett et de Pike, qui s'affairent près du barbecue. Ça n'aurait pas été possible sans eux.

— Vous vous êtes vraiment surpassés, tous les quatre, j'ajoute, souriant à ces trois femmes que j'ai rencontrées il y a peu de temps et que j'ai pourtant l'impression de connaître depuis toujours. Vous êtes formidables.

Gigi arque un sourcil, la tête penchée sur le côté.

— Et c'est seulement maintenant que tu t'en aperçois ?

— Quelqu'un veut-il bien me donner un peu d'élan ? réclame Lily, remuant les doigts, une main tendue, l'autre posée au sommet de son ventre. Je dois faire pipi et j'ai peur de ne pas arriver à temps si j'avance trop lentement.

Je tente de contenir mon expression horrifiée et

échoue. Je sais que j'échoue, parce que Tamara me donne une tape sur le torse, pendant que Gigi pousse délicatement Lily dans le dos.

— Allez, Barbamaman. Je vais t'emmener au petit coin.

— Je me rappelle quand j'étais petite, gémit Lily, qui s'éloigne en direction de la maison. Aujourd'hui, on dirait que j'ai avalé une pastèque.

— Euh, plutôt un ballon de plage, la taquine Gigi.

— Tais-toi, méchante, rétorque Lily. Je peux pas m'arrêter pour te frapper, parce que j'arriverai jamais à temps aux toilettes, mais sache que je suis en train de le faire dans ma tête.

— J'ai senti le coup passer, réplique Gigi, qui nous lance un regard par-dessus son épaule et lève les yeux au ciel. Tu y as mis une sacrée force, chérie.

Je ris tout en secouant la tête. J'aime ces deux-là comme si elles étaient mes propres sœurs. Des sœurs dingos, et parfois casse-bonbons.

— Prête à faire la fête ? je demande à Tamara.

— Carrément !

Elle me sourit.

— Où est ta mère ?

— Elle est repassée par chez elle. Elle arrive bientôt.

— Nous voilà ! Nous voilà ! s'exclame la grand-mère de Tamara qui traverse la maison, un plateau de nourriture presque aussi grand qu'elle dans les mains.

Je m'empresse d'aller la débarrasser.

— Vous auriez dû m'envoyer le chercher. Vous ne devriez pas porter si lourd, madame Gallo. C'est à ça que servent les hommes.

Elle lève la tête vers moi, cherchant le bras de Tamara pour s'y appuyer.

— Quand vas-tu enfin m'appeler mamie ou nonna ?

— Eh bien, je...

Et me voilà coi et un peu nigaud. Je n'ai jamais appelé qui que ce soit « mamie ». Mes grands-parents maternels sont morts avant ma naissance, quant aux parents de mon père, ils n'aimaient pas ma mère, et lorsque j'ai été suffisamment grand pour me lancer à leur recherche, c'était trop tard : ils n'étaient plus de ce monde, eux non plus.

— Répète après moi, poursuit Mme Gallo en articulant les mots. Ma-mie.

Voyant que je ne m'exécute pas, elle me donne une petite tape sur le ventre avec sa main libre.

— Dis-le. Fais plaisir à la vieille dame.

— Seigneur Dieu, murmure M. Gallo, qui sort de la maison quelques secondes plus tard et débarque au beau milieu de notre conversation. Chérie, laisse-le...

Elle se tourne vers lui et le foudroie du regard, alors il jette les bras en l'air et baisse la tête.

— Pas mes oignons. J'ai pigé.

Je ne peux pas m'empêcher de rire. Bon sang, ce

que je les aime. Si on pouvait choisir ses grands-parents, je les choisirais, eux.

— Mamie... je m'essaie à demi-voix, le mot ayant une drôle de consonance dans ma bouche.

Mme Gallo esquisse un si grand sourire que les commissures de ses lèvres toucheraient presque ses oreilles.

— Encore.

— Mamie.

Je me sens comme un enfant qui apprend un nouveau mot.

Mme Gallo pose sa main à plat sur mon torse. Elle a l'air aux anges.

— Dorénavant, ce sera mamie, et rien d'autre. Compris ?

Je hoche la tête.

— Et rien d'autre, madame.

Je m'attire un regard dur.

— Mamie, je me reprends aussitôt.

Cette femme a beau être toute petite, avec son casque de cheveux gris et ses yeux marron perçants, je ne me risquerai pas à faire l'imbécile avec elle. Je vais m'y habituer et, même si je sais déjà que je me tromperai plutôt deux fois qu'une, je ferai de mon mieux et tâcherai de me souvenir que c'est *mamie* et non Mme Gallo ou, Dieu m'en préserve, madame.

— Bien, ta vieille mamie est en train de se dessécher et boirait bien un verre. Ça t'embête d'aller me chercher quelque chose ?

Elle s'est adressée à moi et non à sa petite-fille.

— De l'eau ou autre chose ?

— Un truc costaud à vous rincer les boyaux.

— Deux, ajoute son mari. On aimerait avoir un moment avec notre jeune diplômée, si tu n'y vois pas d'inconvénient.

Sans rien ajouter, je m'en vais vers la maison, laissant Tamara avec ses grands-parents, et trouve le plan de travail de la cuisine réaménagé en bar, tous les alcools possibles et imaginables disposés sur le comptoir.

— Coucou, lance Max, lorsqu'Anthony et elle passent la porte d'entrée.

— Ils sont tous dehors, dis-je avec un signe de tête en direction de la baie vitrée.

— Déjà à l'alcool ? s'étonne-t-elle, le regard réprobateur.

— C'est pour vos beaux-parents, dis-je tout en prenant deux verres que je remplis de glaçons.

— Tu sais ce qu'ils aiment ?

Je fais « non » de la tête.

— Belle-maman prendra de la vodka avec un doigt de tonic et une rondelle de citron. Beau-papa...

Elle s'interrompt quelques secondes et prend note de toutes les bouteilles sur le comptoir.

— ... donne-lui simplement une bière fraîche. Il sera content.

— Merci.

J'attrape la bouteille de vodka et commence à verser.

— Tu as besoin d'aide pour quoi que ce soit ?

— Fait chier ! peste Anthony. Chaque fois, c'est pareil. Les Cubs ne sont pas dedans, cette année.

Maxine lève les yeux au ciel et secoue la tête.

— La saison vient de démarrer. Cette famille et les Cubs... Anthony, sors et va dire bonjour à tes parents. Et emmène Asher avec toi.

Sans lever la tête ni répondre, les deux hommes sortent par la baie vitrée.

— Ça va, toi ? me demande-t-elle.

Je remplis le verre devant moi.

— Oui. Pourquoi ça n'irait pas ?

Elle appuie une hanche contre le meuble de la cuisine et me tend le tonic.

— On dirait que quelque chose cloche.

— Rien ne cloche.

— Maman ! appelle Tamara, qui entre dans la cuisine et me soustrait à l'interrogatoire que Max était sur le point de me faire subir. Viens dehors ! Il faut que tu voies ces décorations.

— D'accord, ma chérie. J'arrive.

Ses yeux s'attardent une seconde de plus sur moi, avant qu'elle ne s'écarte du comptoir et rejoigne sa fille.

— Merci, Seigneur, je murmure pour moi-même, finissant de servir les boissons.

Lorsque je retourne dehors, le jardin est plein à craquer. Tout le monde a débarqué presque en même temps, passant par l'extérieur de la maison plutôt que de la traverser.

Je reste là un moment, un verre dans chaque main, et observe la scène. Il y a encore peu, ma famille se résumait aux gars du club, et nos fêtes étaient bien différentes et les vêtements souvent en option. Aujourd'hui, je me retrouve entouré de gens unis par le sang ou par les liens du mariage et qui transpirent tellement d'amour que je ne peux que me considérer comme un sacré veinard.

— Chéri.

Le timbre de ma mère est empreint de douceur.

Je me retourne, les deux verres encore en main, et la découvre debout, derrière moi.

— Salut, M'man.

— Tout va bien ?

— Oui. J'essaie juste de digérer tout ça. Parfois, je m'étonne encore de voir à quel point ma vie a changé.

— Je vais les prendre, propose Max, qui arrive au même moment et me débarrasse de la bouteille de bière et du verre de vodka. Salut, Jess ! Cette robe te va à ravir, ma belle. Impec, les lolos.

Maman rougit et chasse sa remarque d'une main modeste.

— Oh, arrête.

— Non, vraiment. Je ne sais pas ce que tu as fait, mais c'est... *poum* ! On en prend plein les yeux.

— J'ai tenté quelque chose de différent, explique ma mère avec un clin d'œil. Contente de voir que ça marche.

— M'man !

Je n'ai pas la moindre envie de discuter de la poitrine de ma mère.

— Oh, ça va, me reprend Max. Elle est célibataire et ce n'est plus une petite jeunette, Mammoth. Laisse-la donc s'amuser un peu.

— Je n'ai pas de problème avec ça, mais j'aimerais autant qu'on ne parle pas de ses seins ou, du moins, que vous n'en discutiez pas devant moi.

Max roule des yeux et murmure :

— Chochotte.

Puis, les verres en main, elle part rejoindre les parents d'Anthony pour leur remettre leurs boissons.

Maman passe un bras autour de moi.

— Max me plaît vraiment. J'ai du respect pour les femmes qui disent le fond de leur pensée.

— J'ai plutôt intérêt à en avoir aussi, parce que sa fille est sa copie conforme, et je suis dingue d'elle.

Ma mère éclate de rire.

— Tamara te correspond parfaitement. Je vois comment tu la regardes. Je vois la façon dont ton attitude change quand elle entre dans la pièce. C'est la bonne, chéri.

— Oui, c'est la bonne, M'man.

Elle plonge la main dans son sac et en ressort une petite boîte.

— Je suis repassée à la maison pour prendre ceci. C'est pour toi.

Elle me présente la boîte au creux de sa paume ouverte.

Je baisse les yeux et la fixe avec curiosité.

— Qu'est-ce que c'est ?

— Ouvre-la.

Elle pousse la main vers moi.

Lorsque je soulève le couvercle de la minuscule boîte, je retiens mon souffle. Le soleil fait briller de mille feux, qui s'en vont dans toutes les directions, la bague se trouvant à l'intérieur.

— M'man, elle est magnifique.

— C'était celle de ta grand-mère. Elle me l'a léguée pour que je la transmette au premier fils que je mettrais au monde.

Elle me sourit et pose sa main sur la mienne, tandis que je tiens la bague entre mes doigts.

— Je sais que tu vas bientôt la demander en mariage, et je me suis dit que c'était le bon moment pour te la donner, au cas où. Je n'imagine personne d'autre que Tamara porter la bague de ma mère.

Je me penche et l'embrasse sur la joue.

— Merci, M'man. T'es la meilleure. Ça représente beaucoup pour moi.

— Tu as fait de moi une bonne mère, chéri. Si tu avais été un tout autre enfant, je ne l'aurais peut-être pas été autant. Avoir été une maman célibataire et avoir élevé un tout-petit alors que je faisais le deuil de mon mari n'a pas été facile et je ne m'étais jamais imaginée vivre ça.

J'avais déjà repéré une alliance, mais ne l'avais pas encore achetée. Je prévoyais de le faire cette semaine, bien décidé à passer la bague au doigt de ma petite amie, de rendre la chose officielle.

— Je t'aime, dis-je en refermant les doigts autour de l'anneau avant que quelqu'un ne le voie. Je ne te remercierai jamais assez pour cette marque de confiance.

— Chéri...

Elle me sourit, sa main caressant ma barbe.

— ... À qui d'autre la donnerais-je ? Tu es mon fils et, bientôt, je l'espère, il y aura une petite armée de Josiah.

— M'man, la reprends-je.

Elle s'écarte et lève les mains.

— Je ne te mettrai pas la pression, mais je commence à me faire vieille. J'aimerais au moins un petit-fils ou une petite-fille d'ici les cinq prochaines années.

— Ça peut se faire.

Si je dis cela, c'est parce que je sais que ce délai irait à Tamara. Nous en avons déjà discuté. S'il est encore trop tôt, nous pensons ajouter bientôt les bébés à l'équation ou, du moins, commencer à essayer d'en faire.

Le vrombissement de plusieurs Harley se fait entendre dans le jardin, faisant vibrer la maison tout entière.

— Mais qu'est-ce que... ?

Je me retourne et ne vois personne.

— Hé ! me lance Tamara, qui arrive vers moi, un sourire malicieux aux lèvres. Il se pourrait bien que Gigi et moi, on ait invité quelques personnes.

— Qui ? je demande, l'air renfrogné.

— Oh, ben...

Elle sourit de toutes ses dents, les cils battants.

— ... Eagle et Ginger.

— C'est tout ?

— Peut-être, répond-elle d'une voix traînante.

— Tamara.

— D'accord, soupire-t-elle. J'ai invité Morris et Tiny, aussi.

Je lève les yeux au ciel et pousse un grognement exaspéré.

Ma mère frappe dans ses mains.

— J'adore Morris.

— J'aimerais mieux que tu retires ce que tu viens de dire, l'avertis-je, fourrant la bague dans ma poche, pendant que les deux femmes tournent la tête en direction du pignon de la maison et attendent l'arrivée des gars.

— Allez, quoi ! relance Tamara. Ça fait longtemps que je ne les ai pas vus, et je savais que Jessica serait contente de les revoir, elle aussi. Pas vrai, Jess ?

Elle donne un coup de coude à ma mère et ricane.

— Les gars sont là ? s'étonne Pike, qui ignore visiblement que les filles les ont invités.

J'acquiesce d'un hochement de tête.

— Gigi et Tamara leur ont demandé de venir.

Il hausse les épaules.

— Que veux-tu ! Tu les connais. T'y vois pas d'inconvénient ?

— Ai-je le choix ?

— Oh, arrêtez un peu, intervient ma mère. Ce sont d'adorables garçons.

Elle sourit niaisement.

— Ce ne sont pas des *garçons*, et ils ne sont pas adorables, M'man.

Elle chasse ma remarque d'un geste excédé.

— Ils le sont avec moi.

— Tu m'étonnes, murmure Pike à l'abri de sa main.

Bon Dieu. Entre ma mère et Tamara, je jurerais qu'elles veulent ma mort. J'ai vu les gars il y a un mois, quand ils se sont pointés au garage pour prendre de mes nouvelles et discuter affaires.

Dans l'ensemble, ils m'ont laissé tranquille. Ils savaient que je ne ferais rien qui puisse mettre en péril ma liberté. Le jour où Tamara est entrée dans ma vie, j'ai su que je quitterais le club. Aucun de nous n'y avait un avenir, mais plutôt mourir que de finir derrière les barreaux pour je ne sais quelle connerie.

La présence de Morris et de Tiny à cette fête a beau ne pas m'enchanter, je suis conté de voir

Ginger et Eagle, mes deux amis les plus proches chez les Disciples. Je me suis montré très prudent avec Morris. J'ai veillé à ce qu'il ne sache pas où vivait ma mère et surtout à ce qu'elle ne se trouve pas au garage quand je savais qu'il ferait un saut pour taper la discute.

— Trésor, s'exclame Morris, menant la meute dans le jardin. Vous êtes encore plus belle que dans mon souvenir !

— L'enfoiré, je grommelle, avant de recevoir une tape du revers de la main maternelle droit dans l'estomac.

— Ça suffit, siffle ma mère entre ses dents serrées tout en souriant à Morris.

Tamara se remet à rire et se serre tout contre moi en me pressant la main.

— Je trouve ça mignon. Regarde comme ils sont heureux de se revoir.

— C'est pas mignon.

M'man enlace Morris, et il la soulève du sol pour la faire tournoyer dans les airs, faisant voleter la jupe de sa robe. Elle renverse la tête en arrière et glousse comme une adolescente. Elle paraît toute minuscule dans ses gros bras musclés.

— Calmos, monsieur Parfait. Ils vont pas se mettre à niquer devant tout le monde.

Mon estomac se révulse.

— Princesse, si jamais il fourre sa queue dans ma maman...

— Qu'est-ce que tu vas faire ? me nargue Tamara, riant de plus belle. La priver de sortie ?

— L'un de nous n'en ressortira pas vivant.

Tamara me flanque une fessée, par jeu.

— Tu ne vas rien faire du tout. J'ai parlé à ta mère. Ils sont juste amis. Elle n'est pas intéressée par lui dans le sens que tu crois, mais ça lui plaît qu'il flirte avec elle. Elle a dit que ça lui donnait le sentiment d'être belle. Et, en tant que femme, je peux comprendre ce besoin de se sentir jolie de temps à autre, surtout quand ta vie est un beau merdier.

— Sa vie n'est pas un beau merdier

— Aujourd'hui, non, mais avant, oui. Et il s'est montré gentil avec elle durant cette période-là. Laisse-les flirter. Morris et ta mère ne sortiront jamais ensemble. Tu peux me croire.

Elle tend une main vers eux.

— Regarde-les. On ne peut pas faire plus différents, mais il y a du respect entre eux. Alors, détends-toi un peu. C'est ma journée, pas la tienne.

Elle a raison. Cette journée ne m'est pas destinée. Elle est pour Tamara, pour fêter sa remise de diplôme. Si voir ma mère flirter avec Morris la rend heureuse, il faudra bien que je fasse avec.

Je ne gâcherai pas sa journée, que ça me ronge ou non de voir maman boire les paroles de Morris.

Eagle marche à grands pas vers moi, son cuir ouvert sur un tee-shirt noir impeccable et une paire de jeans toute neuve.

— Ta tronche de cake m'a manqué, mon pote ! Regardez-moi ça, une vraie vie de pacha !

Nous délaissons la poignée de main pour nous serrer dans les bras avec autant de virilité que possible, suivi d'une bonne bourrade à l'épaule.

— Tu pourrais avoir tout ça, toi aussi, en venant travailler pour moi.

Eagle secoue la tête, s'écarte et termine par une poignée de main.

— C'est pas pour moi, cette vie. Je suis bâti pour la route et la castagne, mon frère. Tu le sais bien. Si t'as besoin de moi, à l'occase, pour un job un peu spécial, tu peux compter sur moi. Autrement, je préfère rester là où je suis. À ma place.

— Eagle ! s'exclame joyeusement Tamara derrière nous. Moi aussi, je veux un câlin !

Il se met à rire et me pousse sur le côté pour la prendre dans ses bras.

— Notre jeune diplômée ! Une vraie beauté avec une tête bien faite. Mammoth a eu de la chance de te trouver avant moi, parce que je t'aurais mis le grappin dessus sans hésiter, ma grande !

Tamara lui donne une tape sur le bras et rit de bon cœur.

— Arrête ! Tu ne m'aurais pas supportée. Tu le sais comme moi.

— T'as un sacré caractère, mais je suis sûr qu'on aurait trouvé un moyen de faire marcher tout ça, lui assure-t-il en la fixant du regard.

— Chair fraîche en approche ! s'exclame Fran,

la grand-tante de Tamara, qui vient de surgir par la baie vitrée et traverse la terrasse dans notre direction. Laissez-moi voir ça de plus près.

— Fais gaffe, je chuchote à Eagle. Elle a les mains baladeuses.

Il se met à rire, mais lorsque Fran arrive droit sur lui et tend les bras pour lui tâter les pectoraux et avant de glisser les mains vers son ventre, ses yeux se tournent vers moi, qui m'esclaffe et lui souffle :

— Je te l'avais dit.

— Je te présente ma grand-tante, Fran, annonce Tamara à Eagle. Elle est géniale. Frannie, je te présente Eagle.

— C'est qu'il est musclé, cet Eagle, j'en ferais bien mon quatre-heures, gazouille-t-elle tout en se rapprochant de lui, les yeux plissés pour mieux le voir, comme si elle était malvoyante, ce qu'elle n'est pas.

— Ravi de faire votre connaissance, madame.

— Frannie, le corrige-t-elle. Ravie de vous toucher, Eagle.

Elle plaisante, mais n'arrête pas de le palper pour autant, jusqu'à ce que Bear passe la tête hors de la maison et l'apostrophe.

— Son mari, dis-je avec un signe de tête en direction de Bear, qui observe sa femme, les lèvres pincées.

Eagle fait une grimace.

— Merde.

— Ne faites pas attention à lui. C'est quand il est jaloux qu'il est le meilleur au lit.

Eagle s'étouffe avec sa salive et se frappe le torse avec le poing.

— Mais où est-ce que je suis...

Je lui fais un signe de main et secoue la tête.

Cette soirée a tous les ingrédients pour être complètement frappadingue.

— TU ES RIDICULE ET, très franchement, tu abuses un peu.

Je fixe Mammoth du regard.

Il regonfle l'oreiller de la chambre d'ami.

— Je ne la laisse pas repartir chez elle ce soir. Il fait trop sombre pour qu'elle prenne la route.

Le « elle », c'est sa mère. Et elle a conduit sur ces routes durant ces huit derniers mois, et de nuit, plus généralement, toute sa vie. Si Mammoth est ainsi, cela n'a rien à voir avec la faculté de sa mère à reprendre la route, mais avec le fait qu'elle est assise autour du feu de camp, à discuter avec Morris et à le toucher dès qu'elle en a l'occasion.

Je baisse les épaules et croise les bras, les yeux toujours rivés sur lui.

— Tu entends les conneries que tu racontes ?

Il lève le regard vers moi et hoche la tête, sans cesser de tapoter l'oreiller.

— Parfaitement, et ils prévoient de la pluie.

Je ris tout en secouant la tête.

— Elle va se noyer, tu crois ? Je pense que sa voiture la protégera de la pluie.

— T'as pas vu l'image satellite. Il y a du rouge partout et tu sais ce que ça veut dire.

Je lève les yeux au ciel.

— Que tu perds sérieusement les pédales.

Mammoth se redresse et me cloue de son regard gris.

— J'ai toute ma tête, princesse.

Je marche vers lui, passe les bras autour de ses épaules et lève le front pour le regarder.

— J'avais vraiment envie d'une nuit rien qu'à nous deux.

Je remue les sourcils et ajoute :

— Tu vois ce que je veux dire ?

Il descend les mains sur mes fesses.

— On peut être discrets.

— Je veux pas être discrète. C'est notre maison, et ta mère en a une tout à fait convenable à quinze kilomètres d'ici. Je veux essayer le sling tout neuf qu'on vient d'acheter.

Ses doigts se resserrent sur mes fesses.

— Princesse.

— Allez, monsieur Parfait !

Je l'embrasse dans le cou. J'adore la douceur de sa peau qui tranche avec sa barbe râpeuse.

— Imagine tout ce qu'on pourrait faire. Tous les orgasmes que je pourrais te donner.

Son corps est secoué d'un rire.

— Tu veux dire tous les orgasmes que *je* pourrais te donner.

— C'est pareil.

J'esquisse un sourire, l'embrasse à nouveau et me sers de mes dents, parce que je sais que ça va lui donner des frissons.

— Ne gâche pas notre première nuit ici, poursuis-je.

— C'est pas la première nuit qu'on passe ici, objecte-t-il, d'une voix toutefois étranglée, et je sais que je suis en train d'avoir raison de lui.

— C'est la première nuit où je n'aurai pas à partir le lendemain.

Il baisse la tête vers moi et je lève la mienne.

— S'il te plaît, je le supplie, la voix implorante et des yeux de chien battu, les seins pressés contre son torse.

— Et puis, merde ! grommelle-t-il, me soulevant presque du sol à force de m'empoigner les fesses. D'accord. Elle peut rentrer chez elle.

— Elle sera ravie d'apprendre que tu lui en donnes l'autorisation.

Il me pince les fesses et je suis prise d'un sursaut, suivi immédiatement d'un rire.

— Fais pas ta maline.

Je lui décoche un clin d'œil.

— C'est pour ça que tu m'aimes.

— C'est une des raisons pour lesquelles je t'aime.

Il se courbe et presse maintenant ses lèvres au creux de ma gorge.

Je ferme les yeux, me laisse porter avec la chaleur de sa bouche sur ma peau, les doigts emmêlés dans ses cheveux.

— Tu crois qu'ils vont s'en apercevoir, si on ne retourne pas dehors ? je demande.

Il me fait pivoter et reculer vers le lit jusqu'à ce que mes jambes heurtent le matelas. Des papillons s'agitent dans mon bas-ventre et je braque le regard sur la porte.

— T'en fais pas, me dit-il en me poussant sur le lit. Ils sont tous occupés et personne ne sait qu'on est ici.

Il s'agenouille illico et empoigne mon short.

— Lève les fesses.

Sans hésiter, je soulève le bassin du matelas et le laisse baisser mon short. L'étoffe a à peine quitté mes pieds que sa bouche est sur moi et que je me mets à soupirer son prénom, les doigts entortillés dans les cheveux au sommet de son crâne.

— Oui, juste là.

Il approuve d'un murmure étouffé et glisse ses mains sous mes fesses. Je resserre les jambes contre sa tête, l'asphyxie presque, mais je le maintiens ainsi en place et mes orteils se crispent de plaisir.

Cet homme fait des cunis comme s'il était venu au monde à cette seule fin.

Il connaît toutes les zones de mon corps qui m'excitent et me donnent du plaisir.

Il peut lui arriver de me torturer, de faire durer l'orgasme pendant une éternité ou de me faire haleter en moins d'une minute, avant de me plonger dans une extase à m'en couper le souffle.

Il ne perd pas de temps à présent, sachant la quantité d'invités qui se trouvent dans le jardin et que la fête bat encore son plein. Il met les bouchées doubles, aspire plus fort, remue plus vite cette foutue langue, et me rapproche de l'orgasme. Mes doigts se replient, agrippent la couette et je serre les paupières, à bout de souffle.

— Oh, mon Dieu, mon Dieu ! je crie, pressant mon sexe contre son visage, les jambes tremblantes.

Quelques secondes plus tard, il s'écarte, et je reste avachie là, telle une flaque géante, dans la béatitude la plus totale.

— C'était...

— Rapide, bordel ! lâche-t-il en s'essuyant les lèvres. La prochaine fois, je te promets de prendre mon temps et d'honorer ton corps comme il se doit.

Le regard perdu au plafond, je cligne des yeux, encore tout essoufflée.

— C'était parfait, mais je pense qu'il va me falloir quelques minutes avant de pouvoir remarcher.

Il se laisse choir sur le dos, près de moi, laissant le bas de mon corps dénudé.

— Rien ne presse. On y retourne quand on veut.

— Cette fête est vraiment super. Tu n'avais pas à te donner autant de mal.

Ses doigts se mêlent aux miens.

— Je voulais que cette journée soit spéciale, et je ne me suis pas *donné du mal*. Même si c'était le cas, tu en vaux largement la peine.

Je tourne la tête et le regarde avec un sourire idiot aux lèvres.

— Je sais pas ce que j'ai fait pour avoir autant de chance de te trouver.

— Remercie ton culot, princesse.

— J'aurais plutôt dit mon cul.

Il se met à rire.

— C'était clairement le petit bonus.

Je lui donne une tape sur le torse, avant de rouler sur le côté.

— Il faut qu'on y retourne.

— Oui.

Il approche le visage et m'embrasse tendrement.

— Pas de m'man ce soir, hein ?

— Pas de m'man, répète-t-il, mais je vois bien que ça lui arrache le cœur de céder.

Quelques minutes plus tard, nous sommes de retour dehors et nous retrouvons la famille comme nous l'avons laissée. Les Disciples sont tous assis à la même table, mais ils ne sont pas seuls. Pike et Gigi se sont joints à eux et sont en grande conversation avec les gars, Gigi assise sur les genoux de Pike, un bras en écharpe autour de ses épaules.

Sitôt que Morris nous aperçoit, il vient nous rejoindre. Alors qu'il se rapproche, il sort de son blouson en cuir une enveloppe blanche et me la tend.

— Les gars se sont réunis pour te faire un cadeau.

Je prends l'enveloppe des doigts de Morris et souris à ce grand costaud que je ne connaissais même pas il y a encore quelques années.

— Merci, Morris. C'est très gentil à vous tous.

— T'emballe pas trop, petite, marmonne-t-il, passant une main dans ses cheveux. Les cadeaux, c'est pas notre fort. C'est juste des biftons.

— Vous n'étiez pas obligés de faire quoi que ce soit. Votre présence, ça représente déjà beaucoup pour moi.

Je fais un pas en avant, passe les bras autour de sa taille, et je sens qu'il se fige l'espace d'une seconde, échangeant probablement avec Mammoth un regard lourd de défi, avant de me serrer dans ses bras.

— On va bientôt décoller. Je vais juste dire au revoir à Jessica, et ensuite on prend la route. Appelez-moi si vous avez besoin de quoi que ce soit. Autrement, on se voit...

Il tourne le regard vers Mammoth et lui adresse un signe du menton.

— ... dans quelques semaines.

Je tords le buste et lève de grands yeux étonnés vers Mammoth.

— Quelques semaines ? je souffle, mais en silence, parce que je sais qu'il ne me répondra pas tant que les Disciples ne seront pas partis, et encore.

— À bientôt, dans ce cas, répond-il.

Il lui tend une main, fait mine d'être civilisé.

L'espace de quelques secondes, Morris le regarde, puis finit par lui empoigner la main et la serrer. Je pousse un soupir de soulagement. Ces deux-là sont tellement tendus, et le départ de Mammoth n'en a pas rendu la situation moins stressante.

Ils ne le font venir que rarement au QG, mais, quand c'est le cas, il est d'une humeur massacrante pendant plusieurs jours à son retour. Non pas qu'il déteste passer du temps avec les gars du club, mais cela le met en retard dans son travail au garage et il se retrouve à devoir bosser deux fois plus pour rattraper le temps perdu.

Je passe un bras autour de lui et regarde Morris traverser le jardin et se diriger tout droit vers Jessica.

— Détends-toi, je répète une fois de plus, la tête posée contre son torse. Il s'en va, et sans elle.

Alors que Mammoth grommelle dans sa barbe et observe attentivement Morris, je laisse mon regard se promener sur le jardin, assimiler tous ces enfants et adultes qui constituent ma grande, ma cinglée de famille.

Tenant salon au centre du paysage, oncle Earl discute avec mes deux grands-mères et les fait rire aux larmes, fidèle à lui-même. Je doute que l'homme ait, un jour, vraiment pris quoi que ce soit au sérieux, mais je ne changerais rien chez lui, sous aucun prétexte.

Je vois arriver tante Clara vers moi, Denzel lui tenant le bras.

— Nous sommes tellement fiers de toi, ma chérie.

Son sourire déborde d'amour.

— Merci, tatie.

Je passe un bras autour d'elle et la serre délicatement pour ne pas lui faire mal.

— Ça me touche beaucoup, venant de toi.

— Ton oncle est fier, lui aussi, mais il est trop occupé à tenir compagnie aux dames.

Avec une moue, elle jette un regard par-dessus de son épaule en direction de Earl.

— Il ne changera jamais !

— Les hommes sont comme ça, explique oncle Denzel. Ça fait des années que Brenda essaie.

— C'est impossible de faire changer quelqu'un comme toi, rétorque tante Clara, la tête penchée sur le côté, à la secouer.

— Comme moi ? s'offusque Denzel, une main sur le torse. Ça veut dire quoi ?

— Que tu es têtu comme une mule.

Il ricane.

— Tu te décris trait pour trait.

Je pouffe de rire. J'adore ma famille et leur petit côté barjot.

— J'ai soif, Denzel, lui dit ma tante, et elle s'éloigne à son bras tandis que Lily et Gigi arrivent vers moi.

— Bon, panique pas, me dit Lily.

Elle se tient le ventre et vacille vers moi, Gigi à ses côtés qui lui agrippe le bras.

— Quelque chose ne va pas ? je demande, me préparant à la pire des nouvelles.

Rien de bon ne suit les mots *Ne panique pas*, jamais. Je le sais. Elles le savent. Tout le monde le sait, pourtant on continue à le dire et on s'attend à ce que la personne en face ne s'affole pas.

Lily aspire une grande bouffée d'air, appuyée sur un côté.

— J'ai des contractions.

J'écarquille les yeux et mon estomac fait un bond.

— Quoi ? Mais t'es pas encore à terme !

— Le bébé arrive, m'explique Gigi en passant la main devant le ventre de notre cousine comme si j'étais débile.

— Merde, murmure Mammoth, qui jette un regard à la ronde et va se positionner automatiquement de l'autre côté de Lily. Jett !

Jett arrive au pas de course, pendant que ma cousine est penchée en avant, à faire ses exercices de respiration.

— C'est le bébé ? s'inquiète-t-il tout en posant une main sur le dos de Lily et l'autre sur son ventre. Mais c'est trop tôt !

— Je le sais, putain ! aboie-t-elle. Que veux-tu que ce soit d'autre ? Comme si je pouvais l'empêcher de sortir, bordel de merde !

Elle aspire une nouvelle bouffée d'air et grimace.

Euh, d'accord. Lily n'est pas du genre à sauter à la gorge de son prochain et emploie rarement des grossièretés, mais j'ai comme l'impression que l'être qui cherche à s'extirper de son vagin va nous dévoiler une toute nouvelle facette d'elle.

Entendant le langage fleuri de Lily, tante Mia lance un regard dans notre direction et voit sa fille pliée de douleur. L'instant d'après, elle est debout et court vers nous, mais ne semble en rien paniquée. Elle s'agenouille face à elle pour pouvoir la regarder dans les yeux.

— OK, ma chérie. À combien de contractions en es-tu ?

— Quelques-unes. Au début, elles étaient légères, Maman. Je pensais que c'étaient juste des crampes, mais là...

Lily serre les paupières et retient son souffle.

— Respire, Lil. Retenir ta respiration n'arrangera rien.

Elle ouvre un œil et fusille sa mère du regard, pendant qu'elle inspire.

— On va t'emmener à l'hôpital, déclare Mia tout se remettant debout.

— Oh, mon Dieu ! s'exclame oncle Mike, qui en

fait toujours des tonnes. Mon bébé va avoir un bébé ? Qu'est-ce qu'on fait ? Qu'est-ce qu'on fait ?

Mia se tourne vers lui et le jauge du regard.

— Tu vas aller chez eux récupérer le sac qu'ils ont préparé pour ça et nous retrouver à l'hôpital.

Il acquiesce d'un hochement de tête, mais on lit la terreur dans ses yeux.

— Je peux faire ça.

— Je suis désolée d'avoir gâché ta fête, s'excuse ma cousine qui se redresse et se tient à Jett.

— Tu n'as rien gâché du tout, ma belle ! je la rassure, avant de lever les bras en l'air, ravie qu'il sorte de son corps et pas du mien, et d'annoncer à la cantonade : on va avoir un bébé !

Je les chasse, Jett et elle, vers l'avant de la maison.

— Allez, partez ! On vous retrouve à l'hôpital.

C'est le branle-bas de combat dans le jardin, toute la famille est en effervescence, probablement décidée à se rendre à l'hôpital. J'espère que la salle d'attente est grande, parce que celui qui empêchera les Gallo d'assister à la naissance du premier enfant de cette génération n'est pas né.

— Est-ce qu'on renvoie le reste des gens chez eux ? m'interroge Mammoth tout en se frottant la nuque.

— Que ceux qui veulent rester, restent. Ce n'est rien. Tu peux rester ici, si tu préfères. Je peux monter avec Gigi et Pike.

— Pas question. Je viens. C'est Lily, et je veux être avec toi.

Il me caresse la joue et les papillons se réveillent dans mon ventre.

— On remet la baise à plus tard, hein ? je demande.

Il hoche la tête.

— Nous avons l'éternité devant nous, princesse.

Jessica avance vers nous, un verre de vin à la main.

— Vous allez à l'hôpital ? nous demande-t-elle, son regard voyageant de l'un à l'autre.

— Oui.

— Donnez-moi les clés, et je resterai ici pour tenir compagnie aussi longtemps qu'il y aura du monde. Je refermerai avant de partir.

— Tu peux rester dormir ici cette nuit, si tu veux, offre Mammoth.

Elle secoue la tête.

— C'est adorable, Josiah, mais j'aime vraiment ma maison. Ça va aller. Je sais recevoir.

— On s'en va, annonce Morris, flanqué de Tiny, Eagle et Ginger.

Jessica hausse les sourcils.

— Vraiment ? Si tôt ? Ils étaient sur le point de partir pour l'hôpital et j'espérais avoir un peu de compagnie jusqu'à ce que la fête s'achève.

Morris jette un coup d'œil par-dessus son épaule.

— Ça vous dérange pas de rentrer sans moi ?

Mammoth se raidit tout entier.

— Du calme, monsieur Parfait, je lui chuchote en attrapant sa main. Il ne va rien se passer.

Tiny donne une bourrade dans l'épaule de Morris.

— On se retrouvera là-bas. Appelle-nous s'il y a du grabuge.

— Vous pouvez rester dormir ici cette nuit, offre Jessica, creusant, sans le savoir, la tombe de Morris.

— Vous êtes un amour, Jess, mais j'ai des affaires à régler tôt demain matin. Je vais rester quelques heures de plus et rentrer au QG après.

Les doigts de Mammoth se resserrent autour des miens à m'en faire mal.

— Y a plutôt intérêt, marmonne-t-il dans sa barbe, si tu veux continuer à vivre.

— Tu disais, chéri ? demande Jessica à son fils.

— Rien, réplique-t-il sur un ton sec.

— À présent, allez-y. Lily a besoin de vous. On s'occupe de tout ici.

Mammoth fixe Morris des yeux durant quelques secondes. Si aucune parole n'est prononcée, les mots transparaissent clairement dans son regard.

Touche à ma mère, et je te tue.

C'est l'idée générale, apparemment.

Je tire sur le bras de Mammoth et l'entraîne vers la maison.

— Va chercher les clés de chez nous et donne-les à ta mère. Moi je vais choper celles de ma caisse. Vite ! Je veux pas qu'on loupe l'accouchement.

— Princesse, je crois bien que ça peut mettre une foutue vingtaine d'heures, ou un truc dingue dans le genre, avant que le môme sorte d'elle.

Je m'arrête net, une expression d'horreur sur le visage.

— Arrête tes conneries ? Tu veux pas qu'on adopte, plutôt ?

Et je suis on ne peut plus sérieuse. Il est hors de question que j'accepte de hurler d'agonie, tandis qu'un bébé s'extrait de la partie de mon corps que je préfère, sans se soucier des dégâts ou de la douleur qu'il lui inflige.

— On en reparlera plus tard, me lance Mammoth, qui détache la clé de la maison de son porte-clés. Va chercher tes clés, bébé. On n'a pas de temps à perdre.

Je monte l'escalier quatre à quatre et attrape mon sac à main et mes clés pour qu'on ne soit pas à la traîne.

Cela fait une éternité qu'on attend que Lily ait ce bébé, et ce jour est enfin là. Mon diplôme, ce n'est rien comparé à un nouveau-né.

Les choses évoluent, mais cette fois en bien.

* * *

— Respire, répète Jett à Lily, tandis que l'obstétricien fourre la tête entre ses jambes.

Gigi et moi nous regardons, l'horreur évidente dans nos yeux.

— Bon, je pense qu'une épisiotomie est nécessaire.

Cela fait des heures que Lily a entamé le travail, et je suis moi-même exténuée en étant spectatrice. Je n'imagine pas l'état dans lequel elle doit être.

— Vous ne la couperez pas, refuse catégoriquement tante Mia.

— Mais...

— Non, repend-elle d'une voix plus forte cette fois. Lily et moi en avons beaucoup discuté, et elle ne veut pas d'épisiotomie, et je dois bien admettre que je suis d'accord avec elle. On ne le fera que si c'est absolument nécessaire, et nous n'en sommes pas encore à ce stade.

Le médecin carre les épaules, manifestement agacé par les mots de Mia et de se faire apprendre son métier.

— Si c'est ce qu'elle veut.

— Je veux que ce putain de bébé sorte de moi ! hurle Lily, les dents serrées, les cuisses ouvertes, sa main tenant celle de Jett.

Je suis exténuée et tiens grâce à l'adrénaline, flanchant un tantinet, alors que je me trouve sur le côté avec Jett et sa mère, pendant que Gigi se tient près de Mia. Oncle Mike a refusé d'entrer dans la pièce, déclarant qu'il ne pouvait pas voir son bébé souffrir. Mia lui a conseillé de rester hors de portée de voix pour ne pas se faire des cheveux blancs, car, il pouvait en être sûr, des cris, il allait y en avoir.

Gigi me fait signe de venir à ses côtés et, au début, je secoue la tête. Je suis clouée sur place, trop effrayée pour passer devant le pied du lit, craignant d'apercevoir les parties intimes de Lily tout en vrac et ensanglantées.

— Viens, me souffle-t-elle muettement avec un regard de reproche.

— Non, lui dis-je sur le même volume sonore.

— Si.

Ses yeux se plissent.

— Dépêche !

Je renverse la tête avec résignation et prends soin de ne pas faire un bruit qui puisse mettre Lily en colère ou causer du tracas aux autres personnes dans la pièce. Puis, lentement, je me dirige vers l'extrémité du lit en faisant bien attention de fixer le mur, qui se trouve à l'opposé des jambes écartées de Lily, au moment de tourner. Je pousse alors un soupir lorsque j'ai atteint ma destination, soulagée de m'être épargné une vision dont je n'aurais jamais su me défaire.

Gigi m'attrape par la main et la serre.

— C'est horrible, me murmure-t-elle.

Elle envahit tout mon espace.

— Le pire truc de la planète, je grommelle. Qui trouve ça beau ?

— Ben, pas moi.

— À la prochaine contraction, j'ai besoin que tu pousses très, très fort, Lily, annonce le vieil obstétricien, alors qu'il rapproche son petit tabouret et place les mains entre ses jambes. Donne tout ce que tu as.

Lily se courbe en avant, grognant et poussant jusqu'à ce que son visage vire au rouge.

Le médecin ne cesse de crier :

— Encore ! Encore !

Je ferme les yeux. La scène qui se déroule devant moi est trop dure à supporter. Lily est trop chou pour être dans une telle souffrance. Maintenant je comprends pourquoi tante Mia a éloigné Mike. L'abondance de douleur et de sons qui sortent de Lily m'est insoutenable et l'aurait probablement fait craquer.

— Je vois une tête, annonce le médecin. Les épaules suivent.

Je fais une grimace.

Des épaules.

Merde, quoi.

C'est plus large que n'importe quelle tête de bébé. L'idée même d'être littéralement pliée en deux et qu'un petit être sorte miraculeusement et douloureusement de mon vagin me donne envie de courir au bureau de tante Mia et de me faire poser un implant plutôt que de reprendre la pilule, une fois que tout ça sera fini.

— Tu peux le faire, l'encourage Jett.

Il l'embrasse sur le front et fait de son mieux

pour être adorable. Ce garçon est un si chic type. Il lui convient parfaitement. Je n'aurais jamais cru que ça marcherait entre eux. Parfois, l'univers a une curieuse façon de remettre les choses en ordre.

— Ferme-la, aboie-t-elle entre deux respirations et poussées.

— Je t'aime, répond-il avec un sourire, et n'a qu'un regard assassin en retour.

Gigi me serre la main et grimace, tandis que Lily se remet à pousser, son visage passant par toutes les nuances de rouge et de violet.

— Je vais tomber dans les pommes, murmure Gigi.

— C'est encore pire que la vidéo qu'elle nous a fait regarder, je commente, avant de ravaler la bile qui remonte dans ma gorge.

— Encore quelques bonnes poussées et on y est, déclare le médecin, qui sort la tête d'entre ses cuisses pour sourire à Lily.

Elle se courbe à nouveau en avant, penchée contre son ventre comme si elle cherchait à pousser le bébé dehors avec ses seins gigantesques. C'est visiblement le seul effet secondaire de la grossesse qui soit cool. Ses nichons battent tous les records, et pourtant elle a toujours été la plus plate de nous trois.

— Le bébé arrive, annonce Mia après s'être rapprochée du médecin pour regarder. Pousse Lily, pousse !

Je flanche à nouveau, tout comme Gigi.

Nous n'avons pas les épaules pour assister à un truc pareil.

Nous n'aurions jamais dû nous trouver dans cette pièce, seulement Lily a insisté. Elle disait avoir besoin de notre soutien, mais, jusqu'ici, nous n'avons rien fait d'autre que de rester plantées là, à regarder la scène, horrifiées.

Moins d'une minute plus tard, alors que Gigi et moi nous cramponnons aux mains l'une de l'autre, la respiration suspendue, un tout petit être apparaît entre les jambes de Lily, glissant comme pas deux et recouvert de tout un tas de trucs.

— C'est une fille, annonce le médecin.

Je lâche un soupir de soulagement et récolte un coup d'épaule de Gigi. Je pivote la tête et détourne les yeux de la petite boule de bonheur sanguinolente pour la regarder.

— Quoi ?

— Tu devenais violette. Pendant une minute, j'ai bien cru que j'allais te perdre.

— Tu as bien failli, dis-je avec un rire, épongeant la sueur qui s'est formée sur mon front. C'était moins une.

— Le papa veut-il couper le cordon ? demande le médecin, et je sais que c'est le signal pour que je foute le camp d'ici, pendant qu'il en est encore temps.

Je me souviens de la vidéo. Le cordon et, ensuite, le placenta.

J'ai assisté à la naissance de ma petite cousine.

J'ai fait ce qu'on m'a demandé de faire, et je me souviendrai pour toujours de ce moment.

La tension.

La souffrance.

L'horreur.

Le putain de cauchemar qu'est l'accouchement.

— Je reviens, dis-je à Gigi tout bas, car personne ne prête attention à nous.

Il n'y en a que pour Lily et le nouveau-né, en toute logique.

— Je vais l'annoncer à tout le monde.

Elle hoche la tête, et je sors par la porte.

Je veux être avec Mammoth, et personne d'autre.

JE SUIS RENVERSÉ sur ma chaise, les semelles de mes godillots appuyées contre le mur, et je les observe, tous autant qu'ils sont. Les hommes font les cent pas, se marmonnant à l'occasion quelques paroles à l'un ou à l'autre. Les femmes, elles, serrent les rangs sur leurs chaises. Ça parle accouchement, bébé et tout le tralala.

Cela fait maintenant des heures que Mia, Gigi et Tamara sont en salle d'accouchement avec Lily, Jett et sa mère. De temps à autre, Gigi ou Tamara sortent pour nous tenir informés de l'avancée du travail, et le temps paraît horriblement long.

— Yo, me dit Nick, qui vient s'installer à côté de moi et imite ma posture.

— Salut, mec.

Je lève le menton pour lui donner toute mon attention.

— Bon...

Il fourre les mains dans les poches avant de son jean et pose la tête contre le mur.

— ... j'aimerais te parler d'un truc.

— Balance.

— La fac, c'est pas pour moi. J'aime travailler de mes mains.

On m'a raconté pas mal d'histoires à propos de Nick et de sa faculté à crocheter les serrures, entre autres talents piqués à son père, mais qu'il a toujours utilisés à des fins peu recommandables.

— Tu vas bosser avec ton paternel ?

Je ne vois que ça.

Qui refuserait de marcher dans les pas de son père, surtout un père aussi cool que Thomas ?

Il secoue la tête, et ses cheveux bruns lui retombent sur le front.

— On se ressemble trop, et j'ai envie de maintenir une bonne relation avec lui, alors bosser ensemble, c'est mort.

— Je peux comprendre.

Ce n'est pas tout à fait vrai, mais je respecte sa décision. Si mon père avait vécu plus longtemps, ma vie serait tout autre aujourd'hui. Certes, je me serais quand même engagé dans l'armée, j'aurais marché dans ses pas, mais j'imagine que je n'aurais jamais intégré les Disciples après mon service.

Il tourne la tête et me fixe de ses yeux bleus.

— Je me demandais si t'avais pas besoin de quelqu'un pour le garage.

Je le regarde d'un air incrédule, surpris qu'il me demande un travail.

— T'es sérieux ?

Il hoche la tête.

— Complètement.

Je ne réponds pas sur-le-champ, trop occupé à réfléchir à toutes les façons dont cela pourrait sérieusement déraper.

— Je te promets que je travaillerai dur. Je peux bosser gratos quelque temps si tu veux me mettre à l'essai.

— Tu y connais quelque chose en voiture ?

— J'en connais une chiée, mec. Mon daron et mon oncle ont toujours été accro aux bagnoles. Et puis, c'est moi qui ai retapé ma caisse ces derniers mois, depuis qu'on m'a réexpédié à la maison.

Il n'a pas été réexpédié à la maison. Il a été viré de l'internat pour avoir enfreint la loi en vendant de faux papiers d'identité à ses camarades de classe.

Je me frotte la nuque et soupire.

— Je sais pas trop, petit. Je veux que tout soit clean. Le garage, c'est pas un passe-temps. C'est notre gagne-pain.

Avec un hochement de tête, il se repositionne jusqu'à ce que son épaule touche le mur et qu'il ait le dos tourné au reste de la famille.

— Je sais, je sais. Je te jure que je ferai rien qui compromette le garage. Faut que je commence à me reprendre en main. Si tu veux pas, je trouverai un autre garage qui m'acceptera. J'ai juste pensé que...

— D'accord, petit. Je te prendrai.

Je ne peux pas le laisser travailler pour quelqu'un d'autre et je le sais. C'est ainsi que cette famille fonctionne, et Tamara sera ravie d'avoir Nick au garage toute la journée, plutôt qu'une bande de types avec lesquels elle n'a aucun lien.

Il hausse les sourcils.

— Vraiment ?

— Évidemment.

Je me tourne vers lui et le regarde dans le blanc des yeux lorsque je poursuis :

— Mais si tu fais un pas de travers ou joues au con, je n'aurai aucun remords à te foutre à la porte sans jamais te redonner ta chance. Je tiens pas une boîte de chochottes, moi. Tu fais une connerie, et t'es dehors. Tu m'as bien entendu ?

Il me sourit.

— Reçu cinq sur cinq !

— Tu enfreins une loi, et je te refais le portrait avant de te virer.

Il hoche la tête, toujours avec ce sourire idiot.

— Je n'en attendais pas moins.

— Tu commences lundi à 7 heures.

Il cligne des yeux.

— Du matin ?

— Non... La plupart de nos clients se pointent au coucher du soleil.

— Vraiment ?

Je soupire.

— Non, crétin. 7 heures du matin.

Nick pousse un rire.

— Je me disais bien que tu me faisais marcher.

— Ça va aller ou il te faut tes dix heures de sommeil ?

— Que dalle ! m'assure-t-il, accompagné d'une droite à l'épaule.

Je baisse les yeux sur l'endroit où son poing a rencontré mon corps.

— J'espère que ton travail est plus redoutable que tes coups de poing.

La tête penchée sur le côté, il me regarde sans une once d'humour.

— Je sais me défendre. Encore une fois, c'est mon père et mon oncle qui m'ont tout appris. J'y suis allé mollo avec toi, vieux croûton. Le respect envers les anciens, tout ça, tout ça.

J'explose de rire et murmure :

— Petit con. Je sais que je vais regretter de t'avoir filé ce boulot.

Il se redresse, montrant pour la première fois de l'enthousiasme depuis qu'on s'est mis à discuter.

— Je te promets que non. Je travaillerai plus dur que tous les autres.

— C'est ça, petit. On verra.

Tamara remonte le couloir en trombe, le visage blême et les yeux écarquillés.

— Le bébé est là ! annonce-t-elle si fort que je fais une grimace.

La salle d'attente bondée de Gallo éclate en acclamations et applaudissements.

— Et ? s'enquiert Suzy. Garçon ou fille ?

— C'est une fille !

— Et merde, peste Nick. Encore une gonzesse.

Je ris devant la stupidité de son commentaire.

— Si la famille n'était composée que de mecs,
ce serait épouvantable, et on n'aurait pas grand-
chose d'autre à grailler que des hot-dogs et des
hamburgers.

— Vrai, acquiesce-t-il dans un murmure, avant
de passer une main dans ses cheveux pour les repousser au-dessus de son crâne. Au moins, elles
font de la putain de bonne cuisine.

— Monsieur Parfait, m'appelle Tamara, qui
marche vers moi, le visage toujours pâle. C'était...

Sa tête bascule au creux de mon torse.

Je l'entoure de mes bras et la serre fort.

— Tout va bien ? Ça n'a pas l'air d'aller fort,
princesse ?

— J'ai failli m'évanouir, explique-t-elle, la voix
étouffée par mon tee-shirt. C'est le truc le plus horrible que j'ai jamais vu.

Je me mords la lèvre pour ne pas rire aux éclats.

— Mais, maintenant, il y a un bébé.

Elle relève le visage et me lance un regard noir.

— Tu savais, toi, qu'un vagin pouvait se
déchirer ?

Je hausse les épaules, Tamara toujours dans
mes bras.

— Hmm, oui.

— Genre s'arraaaaacher, renchérit-elle. Y a plus de joli vagin, juste plein de sang et un être vivant qui en est catapulté.

— Tu exagères.

Elle me regarde en cillant.

— Je te le jure ! Si le docteur n'avait pas été là, la petite aurait volé à travers la pièce comme une fusée.

J'entortille mes doigts dans ses cheveux et lui rabats le visage contre mon torse.

— Comment va Lily ?

— Elle pleure, mais de joie. Si mon vagin, à moi, avait été anéanti de la sorte, j'aurais pas le sourire, même si la petite créature est toute mignonne.

— Tu vois, Tam. Ça en vaut largement la peine. Lily en est la preuve.

Elle relève à nouveau la tête, mais, cette fois, son regard est meurtrier.

— C'est pas toi qui dois expulser un être humain de ton corps. C'est facile de dire que ça en vaut la peine, quand on n'a pas à en payer le prix. Alors, me sors pas ton blabla. J'ai tout vu. Tout !

— Ça tombe bien qu'on n'ait pas de bébé avant vraiment très longtemps.

— Très, très, très, très, très longtemps, me corrige-t-elle. Voire jamais ! On... On peut adopter, pas vrai ?

— Tout ce que tu voudras, mens-je pour la consoler.

Je veux un enfant qui soit un petit morceau d'elle et un petit morceau de moi. Une fillette ou un garçon qui court partout avec ses cheveux longs et ondulés, et qui rit aux éclats. Simplement, je ne vais pas lui mettre la pression, surtout après ce qu'elle a vu aujourd'hui.

Elle réenfouit le visage dans mon torse et agrippe mon tee-shirt, près des aisselles.

— Merci, marmonne-t-elle contre l'étoffe de coton. Laisse-moi rester comme ça quelques minutes. J'ai besoin d'un moment pour moi.

Je reste immobile, la laisse souffler, retrouver contenance même si elle y parvient uniquement parce qu'elle est accrochée à moi.

Nick hausse les épaules et tend le pouce en direction du reste de la famille. Je lui adresse un bref hochement de tête, avant de revenir à Tamara et son moment de panique.

— Encore une minute, marmonne-t-elle, tordant un peu plus mon tee-shirt. On peut rentrer à la maison ?

— On fait comme tu veux, trésor.

— Je veux mon lit, et peut-être quelques shooters de téquila, histoire de tomber dans les vapes et de ne pas repenser à ce que je viens de voir.

— Pour la téquila et le lit, je peux m'arranger, mais, pour les rêves, je ne peux rien faire.

Je souris dans ses cheveux, avant d'embrasser le sommet de son crâne et d'ajouter :

— Tu veux rester un peu plus longtemps ?

— Non.

Elle s'écarte et prend une grande respiration.

— Raccompagne-moi à la maison.

— Tu veux leur dire au revoir ?

— Juste à ma mère, pour qu'elle ne s'inquiète pas.

— Je vais t'attendre ici.

Je la relâche et m'adosse contre le mur.

À peine est-elle partie que Pike arrive vers moi.

— Bon, c'est à nous qu'ils vont mettre la pression, maintenant. T'en as conscience, hein ?

J'acquiesce d'un hochement de tête.

— Je pense bien que vous aurez un enfant avant nous. Tamara est pas mal secouée par ce qu'elle vient de vivre.

Pike se met à rire et se passe une main sur la barbe.

— Gigi aussi. Elle m'a envoyé un message pour me dire que ce ne sera pas demain la veille.

— Dès qu'elles commenceront à s'attacher à la petite, elles deviendront obsédées par les bébés. C'est fatal.

Je secoue la tête et ajoute :

— Elles sont peut-être traumatisées maintenant, mais ça va pas durer.

— Besoin d'un coup de main au garage, demain ? J'ai du temps libre et, à mon avis, Gigi ne va pas quitter le chevet de Lily pendant quelques jours.

— Pourquoi pas ! Je termine de retaper une vieille Indian.

Il hoche la tête d'un air entendu.

— Envoie-moi un message quand tu pars au garage, et je te retrouverai là-bas.

— OK, on fait ça. J'apprécie le coup de main.

Je tourne la tête et vois Gigi remonter lentement le couloir, le visage encore plus pâle que celui de Tamara lorsqu'elle est ressortie de la salle d'accouchement.

— Ta nana ressemble à Casper. Tu ferais bien d'aller la voir.

Pike suit mon regard, avant de secouer la tête.

— La nuit va être longue.

— Je te le fais pas dire.

— Prêt ? me demande Tamara, qui revient vers moi après avoir discuté avec ses parents. Faut que je sorte d'ici.

Je passe un bras autour de ses épaules et l'attire contre moi.

— Rentrons te mettre au lit.

— Et la téquila. J'ai besoin de téquila.

— C'est dans mes cordes.

Je lui embrasse le front avec un rire, tandis que nous quittons la salle d'attente.

* * *

Le jardin n'est pas en chantier. Hormis deux ou trois gobelets et bouteilles restés sur quelques tables, les invités ont, dans l'ensemble, nettoyé et rangé avec de partir.

Ma mère a certainement quelque chose à voir là-dedans. Son obsession pour la propreté et l'ordre a probablement eu raison de sa fatigue en cette soirée tardive.

— Installe-toi, dis-je à Tamara que je fais asseoir sur une des chaises encore éclairées par les guirlandes lumineuses. Je vais aller chercher la téquila.

— T'embête pas à prendre un verre.

Elle se laisse aller contre le dossier et contemple le jardin à l'arrière de notre maison.

Lorsque je lui prends les clés des mains, elle réagit à peine, perdue dans ses pensées, comme assommée par tout ce qu'elle a vu à l'hôpital.

Dans la maison, c'est encore plus propre qu'au dehors. Je dois à ma mère une fière chandelle pour s'être décarcassée et nous avoir épargné une pagaille monstre à ranger le lendemain.

La bouteille de téquila et deux verres en main, en dépit de ce que m'a dit Tamara, je retourne dehors et la trouve au même endroit. Elle ne regarde plus le jardin, mais les guirlandes qui scintillent en l'air.

— C'était une fête vraiment magnifique, me confie-t-elle, alors qu'elle tourne le visage vers moi pour me sourire. Tu m'as impressionnée, monsieur Parfait.

— Je n'aurais pas réussi sans tes cousins.

Je pose un des verres devant elle et verse la quantité d'un shooter de téquila.

— Radin, marmonne-t-elle, avant de lever le gobelet à ses lèvres.

Ses yeux noisette braqués sur moi, elle avale d'un trait le liquide et repose le verre vide sur la table.

Lorsqu'elle tend la main pour s'emparer de la bouteille, je l'arrête au vol et la place devant moi.

— Princesse, dis-je en fourrant le poing dans ma poche pour dénicher la belle bague que ma mère m'a remise plus tôt. J'ai un truc à te demander.

— D'accord, répond-elle avec précaution. Quelque chose ne va pas ?

Je la regarde en souriant. Je l'aime tellement, cette fille.

— Non, tout va bien, mon amour. En fait, tout va parfaitement bien pour la première fois de ma vie.

— Désolée que la soirée ait pris cette tournure.

Je pose un genou à terre devant elle, sans lui lâcher la main.

— Cette soirée a été absolument parfaite, et ce n'est que la première d'une longue liste. Il nous reste la vie entière pour nous créer encore plus de souvenirs.

Elle mêle ses doigts aux miens.

— Merci d'être toujours aussi patient et adorable, Mammoth. Je sais pas ce que je ferais sans toi.

— Tu m'as apporté bien plus que je ne t'ai jamais apporté, Tamara. Tu as débarqué dans ma vie à une époque où je désespérais de trouver celle avec laquelle finir mes jours. Tout était sombre, tout était brutal autour de moi. Et voilà que cette brunette culottée, ce volcan aux yeux noisette, qui se fout royalement de tout et de tout le monde, passe la porte du QG et, à cet instant, je sais qu'on l'a placée sur cette terre pour moi.

— Menteur, me taquine-t-elle, son regard noisette fixé sur moi. Ce sont mes seins qui ont attiré ton attention. Admets-le !

Je lui caresse la main avec mon pouce, la lui presse tendrement.

— Je ne regrette pas un seul instant de t'avoir rencontrée ou d'avoir quitté le club. On se construit une vie à deux, un avenir.

Elle me sourit.

— Oui. Et j'ai hâte de la commencer. J'ai l'impression que ça fait une éternité qu'on attend ce jour où je n'aurai pas à repartir à la fac et où l'on pourra s'embarquer dans cette aventure de dingue qu'est notre avenir.

— Je t'aime, princesse.

— Je t'aime aussi, monsieur Parfait.

— Il n'y a aucune autre personne au monde auprès de laquelle j'aimerais me réveiller chaque matin jusqu'à la fin de mes jours. Aucune autre personne qui illumine ainsi ma vie et m'apporte autant de bonheur. Je veux une famille. Je veux des enfants... mais pas trop vite.

J'ai pris le soin d'ajouter « pas trop vite », car ce n'est pas le moment de se quereller à propos de son vagin et du *délabrement*, comme elle l'appelle, des suites de l'accouchement.

— Je veux que tu sois à moi pour toujours. Je veux que tu sois Mme Josiah Saint.

Je lève la bague et la lui dévoile. La lumière diffusée par les guirlandes au-dessus de nos têtes se réverbère dans le diamant pour se disperser sur la terrasse.

— Tamara Gallo, veux-tu faire de moi l'homme le plus chanceux du monde et me faire l'honneur de devenir ma femme ?

Elle me dévisage avec un battement de cils, puis baisse le regard sur le diamant. Ses yeux se mettent alors à briller et se remplissent instantanément de larmes.

— Tu veux te marier ? me souffle-t-elle, hors d'haleine.

Elle aussi me presse la main, mais, autrement, elle ne bouge pas.

— Oui, princesse. Je veux que le monde entier sache que tu es avec moi. Jamais je n'aurais pensé me marier un jour, mais je ne rêve que d'une chose, c'est de t'appeler *ma femme*.

Elle reste là, à me regarder durant de longues secondes, avant de se jeter à mon cou, me renversant presque en arrière.

— Mon Dieu, oui ! s'exclame-t-elle tout en couvrant mon visage de baisers.

Je ris et l'enlace dans mes bras, la bague toujours en main.

— Tu fais de moi l'homme le plus heureux du monde.

Elle s'écarte.

— Il faut que tu l'officialises, affirme-t-elle en remuant les doigts devant elle.

Je passe la bague à son annulaire et, Dieu merci, elle lui va comme un gant.

— Redemande-moi.

— Tamara Gallo, veux-tu m'épouser ?

Et c'est avec des joues couvertes de larmes qu'elle me sourit et me dit :

— Oui.

UN *an plus tard*

— Pouvez-vous nous laisser un moment ? réclame Anthony, qui se trouve à l'entrée de la pièce et tient la porte ouverte.

Avec un hochement de tête, Pike se lève.

— Reçu, patron.

— Bonne chance, me murmure Jett par-dessus son épaule, tandis qu'il suit Pike hors de la pièce.

— Tu veux que je reste ? demande Nick, qui n'a pas bougé près de moi.

— Ça ira.

Je fais un signe de tête en direction de la porte.

— Va rejoindre les gars.

Une fois seuls, Anthony referme la porte, me fixe du regard et je fais de même. Au début, aucun de nous deux ne parle, et je me demande si j'ai bien fait de renvoyer les gars.

— Max est avec Tamara, annonce-t-il.

Il passe une main dans ses cheveux. L'autre est fourrée dans la poche de son pantalon de smoking.

— OK, je murmure, complètement paumé.

Que fait-il là, au juste ? Même si le père de Tamara et moi nous sommes toujours entendus, je n'ai jamais eu l'impression qu'il m'appréciait particulièrement.

Il avance dans la pièce et pousse un soupir.

— Ce n'est pas facile pour moi de te le dire, alors je veux que tu me laisses parler sans m'interrompre.

Je tends la main pour l'inviter à poursuivre, gardant le silence comme il me l'a demandé.

— À notre rencontre, je ne t'aimais pas. Pas du tout.

Ce n'est pas nouveau ni surprenant. Il n'avait pas été désobligeant, mais il ne m'aurait jamais choisi pour sa fille. Si je suis à peu près certain qu'aucun homme n'aurait été suffisamment bien à ses yeux, je ne valais assurément rien sur l'échelle du mérite.

— En apprenant à te connaître...

Il marque une pause, et je retiens mon souffle.

— ... je ne t'ai toujours pas aimé.

Je ne m'attendais pas exactement à ce qu'il aille dans ce sens, mais je continue de me taire, car il ne m'apprécie toujours pas, à en juger ce qu'il vient de me dire.

— Mais...

Il lève l'index, penche la tête sur le côté.

— ... je t'ai observé attentivement ces derniers mois. Je vois l'amour que tu portes à ma fille. Je vois l'amour qu'elle te porte. Même quand tu crois que je ne fais pas attention, je fais attention.

Et si ce n'est pas lui, un autre Gallo s'en charge et fait son rapport, d'autant qu'aucun d'eux n'est fichu de garder un secret.

— Tamara n'est pas quelqu'un de facile, tout comme Max n'est pas un cadeau. Ce n'est pas n'importe quel type d'homme qui peut réussir à les manier sans tirer sur la corde. Une femme de caractère demande un homme à plus grand caractère encore.

Je hoche la tête et continue de me taire. S'il y a bien une chose que je sais sur Anthony, c'est qu'une fois lancé, il ne s'arrête plus. Lorsque je suis allé le trouver pour lui demander la permission d'épouser Tamara, la conversation a duré trois longues heures.

— Je t'ai donné ma bénédiction quand tu m'as demandé sa main, parce que je savais que tu étais le seul homme taillé pour ma fille.

Il se rapproche, le regard braqué sur moi.

— Lorsque je conduirai ma gamine à l'autel aujourd'hui, je veux croire que tu la protégeras et la rendras heureuse.

— Vous pouvez compter sur moi.

Il lève une main pour me faire taire.

— Je sais que tu le feras. Ce n'est pas la raison qui m'amène ici.

— D'accord.

J'ai de nouveau droit à la main, sauf que je l'ai presque dans le visage cette fois, tandis qu'il poursuit :

— Aujourd'hui, en épousant ma fille, sache que tu ne te maries pas seulement à elle, mais à nous aussi. Qui suis-je ?

Je hausse les sourcils, plus perplexe encore que lorsque je l'ai vu franchir la porte.

— Anthony.

Il secoue la tête.

— Tu te maries à la famille et, bien que ton patronyme ne soit pas Gallo, tu es l'un des nôtres, à présent.

— D'accord, je réponds prudemment.

— Je sais que tu as grandi sans un père. Je n'imagine pas ce que ça doit être. Je sais que tu as pris soin de ta mère, que tu as toujours veillé sur elle et été l'homme de la maison. Mais, aujourd'-hui, en prenant la main de ma fille, non seulement tu gagnes une femme, mais je gagne aussi un fils.

Ma bouche s'ouvre et se referme, et je cligne des yeux, le désarroi envolé et remplacé par la stupeur.

— Je sais que je ne pourrai jamais compenser toutes ces années où tu as grandi sans un père à tes côtés, mais je veux que tu saches qu'à présent, je suis là pour toi et que je te verrai toujours comme un fils.

Mon nez me picote et je pousse un léger grognement, refoulant les émotions qui couvent sous la surface.

— Vraiment ?

Au fond de moi, je crois qu'il se paie ma tête.

— Absolument. Je serais honoré que tu m'appelles « papa ».

Un sourire sincère apparaît sur son visage.

— Que dites-vous de « l'ancien », plutôt ? je plaisante.

Sa bouche se tord en une moue dubitative.

— C'est pas pour tout de suite. Je suis peut-être plus vieux que toi, mais encore suffisamment jeune pour te mettre une raclée.

Je ris et passe une main sur mes lèvres pour tenter de dissimuler mon air amusé.

— Et « pap's » ?

Il hoche la tête.

— « Pap's », ça me va. Mais...

Il marque une pause, se rapproche encore un peu et pose une main sur mon épaule.

— ... sache que tu peux venir me trouver pour n'importe quoi. Je parlerai de toi en qualité de fils, en public et en privé. Je ferai tout ce qui est en mon pouvoir pour te protéger si c'est nécessaire, te redonner le sourire quand tu es triste et de conseiller quand tu le demanderas. Je prends mon rôle de père très au sérieux, mais tu peux aussi m'envoyer paître.

Je secoue la tête, pose une main sur son bras, tandis qu'il me presse l'épaule.

— Hors de question, Pap's. J'ai vécu suffisamment longtemps sans père pour vous rejeter alors que vous m'offrez ce que j'ai toujours voulu.

Enfant, je rêvais d'avoir un père. À mesure que les années passaient, je savais que ça ne se réaliserait pas. Ma mère n'a jamais fréquenté un autre homme, consacrant sa vie à m'élever plutôt qu'à penser à son bonheur.

Si j'avais pu choisir un père, il aurait ressemblé à Anthony. Il est cool... parfois, mais il a aussi du caractère, il est attentionné et n'hésite pas à montrer son amour envers ses enfants.

— Bien, fiston.

Et mes yeux s'embuent, tandis qu'il me sourit fièrement.

— On est prêts, lance Pike, qui passe sa tête par la porte et nous regarde tour à tour. Ça va, vous deux ?

— Tout va bien, dis-je, lui adressant un signe de menton pour qu'il nous laisse, ce qu'il fait. Merci pour tout.

L'instant d'après, Anthony me serre dans ses bras.

— Merci de faire le bonheur de ma fille et de devenir un membre à part entière de notre famille aujourd'hui.

— Merci de m'accepter, dis-je en le serrant dans mes bras, me sentant, à cet instant, aimé comme jamais je ne me suis senti aimé par un autre homme.

* * *

TAMARA

Je secoue les mains, sentant la nervosité l'emporter. Cela fait tellement longtemps que nous préparons ce jour que j'ai bien cru qu'il n'arriverait jamais. Gigi, Lily, ma mère, Jessica et mes deux grands-mères ont travaillé dur, veillé à ce qu'aucun détail ne soit laissé au hasard. Je n'aurais jamais rien accompli d'aussi grandiose toute seule, du moins sans finir à l'asile de fous.

— Détends-toi, me réconforte ma mère, avant de se lécher le pouce et d'arranger les petits cheveux à la naissance de mon crâne. Tu es époustouflante. Mammoth sera sans voix quand il te verra.

— Étais-tu nerveuse quand tu as épousé papa ?

Elle pousse un rire amusé et hoche lentement la tête.

— J'étais dans tous mes états. Une vraie boule de nerfs toute la matinée. Mais, quand j'ai commencé à remonter l'allée et que je l'ai vu devant l'autel, tout le reste a disparu et plus rien d'autre ne comptait.

— Ça me rassure.

— Toutes les mariées sont nerveuses. C'est normal, ma chérie.

Ma mère me prend par les épaules et s'écarte d'un pas pour me contempler.

— Je suis fière de toi et de la femme que tu es devenue.

Je sens des picotements dans mon nez.

— Maman, pitié, si tu me fais pleurer...

— Pas question. On ne va pas foutre en l'air ton maquillage.

La porte s'ouvre, mon père entre et s'arrête net lorsqu'il pose les yeux sur moi.

— C'est officiel, annonce-t-il avec un sourire triste. Te voilà devenue adulte et la plus belle femme que j'aie jamais vue.

— Papa, je murmure, ravalant les larmes qui menacent de couler.

Mon père passe une main dans ses cheveux poivre et sel, sans réussir à me quitter des yeux.

— Mon bébé adoré, répond-il d'une voix telle-ment adorable, comme celle qu'il prenait lorsqu'il me souhaitait bonne nuit et m'embrassait chaque soir au coucher.

— Ne la fais pas pleurer, le sermonne ma mère.

Il hoche la tête, les sourcils hauts, et change de sujet :

— Prête ? Mammoth attend sa fiancée devant l'autel.

Mon estomac fait une pirouette et j'ai les mains qui se mettent à trembler.

— Je suis prête.

Je prends une grande respiration et ferme les yeux pour faire le vide dans ma tête.

— Prends ton bouquet, ma chérie, me rappelle

ma mère, qui place la botte de fleurs entre mes mains.

Je replie les doigts autour du ruban qui enserre les tiges et maintient ensemble la plus grande quantité d'arums blancs que j'ai vus en une fois.

Papa tend le bras et attend que je me décide.

— Allons-y, avant que tu ne te dégonfles.

— Je ne me dégonfle pas, Papa. J'aime Mammoth. C'est avec lui que je veux passer le restant de mes jours, et personne d'autre.

— Bien, ma chérie. Voilà exactement l'esprit qu'il faut avoir un jour comme celui-ci ! Je suis fier de toi, et tu es la personne que j'aime le plus au monde, mis à part ta mère.

Il lance un regard dans sa direction, tandis qu'elle nous observe.

— Je vous retrouve là-bas, lance-t-elle.

Elle lui donne un baiser sur la joue, avant de nous laisser.

J'avance vers mon père en veillant à ce que mes talons absurdement grands ne se prennent dans ma robe, me fassent trébucher et que je me brise la nuque.

— Comment te sens-tu ? je lui demande, parce que c'est mon père et que je sais qu'il avait, au départ, des sentiments partagés au sujet de Mammoth.

— On ne peut mieux, me rassure-t-il en me tapotant la main au moment où je la place au creux de son bras. Je sais combien tu aimes Mammoth et qu'il te traitera comme il faut. Dans le cas contraire...

Sa voix se perd et il marque une pause.

— ... il devra en répondre devant tes oncles et moi.

Je souris et retiens un rire, parce que, à ce stade, n'importe quoi pourrait me faire pleurer.

— Tout ira bien. Personne ne m'a jamais traitée aussi bien que lui.

— Je t'aime, ma chérie.

— Je t'aime aussi, Papa, dis-je tout en m'efforçant d'ancrer à tout jamais ce moment dans ma mémoire.

C'est la dernière fois que je suis uniquement la fille d'Anthony Gallo avant de devenir, aussi, la femme de Josiah Saint.

Toute ma vie, j'ai vu mon père aimer ma mère et ma mère être aimée par lui. Il m'a appris comment un homme devait chérir sa femme. Il m'a appris le dévouement, l'adoration, et de ne jamais abandonner.

C'est pratiquement en silence que nous remontons le petit couloir sombre de l'église jusqu'aux portes closes de la chapelle.

Gigi se tient là, devant l'entrée, dans sa robe noire, un bouquet de lys jaunes et orange à la main.

— T'es bonasse, me murmure-t-elle avec un clin d'œil.

La musique se lance, et mon père se met à tripatouiller son nœud de cravate.

— J'ai toujours détesté ces machins-là, bougonne-t-il, et je ris.

Lorsque les portes s'ouvrent, Gigi, ma demoiselle d'honneur, commence à remonter l'allée centrale, suivie de Lily et de Celeste, accrochée à sa main.

La petite avance à ses côtés en se dandinant et jette des pétales de roses d'un petit panier que Lily porte pour elle. Elle est tellement mignonne. Un mélange parfait de Jett et de Lily, avec sa chevelure abondante, ses grands yeux et sa peau blanche. Elle captive les invités, toute en sourires et rires, tandis qu'elle se donne en spectacle avec des mimiques, en bonne petite demoiselle d'honneur.

Lorsqu'elles atteignent l'autel, la musique change, et je comprends que c'est à mon tour de remonter l'allée centrale.

— Dernière chance pour t'enfuir, me murmure mon père.

— Papa, je rétorque sur un ton de reproche, avant de respirer un bon coup et de faire le premier pas.

Mon regard remonte l'église jusqu'à l'autel. Mammoth se tient immobile comme une statue et me fixe des yeux, le sourire le plus chaleureux et le plus aimant du monde sur les lèvres. Son torse se gonfle lorsqu'il m'aperçoit dans ma robe.

Je suis incapable de regarder autre chose que lui, avec ses cheveux tirés en arrière et le contraste qu'offrent les tatouages sur son cou avec la chemise d'un blanc immaculé. Cet homme peut porter n'importe quoi et rester incroyablement sexy. Ce devrait être interdit, mais bon, il est à moi, et à moi seule.

Nous ne nous quittons pas des yeux et, à mesure que j'avance, la nervosité du matin s'estompe. Plus rien ne compte, hormis l'amour que nous nous portons l'un à l'autre. Je ne me suis jamais sentie autant en sécurité qu'à ses côtés, ne me suis jamais sentie autant aimée que dans ses bras.

Je n'ai jamais cru au destin, mais je suis convaincue qu'il a été placé sur cette terre pour marcher à mes côtés pour l'éternité.

Personne d'autre que lui n'aurait eu la force de me supporter ou la patience nécessaire à mon espièglerie.

— Tu es magnifique, me murmure-t-il, lorsque je monte la marche devant l'autel, aidée de mon père.

— Qui est le père de la mariée ? demande le prêtre.

— C'est moi, confirme mon père, et je me tourne vers lui tout en retenant les larmes qui menacent une nouvelle fois de jaillir.

Papa me sourit et lâche ma main avec un clin d'œil. Il marque un temps d'arrêt et me regarde encore une fois, avant de repartir vers les bancs de l'église et de prendre place à côté de ma mère.

Mammoth prend une de mes mains, tandis que Gigi débarrasse le bouquet de l'autre. Lorsque le prêtre se met à parler et que les invités s'asseyent, nous nous fixons l'un l'autre, comme envoûtés.

Je n'ai aucune idée de ce que l'homme raconte. Je suis trop occupée à dévorer mon futur mari des yeux, ne voyant rien d'autre dans ses prunelles que nos perspectives d'avenir et son amour pour moi.

La cérémonie file à toute vitesse. Des prières, des textes liturgiques et des paroles de sagesse livrées par un serviteur de Dieu, je ne garderai pas en souvenir la moindre bribe. En revanche, le regard de mon époux durant ces secondes-là restera à jamais gravé dans ma mémoire.

— Josiah, répète après moi, annonce le prêtre. Moi, Josiah Saint, déclare te prendre, Tamara Gallo, pour légitime épouse.

Le prêtre poursuit :

— À partir de ce jour, pour le meilleur et pour le pire, dans la richesse comme dans la pauvreté, dans la santé comme dans la maladie, jusqu'à ce que la mort nous sépare. Je fais la promesse solennelle de t'aimer, de t'être fidèle et de te chérir jusqu'à la fin de mes jours.

Mammoth répète les vœux mot pour mot, sans même buter une seule fois. Il me presse tendrement les mains, me regarde avec ces yeux d'un gris tempête qui m'ont fait succomber dès le début.

— Tamara, me dit le prêtre, attirant mon attention, et je hoche la tête. Répète après moi. Moi, Tamara Gallo, déclare te prendre, Josiah Saint, pour légitime époux.

Je prends une grande respiration, mais, cette fois, je ne peux retenir mes larmes.

— Moi, Tamara Gallo, déclare te prendre, Josiah Saint, pour légitime époux.

Le prêtre continue comme il l'a fait plus tôt, et je répète.

Mammoth lève une main pour chasser mes larmes de joie avec la pulpe de ses doigts, tandis que je prononce les dernières phrases de mes vœux. Je ferme alors les yeux, laisse la chaleur de sa peau sécher mon visage, et lui souffle :

— Je t'aime.

— Je t'aime aussi, me répond-il tout bas, sans se soucier du prêtre.

— Les alliances, s'exclame ce dernier, et Pike et Gigi avancent pour les lui remettre pour la bénédiction.

Mammoth ne me lâche pas les mains durant tout le temps où le prêtre prononce la prière et fait le signe de croix au-dessus des anneaux.

— Josiah, reprend-il, lui tendant la Bible ouverte, les alliances fichées dans la pliure du livre sacré.

Mammoth prend ma bague et la tient devant ma main tremblante.

— Répète après moi. Au nom du Père, du Fils et du Saint-Esprit, accepte et porte cet anneau comme un symbole de mon amour et de ma fidélité.

Mammoth passe la bague à mon annulaire, les

yeux plongés dans les miens, et prononce les mots sans un accroc.

— Tamara, dit alors le prêtre, et je fais de même, répète les mots, incapable de détourner les yeux de mon époux.

— Je vous déclare à présent mari et femme. Vous pouvez embrasser la mariée.

L'instant d'après, un des bras de Mammoth est solidement enroulé autour de moi et son autre main sur ma joue. Ses lèvres s'écrasent alors sur les miennes et me coupent le souffle.

Les sifflements joyeux et taquins de nos amis sont immédiats, mais je les occulte, car *mon mari* est en train de m'embrasser.

— Chère famille, chers amis, s'exclame le prêtre, les bras levés en l'air, la Bible toujours entre les mains. Laissez-moi vous présenter M. et Mme Josiah Saint.

Nos proches dans l'église se lèvent et nous acclament à grand renfort d'applaudissements et d'exclamations de joie. Nous nous tournons et, pour la première fois depuis que je suis entrée dans la chapelle, je m'autorise à regarder les invités.

Il y a tant de gens, plus que je ne l'aurais imaginé, qui ont affecté notre vie de bien des manières et qui ont rendu ce jour possible.

J'ignore ce que j'ai fait pour mériter ça, mais je suis bien la fille la plus veinarde qui ait foulé cette terre, car j'ai la chance d'avoir à mes côtés un homme aussi bon que Josiah Saint.

* * *

Vous savez quoi ? La saga *Men of Inked : Tout feu tout flamme* continue avec **ÉTINCELLE** ! Nick Gallo est peut-être bien le plus craquant de tous !

Nick ne tourne pas le dos à une femme en détresse, mais il ne s'attendait pas à ce que la coqueluche d'Hollywood se fraie un chemin jusqu'à son cœur. Pour plus d'infos, rendez-vous sur *menofinked.com/hw-fr*

MANŒUVRE
TATOUEURS CHICAGO SUD TOME 1
CHELLE BLISS

CONFLUENCE
TATOUEURS CHICAGO SUD TOME 2
CHELLE BLISS

TUMULTE
TATOUEURS CHICAGO SUD TOME 4
CHELLE BLISS

ACCRO
TATOUEURS CHICAGO SUD TOME 3
CHELLE BLISS

AMOUR
TATOUEURS CHICAGO SUD TOME 5
CHELLE BLISS

À DÉCOUVERT
TATOUEURS DEUX TOME 1
CHELLE BLISS

LAISSE-MOI
TATOUEURS DEUX TOME 2
CHELLE BLISS

HONORE-MOI
TATOUEURS DEUX TOME 3
CHELLE BLISS

VÉNÈRE MOI
TATOUEURS DEUX TOME 4
CHELLE BLISS

www.chellebliss.com
CHELLE BLISS
USA TODAY BESTSELLING AUTHOR
LEARN MORE ABOUT THE
MEN OF INKED SERIES VISIT
menofinked.com/french

à propos de l'auteur

Chelle est une écrivaine à temps éprise de légèreté,
accro aux réseaux sociaux et au café.
C'est une ancienne professeur d'histoire.

Vous trouverez plus d'informations sur les livres de
Chelle sur menofinked.com.
Recevez ma newsletter en vous inscrivant sur
menofinked.com/french

Rejoignez mon Groupe de Lecteurs Privé sur
Facebook - *facebook.com/groups/blisshangout*

facebook.com/ChelleBlissfrancais
instagram.com/authorchellebliss
bookbub.com/authors/chelle-bliss
goodreads.com/chellebliss
amazon.com/author/chellebliss
twitter.com/ChelleBliss1
pinterest.com/chellebliss10
tiktok.com/@chelleblissauthor

www.ingramcontent.com/pod-product-compliance
Lightning Source LLC
Chambersburg PA
CBHW010529100726
47903CB00011B/2944